VQ

Christian Meyer, geboren 1982 in Lüneburg, studierte Germanistik, Soziologie und Geschichte in Leipzig, arbeitet für Bühne und Bildschirm und lebt auf einem Campingplatz in der Elbmarsch. Mit Julius Fischer ist er auch musikalisch unterwegs. »Flecken« ist sein erster Roman.

Lektorat: Hanne Reinhardt
Erstkorrektorat: Mariela Peschke
Korrektorat: Kristina Wengorz
Umschlaggestaltung: pingundpong
Satz: Fred Uhde
Druck und Bindung: Balto print, Vilnius

ISBN 978-3-86391-317-5

www.voland-quist.de

Christian
Meyer

Flecken

Roman

Voland & Quist

~~Ich habe immer, immer dein gedacht;~~
~~Ich möchte schlafen, aber du musst tanzen.~~
~~*Theodor Storm*~~

Die Lust ist stets die beste,
die man sich selber macht.
Annette von Droste-Hülshoff

1

Neele ist tot.

Die Pastorin redet schon. Erik ist minimal zu spät. Bruno hat ihn mit seinem Tesla vom Zug abgeholt, der natürlich nicht pünktlich war, und trotz zweihundert Sachen auf der engen, von hohem Raps gerahmten Landstraße war es nicht gelungen, die Zeit aufzuholen. Die Umleitung um die gigantische Baustelle der Eisenbahnbrücke isoliert den Flecken noch mehr als sonst von der Außenwelt, hat Erik gedacht, als er sich während der Fahrt in seinen Konfirmationsanzug zwängte. Den Anzug hatte Bruno vorher bei Eriks Eltern abgeholt. Dabei ist er ohnehin viel zu klein, weil Erik gewachsen ist, seitdem er ihn vor über fünfundzwanzig Jahren das letzte Mal tragen musste, nicht, weil er zugenommen hätte, er ist schlank wie immer.

Im Gegensatz zu Bruno, der *ein bisschen pumpen* war. Um das Ergebnis zu präsentieren und weil die Sonne augustwarm ist, trägt er heute nur Muscleshirt und Shorts, immerhin beides in dem Anlass angemessenen Schwarz.

Als sie sich der Zeremonie nähern, unterbricht die Pastorin ihre Ausführungen und begrüßt Bruno freundlich. Er grüßt zurück und schickt einige Beileidsbekundungen in Form von Handküssen Richtung Trauergemeinde, während Erik mit einer dezenten Handbewegung in die trauernde Runde winkt.

Bruno bittet die Rednerin durch ein leichtes Kopfnicken fortzufahren.

Die Trauergemeinde besteht aus Neeles Mutter Elke, Neeles Großeltern Oma Doris und Opa Rüdiger, Onkel Freddie, ihrem Bruder Basti mit Frau und Baby, Natalie mit Freund, Helene, Sven, Ferdi, Patrick mit schwangerer Freundin und einigen, die Erik nicht kennt, nicht mehr kennt, nicht erkennt oder nicht erkennen möchte. Außerdem sind viele Leute aus dem Seniorenheim Sonnenblüte gekommen, und ein paar einsame Männer stehen etwas abseits verstreut um die Kerngäste herum.

»Wir sind zu spät«, flüstert Erik, Blick gen Sarg.

»Passt doch«, antwortet Bruno leise.

»Stimmt. Ist ja noch keine Erde drauf. Hättest aber trotzdem auch mal schneller fahren können.« Er grinst und hofft, dass es niemand gesehen hat.

»Pscht«, kommt es von der Seite, klar an Erik gerichtet.

»Wo ist denn Georg?«, flüstert Bruno.

»Hab gestern mit ihm telefoniert, kommt erst Dienstagnachmittag, hat keinen früheren Flug gekriegt. Tat ihm wahnsinnig leid.«

»Wäre auch schlimm, wenn nicht. Er ist ihr Vater.«

»War«, korrigiert Erik, ist sich allerdings gar nicht sicher, ob man das so sagt.

»Ich bin mir nicht sicher, ob man das so sagt …«, flüstert Bruno. »Na ja. Schade, dass du nicht länger bleiben kannst, sonst hätten wir uns Dienstag mit Georg treffen können. Schön ne Pizza spachteln.«

»Ja, blöd, aber geht echt nicht, erstens Gluten, und zweitens muss ich morgen wieder los«, sagt Erik bedauernd.

»Halt's Maul, Erik!«, zischt Basti. Wenn Blicke töten könnten, läge Erik ebenfalls zeitnah im Grab.

Sie wenden sich wieder dem Loch zu. Die Pastorin spricht tonlos ihren offenkundig auswendig gelernten Text, der Neeles kurzes Leben auf die wichtigsten Aspekte reduziert. Auch Erik wird erwähnt, was ihm völlig unnötig vorkommt, aber es stört ihn auch nicht. Das, was zwischen ihnen war, war eine Ebene darüber. Oder darunter. Je nachdem. Auf jeden Fall bedeutender als die Schwimmpokale, ihre Großherzigkeit oder wie stolz ihre Eltern auf sie waren.

Erik versucht, etwas zu fühlen, aber da ist nichts. Das ist kein gutes Zeichen. In der Regel fühlt er sich wohl, wenn er nichts fühlt, und das gelingt ihm oft. Und wenn er fühlt, dann schafft er es in den meisten Fällen abzuwägen, ob das Gefühl seine Berechtigung hat oder nicht. Auf einer Beerdigung sollte man jedenfalls trauern, vielleicht sogar weinen. Wohlbefinden gehört nicht zu den Must-haves einer Beerdigung. Und wenn man es schon verspürt, sollte man sein Wohlbefinden in dieser Situation für sich behalten, sonst steht man plötzlich im Verdacht, ein Mörder zu sein, und so weit wäre er nie gegangen. Obwohl Neele es ihm nicht leicht gemacht hat, unschuldig zu bleiben.

Er presst Daumen und Zeigefinger in seine Augen, das kommt gut. Das ist authentisch. So drückt man Trauer aus. Und tatsächlich stellt sich in ihm ein Gefühl ein: Gleichgültigkeit. Erik empfindet völlig klar, dass Neele jetzt zwar nicht mehr physisch da, nicht mehr ansprechbar, nicht mehr berührbar ist, aber Häkchen dran. Dieses Häkchen ist auch ein Gefühl. Es geht ja weiter. Es war wichtig für ihn, dass es sie gab, aber das ist lange her. Sie war ohnehin schon seit einer Ewigkeit tot für ihn. Für ihn ändert sich nichts.

Um ihn herum sind die Gesichter matt, teilweise tränenfeucht, man schaut ins Leere, kann nicht begreifen. Hier entscheiden sich die meisten gerade dafür, den Gefühlen freien Lauf zu lassen. Oder werden schlichtweg von ihren Gefühlen kontrolliert. Das ist sicherlich üblich auf einer Beerdigung. Aber das unterscheidet den Menschen vom Tier, denkt Erik: bewusste Entscheidungen treffen zu können. Er fragt sich, warum die Menschen so selten davon Gebrauch machen, weiß aber auch, dass die Gesellschaft Emotionalität von einem erwartet, deshalb ist es wichtig mitzuspielen. Manchmal. Jetzt zum Beispiel.

Und so hält er es für eine gute Idee, mit dem Fuß aufzustampfen und heftig den Kopf zu schütteln. Das kommt aber nicht gut an. Besonders Neeles Bruder Basti versetzt ihm jetzt mit seinem bösen Blick den Todesstoß.

»Kommst du klar?«, flüstert Bruno ihm ins Ohr.

Erik ist kein guter Schauspieler. Dennoch setzt er sein schönstes Trauergesicht auf. Er hat es lange vor dem Spiegel geübt. Besser geht's nicht.

»Musst du aufs Klo?«

»Bruno, Ruhe jetzt, ich trauere«, ermahnt er ihn etwas zu laut.

Er zeigt seine gespreizten fünf Finger in die Runde als Geste der Entschuldigung und flüstert so laut zu Bruno, dass es wirklich jede und jeder hört: »Ich begreife es nicht, sie ist nicht mehr da.«

Eine große, behaarte Männerhand legt sich auf seine Schulter, Erik riecht bekanntes Aftershave: Onkel Freddie. Er ist über zwei Meter groß und verdeckt seine wenigen Haare, die gerade so noch einen Zopf ergeben, schon immer mit einer albernen Kapitänsmütze. Die sieht zusammen mit seinem schwarzen Traueranzug noch lächerlicher aus, aber als Kind mochte Erik Onkel Freddie sehr. Je älter er wurde allerdings immer weniger.

»Du musst atmen. Tief atmen«, brummt ihm seine sonore Stimme eine Gänsehaut auf den Nacken.

Die Hand bleibt liegen. Für die nächsten fünfundvierzig Minuten. Unangenehm, aber Erik sagt nichts. Wie fast alle hier kennt er Onkel Freddie schon sein ganzes Leben. Jetzt steht der einfach nur da, mit seiner Pranke auf Eriks Schulter, die inzwischen warm und feucht ist, und guckt betreten auf den geschlossenen

Sarg, über dem die Pastorin gerade die erste Schippe Erde nimmt, um sie ins Loch zu werfen. Die Gesellschaft tut es ihr gleich.

Nachdem ihn Onkel Freddie wieder aus seinem gut gemeinten Schultergriff befreit hat, nimmt Erik etwas zu hektisch die kleine Schaufel, die begleitet von einem selten dämlichen »Hoppla!« ins Loch fällt und mit einem dumpfmetallenen Geräusch auf den Sargdeckel knallt. Das müsste ihm peinlich sein. Er schluchzt kurz auf, damit alle sehen, wie traurig er ist, nimmt so viel Erde, wie er kann, in seine beiden Hände und wirft sie in hohem Bogen auf den Sarg.

Bruno zieht ihn mit großer Geste vom Loch weg, während hinter ihm zu laut getuschelt wird: »Hat er ihr nicht die Freundschaft gekündigt damals?«

Das ist nicht ganz richtig, aber sie hat es allen so erzählt, und für Erik geht es in Ordnung. Für ihn war es schlichtweg Logik. Das war vor fast zwanzig Jahren.

2

Unangemeldet stand Neele plötzlich vor Kälte zitternd an der Tür seiner Erasmus-WG in Helsinki. Sie roch nach Zigarette und hatte ihren Dutt unter eine riesige Wollmütze gesteckt. Seitdem er weggezogen war, hatten sie nicht viel Kontakt gehabt. Er fand, telefonieren werde ihrer Freundschaft nicht gerecht, und hatte gemeint, es sei besser, sich nur einmal im Jahr an Weihnachten zu sehen und dann alles Notwendige zu besprechen, als sich telefonisch vorzugaukeln, man habe einen Alltag. Noch dazu bleibe man so mehr im Hier und Jetzt. Er war erleichtert gewesen, als sie zustimmte, weil sie ihm bei jedem Anruf ein schlechtes Gewissen gemacht hätte, nicht derjenige gewesen zu sein, der angerufen hatte. Außerdem konnte er ihr eh nicht mehr helfen. Das hatte er jahrelang versucht, aber jetzt war sie auf sich allein gestellt, und er fand, das war sehr wichtig für sie. Es würde sie stärker machen. Er schaffte es, sie zu überzeugen, wie romantisch es sein würde, wenn man sich dann dieses eine Mal im Jahr sähe. Die beiden Jahre nach diesem Prinzip war es allerdings nicht besonders romantisch gewesen. Deshalb hatte es seit einer Weile immer mal wieder Notfallanrufe außer der Reihe gegeben, aber in diesem Falle hatte sie sich dafür entschieden, spontan und ohne Vorankündigung mit dem Billigflieger nach Helsinki zu kommen. Hätte sie ihn gefragt, hätte er sie abgewiesen, und das hätte sie vielleicht nicht verkraftet. Obwohl es im Nachhinein betrachtet vielleicht weniger schmerzhaft gewesen wäre.

Sein Gesicht, als sie plötzlich an der Tür stand, hätte er gerne gesehen. Wie immer hatte er es unter Kontrolle. Er freute sich überrascht und drückte sie zu fest.

»Was machst *du* denn hier?«

Sie war sich nicht sicher, ob sie den Moment genießen sollte oder sich direkt den echten Erik wünschte, sie durchschaute ihn ohnehin.

»Ich war in der Gegend. Darf ich vielleicht mal reinkommen, oder was?«, schimpfte sie und trat über die Schwelle.

»Okay, okay, wie lange bleibst du denn? Ich hab zu tun.«

Sie hätte den Moment genießen sollen.

»Dann geh ich wieder«, sagte sie und drehte sich wieder zur Tür.

»Kannst froh sein, dass ich überhaupt da war. Ich muss genau *jetzt* zur Uni.«

»Ich bleib auch nur eine Nacht, aber ich musste dich sehen. Ich wäre nicht gekommen, wenn es nicht wichtig wäre.«

»Ich hab halt nur ein neunzig Zentimeter breites Bett in meinem Acht-Quadratmeter-Zimmer.«

Sie zeigte auf die Isomatte, die an ihren Wanderrucksack geknotet war, den sie jetzt in den Flur stellte.

Erik zeigte Neele kurz in seinem Reiseführer, was es in Helsinki zu sehen gab, und begleitete sie noch ein paar Hundert Meter schweigend durch die eisige Luft Richtung Innenstadt. Sie verabredeten sich um sechs vor seiner Haustür.

Erik kam um halb sieben. Neele stand zitternd und rauchend vor der Tür. An den Filtern im Schnee sah er, dass sie mindestens seit sechs ohne Pause geraucht haben musste.

»Hättest doch klingeln können, meine Mitbewohnerin ist da«, sagte er kopfschüttelnd. Er vermutete, sie wollte leidend in der Kälte warten, um ihm ein schlechtes Gewissen zu machen.

Durchgefroren setzten sie sich in die WG-Küche, in der seine Mitbewohnerin Elsa gerade bei lauter lateinamerikanischer Musik etwas Fettiges mit maximaler Hitze briet.

»Wie läuft es bei dir? Was ist in den letzten drei Monaten passiert?«

Erik öffnete ungefragt zwei Bierdosen.

»Können wir in dein Zimmer gehen, hier ist so unruhig«, bat sie.

»Ich hab gar keine Stühle bei mir, und Elsa versteht eh kein Deutsch.« Er drehte wenigstens die Musik etwas leiser.

»Hm. Danke. Ich bin übrigens nicht mehr mit Helge zusammen. Er ist so ein Wichser, das glaubst du nicht.«

»Doch, glaub ich. Was ne Überraschung. Um mir *das* zu sagen, bist du nach Helsinki gekommen?«

»Nein. Es geht um was anderes. Wo soll ich anfangen?«, fragte sie mehr sich als ihn und hielt sich beide Hände vors Gesicht.

»Vielleicht Weihnachten?« Seitdem hatten sie sich nicht mehr gesehen.

»Okay. Ich fasse mich diesmal kurz.« Sie löste ihre Hände vom Gesicht und sah sehr konzentriert aus. »Es war Silvester. Ich hatte keine Lust auf dicke Party und bin zu Hause geblieben, wo natürlich meine Eltern deine Eltern eingeladen hatten. Ich war die meiste Zeit in meinem Zimmer, bis es gegen zehn im Wohnzimmer lauter wurde.«

»Unsere Eltern trinken halt gerne mal einen, wissen wir doch. Wird es noch spannend?«

»Warte. Meine Mutter schrie irgendwas, ich habe nicht verstanden, was, aber sie schrie, wie ich sie noch nie habe schreien hören. Es fiel auch irgendwas um oder flog gegen die Wand. Dann hat die Gartentür geknallt, und meine Mutter hat sich draußen eine Zigarette angezündet, das hat sie seit Jahren nicht gemacht. Ich habe mich aus dem Fenster gebeugt und gefragt, was los war, aber sie ist wortlos um die Ecke verschwunden.«

»Menopause?«

»Idiot.«

»Wann geht dein Rückflug noch mal?«

»Arschloch. Ich bin dann runter. Deine Mutter saß alleine im Wohnzimmer und hat sich an einem leeren Weißweinglas festgehalten, auf dem Tisch lag ein altes Fotoalbum. Unsere Väter habe ich aus dem Esszimmer gehört. Dann fiel Glas auf die Küchenfliesen. Meine Mutter kam wieder rein und schrie deine Eltern an, dass sie verschwinden sollen. Ich hab deine Mutter ein paar Tage später im nahkauf getroffen, sie kann sich auch nicht erklären, warum das so eskaliert ist. Meine Mutter will jedenfalls nichts mehr mit deiner zu tun haben.«

»Meine Mutter hat's mir erzählt. Klingt dramatisch«, sagte er.

Neele holte ein Foto aus ihrer Hosentasche und legte es vor ihn auf den Tisch. Erik sah nur kurz darauf. Die junge Elke prostete in die Kamera.

»Guck es dir noch mal an.«

»Ich kenne das Bild.«

Neele legte einen DIN-A6-Umschlag auf den Tisch. Er war schon aufgerissen. Sein Name stand darauf.

»Mein Vater ist ausgezogen«, sagte sie wütend, und Tränen sammelten sich in ihren Augen. »Und weißt du auch, warum?«

»Ich wusste es schon lange«, sagte er gelangweilt.

Erik hatte schon immer ein sehr gutes Verhältnis zu ihrem Vater Georg gehabt, in den letzten Jahren nach seinem Auszug war es sogar noch enger geworden als zu ihrer gemeinsamen Zeit im Flecken.

»*Was* wusstest du?«

»Alles.«

»Seit wann?«

»Seit unserem achtzehnten Geburtstag.«

Sie massierte ihre Augenbrauen. »Warum hast du mir nichts gesagt?«

»Weil es dich traurig gemacht hätte.«

Neele schüttelte fassungslos den Kopf.

»Was hat er dir erzählt?«

»Warum soll ich's dir erzählen, wenn du es *selber* weißt?«

Er nahm noch einen tiefen Schluck aus der Bierdose. »Wann geht dein Rückflug?«

»Morgen Abend«, flüsterte sie, und eine einzelne Träne floss ihre Wange herunter.

»Ich muss morgen acht Stunden zur Uni, sorry«, entschuldigte er sich. Eigentlich hatte er frei.

»Darf ich dein Bier?«, fragte Eriks Mitbewohnerin in perfektem Deutsch. Neele hatte noch keinen Schluck getrunken. Ihre Augen verengten sich, und sie ging ins Bad.

Erik trank den letzten Schluck seines Bieres, nahm Foto und Umschlag vom Tisch und steckte beides wieder in Neeles Rucksack.

Während sie einschliefen, hörte er ihr leises Schluchzen. Er spürte, dass sie noch etwas sagen wollte, half ihr aber nicht dabei.

»Und lass in der Nacht deine Finger bei dir, du notgeiles Stück.«

Der Spruch musste sein, das war Tradition, meistens lachte sie ihn weg, aber er wusste, dass er diesmal unangebracht gewesen war, als keine Antwort kam.

Stattdessen fragte sie leise: »Schreibst du eigentlich noch Tagebuch?«

»Schon lange nicht mehr.«

Eine Weile war Stille, und er war schon fast eingeschlafen, da stand sie noch einmal auf. Als sie wiederkam, roch Erik den Zigarettenrauch und drückte seine Nase ins Kissen.

»Ich auch nicht«, flüsterte sie, und er hörte, wie sie sich die blonden Armhärchen zupfte.

Am Morgen, als er aufwachte, war Neele schon gegangen. Erik hatte sie im Halbschlaf gehört, aber so getan, als schliefe er weiter. Er hasste ihre Dramatik, und sie musste gewusst haben, dass er ihre Erwartungen nicht erfüllen würde. Er würde ihr nicht schreiben, wo sie sei, dass sie doch zurückkommen solle und so weiter.

Sie sahen sich noch zweimal an diesem Tag, aus der Ferne. Helsinki war klein.

Abends saß Erik mit anderen Erasmus-Studierenden in einer Bar und amüsierte sich bei angeregten Gesprächen und Glögi, als sein Handy piepste. »Wir sind vorbei. Für immer.« Theatralisch wie gewohnt.

Er entschuldigte sich bei seiner Gesprächspartnerin, schloss sich in der Toilette ein und begann zu tippen. Sie hatte es provoziert, das konnte er auch. Er wusste, sie würde sich über ihn ärgern, aber egal, was er jetzt sagte, es wäre in ihren Augen falsch.

»*Und magst du nie, was rettungslos vergangen, in schlummerlosen Nächten heimverlangen*«, schrieb er zurück.

Es war lange her, dass er Storm zitiert hatte. In der Jugend hatte er ein Faible für die Poesie der Romantik gehabt, schon fast eine Obsession für bestimmte Dichterinnen und Dichter, Fontane, Droste-Hülshoff, er kannte viele ihrer Gedichte auswendig. Während andere Fans von Musikerinnen und Musikern waren, war er Bewunderer von Architektinnen und Architekten, Malerinnen und Malern, Regisseurinnen und Regisseuren.

Er liebt bis heute das Schöne. Aber er hört auch heimlich die Schlager bis 1990. Und Wolfgang Petry und Andreas Gabalier. Vor allem der Rassist und Sexist Gabalier ist ihm sehr peinlich. Das darf niemand wissen.

Storm hatte er bewusst vergessen, nachdem er einen Artikel gelesen hatte, dem zufolge sich der Dichter zu präpubertären Mädchen hingezogen fühlte. Seither fand Erik ihn widerlich, aber das war ihm jetzt kurz egal, und vielleicht würde sie das sogar noch mehr provozieren. Ganz sicher sogar. Wie sehr sie Storm hasste …

Neele schrieb nicht mehr zurück. Nie wieder. Das hatte er nicht erwartet. Konsequenz war sonst nicht so ihre Stärke. Auch er schrieb nie wieder und beschränkte seine weihnachtlichen

Fleckenbesuche auf zwei heimliche Tage, um ihr nicht über den Weg zu laufen. Es fühlte sich schlichtweg richtig an.

Etwa drei Monate nach Neeles Helsinkibesuch, kurz vor seiner Rückkehr nach Wien, wo er studierte und bis heute lebt, telefonierte Erik mit seiner Mutter.

»Neele wird in drei Wochen heiraten. Einen Ralf.«

Kurz herrschte Stille, dann holte Erik tief Luft. »Bitte erzähl mir unter keinen Umständen jemals wieder etwas über Neele, ja? Uns gibt es nicht mehr.«

»Weil du Angst vor deiner Liebe hast?«, fragte sie halbernst.

»Neele existiert nicht mehr für mich, es ist besser so, und sie scheint es ja auch nicht am Glück zu hindern«, befand Erik sehr treffend und formte in Gedanken Anführungsstriche um das Wort »Glück«.

»Was ist mit euch bloß passiert?«, fragte seine Mutter ernst, aber ohne eine Antwort zu erwarten.

Sie hatte ja selber keinen Kontakt mehr mit Neeles Familie. Erik fragte nicht nach Gründen. Auch seine Mutter schien nicht zu wissen, warum ihre beste Freundin Elke sie von einem Moment auf den anderen rausgeschmissen hatte. Wahrscheinlich konnte sie es erahnen. Das behielt sie aber für sich.

Aus der Hochzeit mit Ralf wurde dann übrigens leider doch nichts.

3

Nachdem Neeles Mutter Elke ihn bei der Kondolenzbekundung ein bisschen zu lang gedrückt hat, obwohl oder weil sie sich lange nicht gesehen haben, entschuldigen sich Erik und Bruno, Erik gehe es zu schlecht, um noch weiter in Gesellschaft zu sein.

Sie verlassen den Friedhof und gehen über die Straße zur Tankstelle. Hier haben sie früher viel Geld in Alkohol investiert. Eine von den Tanksäulen hat Erik bestimmt komplett alleine finanziert. Inzwischen ist nämlich alles neu gemacht worden. Er trinkt heute ein Wasser mit Kohlensäure. Das gönnt er sich nur selten. Leitungswasser reicht ihm sonst völlig. Bruno braucht ein kühles Bier. Sie setzen sich auf die neu gestrichene Bank neben der Waschanlage. Erik schält sich aus seiner Anzugjacke und hängt sie über die Lehne. Direkt über das alte, tief eingeschnitzte Ganglogo, das trotz der frischen Farbe deutlich zu erkennen ist: *Blue Boys*. Sie prosten sich zu und blicken über die Felder der holsteinischen Ebene.

Erik nimmt einen tiefen Zug Landluft, aber es riecht eher verbrannt, wie so oft im Flecken, seit vor einigen Jahren das Krematorium wiedereröffnet wurde, nachdem es jahrzehntelang nicht genutzt worden war. Auf eine Rauchgasreinigungsanlage wartet man hier seitdem vergebens, und so werden regelmäßig die Emissionswerte überschritten, aber ist ja nur der Flecken, wen stört das schon. Hier liegt Tod in der Luft.

»Du bist so ein schlechter Schauspieler.« Bruno stößt ihm in die Seite.

»Ich weiß«, sagt Erik lachend.

»Ist doch *schon* scheiße, dass sie tot ist, vor allem, wie sie …«

»Ja, ist schlimm«, unterbricht er Bruno.

Kurz schweigen beide wieder, Erik fährt sich von vorne nach hinten über seine kurzen Haare, die er der Praktikabilität halber einmal die Woche auf neun Millimeter trimmt.

Eine Wespe will in Brunos Bier kriechen, wird aber vorher unter fiesem Lachen in die Büsche geschnipst.

»Nicht an mein Bier, du Sau!«

Er wendet sich Erik zu.

»Wie geht's dir denn eigentlich? Haben uns lange nicht gesprochen.«

»Ich hab viel zu tun. Die Agentur läuft richtig gut an.«

»Hab die Werbung gesehen. Ziemlich geile Bikinis. Wo habt ihr das gedreht? Karibik? *Kronenwasser macht sexy* – wie bist du darauf gekommen? Genial.«

Erik fühlt sich geschmeichelt. Die Kampagne ist ihm tatsächlich hervorragend geglückt. Inklusive öffentlichkeitswirksamen Shitstorms der Feministinnen und Feministen, dem ein Clip mit leicht bekleideten Männern folgte, der allerdings weit weniger gesendet wurde als der erste.

»Danke, dein Klokalender hat mich dazu inspiriert.«

»Der mit den nackten Anglerinnen?«

»Genau!«

»Hast aber schon eins von den Models geknallt, oder?« Bruno drückt seine Faust auf Eriks Oberschenkel.

»Natürlich nicht, ich bin ein Mann für keine Nacht, das weißt du doch. Wahrscheinlich bleibe ich einfach für immer ohne Beziehung, mir geht es bestens alleine.«

»Jaja, *Sex sucks*, weiß ich doch, ist klar. War ja nur Spaß.«

»Ein sexistischer Spaß. Aber er sei dir verziehen. In diesem Kaff sind halt alle so.«

»True. Trotzdem sorry. Auch an alle Frauen!« Er küsst seine Faust und streckt sie zum Himmel.

Kurz sagt keiner etwas, dann holt Bruno noch mal aus.

»Aaaaber: *Und Gott der Herr sprach: Es ist nicht gut, dass der Mensch allein sei; ich will ihm eine Hilfe machen, die ihm entspricht.* 1. Mose 2,18. Erst als Gott die Frau macht, ist in der Schöpfungsgeschichte vom Mann die Rede, vorher heißt es immer ›Mensch‹. Mann und Frau sind also nur durch den jeweils anderen, was sie sind, verstehst du?«

»Beeindruckend, wie du nach all den Jahren als Atheist noch aus der Bibel zitieren kannst. Deine Eltern wären stolz auf dich. Ist da nicht auch noch von der ›Männin‹ die Rede?«

»*Man wird sie Männin nennen, weil sie vom Manne genommen ist.*«

Beide lachen, nehmen simultan einen großen Schluck und beobachten die Trauergäste, die gerade auf der anderen Straßenseite vom Friedhof kommen. Sie weichen einem Leichenwagen aus.

»Heute zu Dagmar, ne?«

»Voll gern«, lügt Erik, und Bruno weiß das, aber es ist sinnlos, Bruno zu widersprechen. Der versteht oft besser, was andere brauchen. Vor allem, was Erik braucht, und das schätzt Erik ungemein.

»Heute wird gesoffen!«, ruft Erik und stößt mit Bruno an. Es klingt lächerlich, wie die PET-Wasser- und die Glas-Bierflasche zusammenstoßen. »Auf Dagmar!«

»Weißt du, was das Geile ist? Heute ist …«

Bruno sieht Erik erwartungsvoll in die Augen: »… NEUNZIGER!«

Neunzigerparty bei Dagmar ergibt Sinn. Ihre Inneneinrichtung ist von 1994, das weiß man, weil damals so gut wie alle aus dem

Ort bei der Sanierung geholfen haben, auch die Kinder. Der ganze Flecken half, nachdem Bei Iris, die Kneipe des Gasthauses, abgebrannt war. Vielleicht wäre der Brand nicht so verheerend gewesen, gäbe es im Flecken eine Feuerwehr, aber die gibt es bis heute nicht. Es war für Iris' Schwester Dagmar jedenfalls eine Ehrensache, dass sie den wichtigsten Treffpunkt der Fleckler wieder aufbaute, prachtvoller als je zuvor, und den Namen beibehielt in Erinnerung an Iris, die Kneipenbesitzerin, die nicht mehr aus der brennenden Küche gefunden hatte. So wurde alles schön in Eiche vertäfelt und verziert mit Dutzenden Wappen, Wimpeln und Urkunden vom Schützen- und vom Sportverein, die Bei Iris auch als Vereinssitz nutzen. Urig, darf man euphemistisch behaupten. Dagmar ist die einzige Kneipe im Ort, vielmehr heißt die Besitzerin Dagmar. Obwohl man schon sagen könnte, Dagmar ist die Kneipe, und die Kneipe ist Dagmar. Sie wohnt sogar direkt darüber in dem hohen, rot verklinkerten Bau. In der Jugend waren sie jedes Wochenende da. Aber Erik trinkt seit Jahren keinen Alkohol mehr. Heute in diese Kneipe zu gehen, wäre wirklich unangebracht.

»Dann würde ich mal sagen: *Coco Jamboo* – und bis nachher! Ich muss erst mal nach Hause. Ich würde dich ja mitnehmen, aber mein Vater ist immer noch nicht so gut auf dich zu sprechen, du weißt …«

Bruno weiß. »Ich warte noch auf die anderen. Lass vorher doch noch mit allen zum Spielplatz.«

»Total Bock drauf.« Schon wieder gelogen.

Erik lässt sich von Bruno noch in den Amselweg bringen, wo sein Pressspan-Jugendzimmer noch exakt so aussieht und riecht, wie er es mit neunzehn verlassen hat.

4

Am Flughafen hatte er seinen Vater erwartet, aber am Gate stand Neele. Sie hatte im Hotelshuttlestil auf ein DIN-A4-Blatt ein großes rotes Herz gemalt, in dem Wissen, wie unangenehm ihm das sein würde. Er spielte aber nicht mit.

»Mein Schatz, wie schön von dir!« Er fiel ihr in die Arme. »Frohe Weihnachten!«

Damit hatte sie nicht gerechnet, oder vielleicht doch, er war schließlich unberechenbar. Er liebte es, Menschen mit unerwartetem Verhalten zu überraschen, um ihren Manipulationen den Wind aus den Segeln zu nehmen.

»Damit hast du nicht gerechnet, was?«, ergriff Neele das Wort. »Ich musste in den sauren Apfel beißen und dich holen, bin mit dem alten Astra deiner Mama da. Soll dich explizit von Bruno grüßen, der hätte es gerne gemacht, hat sich ja gerade so einen neuen BMW gekauft, der noch eingefahren werden muss, aber er hat Stress mit Frida.«

»Frida ist jetzt schon ein Grund, mich nicht abzuholen?«

»Eifersüchtig?«

Sie gingen Richtung Parkplatz.

»Das ist doch keine gesunde Beziehung, oder was meinst du?«, fragte er, obwohl in seinen Augen pauschal alle Paarbeziehungen ungesund waren, aber er musste jetzt zwei Stunden mit ihr im Auto sitzen und wollte die Stimmung noch nicht allzu sehr vergiften.

»Kann ich nicht beurteilen.«

Selten, dass sie zu einer Sache keine Meinung hatte.

»Mit ungesunden Beziehungen kennst du dich doch aus«, wollte er sie aus der Reserve locken. Es ärgerte ihn sehr, dass sie tat, als wäre zwischen ihnen alles in bester Ordnung.

»Mit Helge läuft es eigentlich ganz gut, danke der Nachfrage.«

»Warum ist mein Vater eigentlich nicht gekommen?«

»Das ist ja das Ding. Er ist vor zwei Stunden ins Krankenhaus gekommen, aber nichts Schlimmes.«

»Was heißt ›nichts Schlimmes‹?«, fragte er eher interessiert als besorgt. Sein Vater war zäh.

»Blinddarm.«

»Blinddarm?«

»Blinddarm.«

»Können wir noch vorbeifahren? Ist doch erst Mittag.«

»Meinetwegen.«

Erik graute vor der Autofahrt. Mit seinem Vater hätte er schön Schlagerradio gehört und so getan, als fände er die Musik furchtbar, wahrscheinlich hätte er die ganze Fahrt über kein Wort gesagt. Neele wollte immer gerne Dinge *klären*, vor allem, seitdem er nicht mehr im Flecken wohnte. Sie vergaß dabei oft das Autofahren und war unkonzentriert.

Klassische Dialoge:

»Warum bin ich dir eigentlich so egal?«

»Achtung, der bremst!«

»Bedeute ich dir gar nichts?«

»Du kommst von der Spur ab, lenk nach rechts!«

»Findest du mich hässlich?«

»Das ist eine Einbahnstraße!«

Mehr als einmal hatte er sie mit seinen Kommentaren vom Beifahrersitz zu wütendem Weinen gebracht, sodass schließlich er hatte weiterfahren müssen. Kurz überlegte er, ob er es noch mal mit ein wenig Provokation versuchen sollte, aber er entschied sich dafür, erwachsen geworden zu sein.

Auf der Fahrt verwickelte sie ihn dann zu seiner Überraschung nicht in irgendwelche Gespräche, sondern ließ eine Playlist mit Achtziger-Partyliedern laufen. Sie sprach kein Wort. Aber er wusste, dass sie erwartete, dass er sie fragte, wie genau es jetzt konkret mit ihrem aktuellen Freund lief, wie die Arbeit war, ob es ihr gut ging. Er hatte keine Lust auf Fragen. Noch weniger auf Antworten. Weil er sie ohnehin schon kannte. Sie überraschte ihn nicht mehr. Es fühlte sich zwar immer wieder wie ein Nachhausekommen an, wenn sie sich trafen, aber sie waren auserzählt. Es verband sie nichts mehr außer ihrer Vergangenheit. Aber nur er schien das begriffen zu haben. Er musterte sie kurz unmerklich aus den Augenwinkeln. Ihr perfekter Dutt kratzte an der Astradecke.

Er dachte an ein Gedicht von Theodor Fontane:

Mein Herze, glaubt's, ist nicht erkaltet,
es glüht in ihm so heiß wie je,
und was ihr drin für Winter haltet,
ist Schein nur, ist gemalter Schnee.
Doch, was in alter Lieb' ich fühle,
verschließ ich jetzt in tiefstem Sinn,
und trag's nicht fürder ins Gewühle
der ewig kalten Menschen hin.
Ich bin wie Wein, der ausgegoren:
Er schäumt nicht länger hin und her,
doch was nach außen er verloren,
hat er an innrem Feuer mehr.

Wie in einem schlechten Roman lief dazu *Tainted Love* von Soft Cell. Verdorbene Liebe. Er liebte den Kitsch.

»Wie lange brauchst du?«, fragte sie, am Krankenhaus angekommen.

»Wie lange braucht man, um seinen kranken Vater zu besuchen, wenn man ihn ein Jahr nicht gesehen hat?«

Er schlug die Tür des Astras zu, ohne eine Antwort abzuwarten. Im Weggehen blickte er sich noch einmal zu ihr um und sah, wie sie sich einzelne Armhaare zupfte. Im Auto lief *Karma Chameleon* von Culture Club.

Sein Vater war gerade aus der Narkose aufgewacht und so neben der Spur, wie Erik ihn noch nie erlebt hatte. Normalerweise war er bedacht und kontrolliert, ganz der Mathelehrer. Er hatte Erik zu Disziplin erzogen, im Gegensatz zu seiner Mutter, die den liebenden Part übernommen hatte. Er war beiden dankbar. *Erst denken, dann fühlen* war der wichtigste Grundsatz seines Vaters, und den hatte Erik inzwischen perfektioniert. Ungefilterte Gefühle hatten schon viel kaputtgemacht in der Welt.

»Moin Moin, mein lieber Sohn. Wie schön, wie schön«, lallte sein Vater, freute sich und küsste Eriks Hand, bevor er sie in seine eigenen Hände nahm und ausgiebig rubbelte, was Erik etwas verstörend fand.

Im Nachbarbett lag jemand mit dem Rücken zu ihnen und stöhnte unentwegt.

»Moin, Papa, wie geht's dir?«

»Hervorragend, mein lieber Erik, hervorragend«, sang Eriks Vater ausdrucksstark.

»Ich komm vielleicht morgen noch mal wieder, oder?«

»Ich hab Zeit, ich hab Zeit, bleib ruhig.«

»Neele wartet auch im Auto, wollte nur kurz Hallo sagen und schauen, ob es dir gut geht.«

»Wie lieb von dir, ich hab dich so lieb, weißt du?«

Sein Vater rubbelte immer noch Eriks Hand, aber mit jedem Satz wich mehr von seiner anfänglichen Energie.

»Ich dich auch, weißt du doch.«

Ruppig zog er seine Hand aus den Händen seines Vaters, dessen Augen langsam schmaler wurden. Ein Krankenpfleger kam herein. Das Stöhnen aus dem Nachbarbett wurde lauter.

»Ihr Vater sollte jetzt etwas schlafen«, sagte der Pfleger.

Erik war erleichtert. So wollte er seinen Vater nicht sehen. Er hoffte, dass der die Begegnung morgen vergessen hatte.

»Gute Besserung, Papa!«

Mit letzter Kraft stöhnte er: »Danke, Spatz!«

»Ist alles gut gelaufen, keine Sorge«, beruhigte ihn der Pfleger auf dem Flur, obwohl Erik gar nicht beruhigt werden musste. Er sorgte sich nicht.

In ihm stieg kurz Wut auf, aber er behielt sie für sich. Gefühlszuschreibung. Davon auszugehen, dass man in einer bestimmten Situation bestimmte Gefühle haben müsse, ohne sich aber den Menschen genau anzusehen und vielleicht unerwartete Zeichen zu erkennen. So weit war die Menschheit noch nicht.

»Solltest du irgendwann mal krank werden, zwing mich nicht, dich im Krankenhaus zu besuchen!«, sagte er zu Neele, als er wieder im Astra saß.

»Wie geht's ihm?«

»Hervorragend«, gab Erik wieder.

»Ich hab übrigens aufgehört zu rauchen«, sagte sie stolz.

»Glückwunsch!«

Sie drehte *Boys Don't Cry* von The Cure lauter und startete den Motor. Inzwischen hatte er den Verdacht, sie wolle ihm mit dem Inhalt dieser Playlist etwas sagen. Sie lief inzwischen zum zweiten Mal. *Tainted Love*, *Karma Chameleon*, *Boys Don't Cry*. Immer diese ätzenden Spielchen, Erik mochte Klarheit, und wenn man ihm etwas durch die Blume sagen wollte, machte er zu, das wusste sie doch.

Noch eine halbe Stunde im Astra. Wieder sagte sie kein Wort. Als sie im Amselweg ankamen, fragte er nach dem Link zur Playlist. Sie verabschiedete sich mit einer herzlichen Umarmung.

»Bis später in der Kirche«, sagte sie.

Erik würde dieses Jahr nicht in die Kirche gehen, sagte aber trotzdem: »Bis dann.«

Heiligabend nur mit Mutter und Oma war ein Fest. Nicht dass sein Vater sonst gestört hätte, er saß normalerweise unbeteiligt in der Ecke und kommentierte unregelmäßig das Geschehen, aber seine Mutter war anders, wenn sein Vater nicht dabei war. Er wollte nicht sagen freier, aber ausgelassener, vielleicht, weil jemand wie sein Vater auch immer ein wenig Ruhe in seine Umgebung brachte.

Erik und seine Mutter schmückten dieses Jahr den Baum so grell und bunt, wie es sein Vater nie zugelassen hätte, holten Oma aus dem Seniorenheim, tanzten zu Techno um den Baum, tranken und aßen genauso viel wie sonst zu viert, wenn nicht mehr, und mussten am nächsten Tag völlig verkatert nachkochen, um seinem Vater was vom »Weihnachtsessen« mitzubringen, nachdem sie Oma ins Heim zurückgebracht hatten, da gab es Gans.

Eine Krankenschwester fing sie noch vor der Zimmertür ab.

»Sie sind verwandt mit dem Patienten?«

»Dem Blinddarm, ja«, sagte Erik überrascht und fand seine Antwort unpassend. Er wollte nur auf keinen Fall mit dem Stöhnenden in Verbindung gebracht werden.

»Es gab Komplikationen, er ist vor fünf Minuten noch mal in den OP gebracht worden.«

Seine Mutter legte die Tupperdosen auf zwei der Plastikstühle, die an der Wand befestigt waren, und fixierte die Schwester. »Können Sie da etwas genauer werden?«

»Leider nein, meine Schicht hat gerade erst angefangen. Müssen Sie warten, bis er aus dem OP kommt, das kann dauern.«

»Ist das Ihr Ernst?« Seine Mutter wurde laut, Leute drehten sich zu ihr um.

»Mama!«, ermahnte Erik sie. »Wird schon nichts Schlimmes sein.«

»Das ist doch zum Mäusemelken …«

Arm in Arm warteten sie im Neonlicht des Gangs und aßen irgendwann gedankenverloren den Inhalt der Tupperdosen. Ihre vollen Mägen verkrampften sich, und sie lehnten sich wieder aneinander. Seine Mutter schlug irgendwann eine Meditation vor, nahm Erik an die Hand und schloss die Augen. Erik tat es ihr gleich, spürte aber nur seinen Kopfschmerz. Zu viel Pernod. Kurz vergaß er dann doch alles um sich herum. Bis sein Handy vibrierte: Neele.

Er ging ran und flüsterte: »Grad schlecht.«

»Na, mein Weihnachtshase? Wie war der Heilige Abend?«

»Gut …«

»Bei mir auch. Die alten Leute sind so dankbar, es war wirklich herrlich. Bruno war auch da. Nächstes Mal komm doch auch mit«, trällerte sie.

»Ist grad *wirklich* schlecht bei mir.«

»Okay. Hat das was mit mir zu tun?«

»Nein, Kater.«

»Okay. Sehen wir uns nachher noch? Morgen bin ich wieder im Heim, und übermorgen bist du ja schon wieder weg, und in der Kirche haben wir uns auch nicht gesehen.«

»Kann ich noch nicht sagen, sorry.«

»Ist irgendwas?«

»ICH. KANN. ES. NOCH. NICHT. SAGEN!« Er wurde plötzlich sehr laut, sodass seine Mutter die Augen öffnete. Es hallte durch den Krankenhausflur, die Leute schauten zu ihm herüber.

Neele sagte nichts. Man hörte nur das Rauschen in der Leitung.

»Wer war das? Was war denn los?«, fragte seine Mutter.

Er legte auf.

»Neele.«

»Was wollte sie denn?«

»Mich treffen.«

»Warum hast du ihr nicht einfach gesagt, was hier los ist?«

»Es ist einfacher so.«

»Du bist ziemlich laut geworden. Bist du sicher, dass das sein musste?« Sie fragte das ohne Vorwurf, sie wollte tatsächlich wissen, ob er seinen Ausbruch bereute.

»In diesem Moment fühlt es sich richtig an.«

Er schrieb Neele eine SMS. »Ich melde mich später«, und erhielt sofort eine Antwort: »Bitte nicht.« Ihn erleichterte die Nachricht. Später würde sie eh trotzdem anrufen, sie würden sich treffen, und alles wäre wieder okay. Wie schon so oft.

Dazu kam es aber nicht. Sie sahen sich erst drei Monate später in Helsinki wieder.

Eine weitere Stunde verging, bis der Arzt Entwarnung gab.

»Es bestand eine Nahtinsuffizienz, aber eine Peritonitis konnte verhindert werden. Es wird ihm bald besser gehen. Kommen Sie am besten morgen wieder.«

Mit ihren leeren Tupperdosen fuhren sie direkt ins Seniorenheim zu Oma und bekamen sogar noch Gansreste.

Am Abend trafen sich Erik, Bruno, Georg und Onkel Freddie bei Dagmar.

»Ich bin wieder Single!«, rief Bruno. »Jetzt wird gesoffen! Dagmar, eine Runde BoKü für alle!«

Bokü, die abenteuerliche Mischung aus Bommerlunder und Küstennebel.

»Runter damit, bevor es nach Glas schmeckt!«, brüllte Onkel Freddie.

»*Man bringt es nicht weit bei fehlendem Sinn für Feierlichkeit*«, leitete Erik endgültig das Saufgelage ein.

»Droste-Hülshoff?«, fragte Bruno.

»Fontane«, sagte Georg.

5

Seine Mutter und Golden Retriever Emma empfangen Erik an der alten roten Tür mit dem geschnitzten Rahmen. Es ist ein Wunder, dass er noch nicht auseinandergebrochen ist. Das Holz ist verwittert, und Eriks kindliche Schnitzereien sind kaum noch erkennbar, weil der Holzwurm drin wohnt. Vor ein paar Jahren ist das sehr alte Haus komplett saniert worden, nur die Tür mit ihrem Rahmen wollte seine Mutter unbedingt im Originalzustand erhalten.

Erik wirft seine Konfirmantionsanzugjacke auf die Flurkommode.

»Der Anzug kann in die Altkleidersammlung. Den zieh ich nie wieder an.«

Seine Mutter hängt die Jacke fein säuberlich auf einen Bügel und an die Garderobe.

»Schön, dass du kommst, Essen ist gerade fertig. Schuhe aus!«

Das sagt sie jedes Mal, wenn er das Haus betritt. Er drückt sie und küsst ihre Wange.

»Moin, Mama.«

»Moin, Sohn.« Sie drückt und küsst zurück. »Schön, dass du mal im Sommer kommst. Da siehst du auch mal den Garten in Grün. Wie war die Beerdigung?«

»Spannend!«

»Oh, warum das denn?« Seine Mutter war noch nie gut in Ironie. Obwohl er es tatsächlich spannend fand.

»Viele Dinge sind spannend, wenn man sie zum ersten Mal tut.«

»Kommt auf die Erwartungen an. Wie geht es Elke?«

»Den Umständen entsprechend.«

Seine Mutter nickt geschäftig und schiebt ihn an den Küchentisch.

Es ist sicher nicht einfach für seine Mutter gewesen, nicht auf die Beerdigung zu gehen. Neele war für sie wie eine Tochter. Und auch Eriks Oma ist aus Solidarität ferngeblieben. Elke und seine Mutter waren beste Freundinnen seit Schulzeiten, aber das ist lange her.

Es gibt Kartoffeln mit Rotkohl und Sojaschnitzel.

»Gluten-, fleisch- und zuckerfrei, mein Schatz.«

Erik verzichtet auf alles, von dem er annimmt, dass es ihm nicht guttut. Seine Mutter war, zu seinem Ärgernis oft mehr als er selbst, schon immer eine Meisterin darin zu wissen, was ihm guttut.

Sein Vater kommt vom Klo und legt ihm kurz die Hand auf die Schulter.

»Alles okay?«

»Unbedingt. Hunger!«

Sein Vater lacht väterlich.

Es schmeckt hervorragend, seine Mutter muss mindestens zwei Stunden gekocht haben. Und jede Sekunde hat sie es gern getan. Erik ist ihr unendlich dankbar, drückt ihr noch einen massiven Schmatzer auf die Wange, während er ihren Kopf mit beiden Händen hält, sie kippt fast vom Stuhl, freut sich aber so sehr, dass sie richtig rot wird.

Er hat ein gutes Verhältnis zu seinen Eltern und erzählt ihnen alles, was ihn bewegt. Bis auf den Schlager. Den verschweigt er. Und dass er sich nicht für Sex interessiert, aber das ist kein Geheimnis, es spielt schlichtweg keine Rolle und bedarf keiner Erwähnung. Er ist einfach genau das, was er von sich zeigt. Er ist ein Buch mit keinem Siegel, sein stilles Wasser ist flach.

Jetzt am Esstisch geht es aber nicht um ihn, sondern um Emma. Sie hat Würmer, die ihr aus dem Poloch kriechen. Sogenannte Oxyuren, von denen ihm sein Vater ein Foto auf dem Tablet zeigt.

Zum Nachtisch gibt es selbst gebackenen Kuchen, gesüßt mit Datteln anstatt mit Industriezucker, und dabei sitzen sie auf der großen Couch und schauen *Bares für Rares*.

Diese Sendung fesselt ihn ungemein. Die Idee ist bestechend in ihrer Einfachheit. Jemand bringt einen Gegenstand, von dem sie oder er denkt, er sei besonders kurios, antik und/oder rar, zu einer Expertin oder einem Experten, ein Moderator, der eigentlich Koch ist, plaudert munter drauflos und fragt, wo man das Stück denn herhätte, man hört sich die Expertise an, es wird eventuell auf Gold geprüft, ein gutes Zeichen, wenn es piepst, Karatzahlen und Punzen werden gesucht, dann kommt die Frage, was man denn gerne für einen Preis erzielen würde, und die Expertin nennt den geschätzten Wert, der manchmal weit unter oder über den hanebüchenen Vorstellungen liegt. Man freut sich oder ist enttäuscht und muss entscheiden, ob man unter diesen Vorzeichen verkaufen möchte und was man mit dem Geld machen würde. Dann bekommt man die Händlerkarte und darf in den Händlerraum, wo die Händlerinnen und Händler bis auf die Knochen handeln, sich überbieten und am Ende etwas Kurioses, Antikes und/oder Rares kaufen. Abschlussinterview, ob man zufrieden sei mit dem Verkauf, es sind immer alle zufrieden, nächster Gegenstand. Genial.

Emma legt sich auf Eriks Füße, sie liebt das. Seine Mutter beginnt zu stricken. Dieses Klackern der Nadeln versetzt ihn immer in seine Kindheit. Die pure Idylle. Ein Schoß. Er fährt sich über seine Haare. Sein Handy vibriert. Vielleicht seine besten Freundinnen Merle und Paula. Obwohl er den Anruf erst am Montag erwartet. Sein Vater stellt den Fernseher auf lautlos und nimmt sich sein Tablet mit der neuesten Online-Ausgabe eines HiFi-Magazins.

Bruno. Ob er zum Spielplatz kommt. Ein zweiter Anruf. Warum passiert so was eigentlich so häufig? Tagelang ruft niemand an und dann plötzlich zwei auf einmal. Kann man eigentlich auch drei Anrufe gleichzeitig bekommen? Erik beschließt, es später auszuprobieren.

Jetzt ist erst mal Elke auf Leitung zwei, es gibt bestimmt Ärger wegen der Schippe, fürchtet er, bestätigt Bruno das Spielplatztreffen, setzt eine Trauermiene auf, obwohl sie die ja gar nicht sehen kann, nimmt den Anruf an und schluchzt ins Telefon: »Ja? Wer ist da?«

»Hier ist Elke, alles okay bei dir?«

»Nein, *nichts* ist okay. Sie ist tot.«

Kurz hört er nichts, dann zieht sie die Nase hoch.

»Falls du Lust hast, wir machen heute Abend noch ein kleines Essen, nur für die Familie eigentlich, aber du bist auch herzlich willkom…«

»Gib ihn mir mal«, wird sie unterbrochen von einer tiefen Männerstimme.

»Hier Onkel Freddie …«, flüstert Onkel Freddie verschwörerisch, »… und danach schön zu Dagmar!«

»Äh, ja, vielleicht. Ciao.«

»Ciao Kakao.«

Jetzt haben Onkel Freddie und Erik ein Geheimnis. Aber das darf jeder wissen.

Er merkt erst jetzt, dass seine Eltern ihn völlig entgeistert angucken.

»Du bist immer noch kein guter Schauspieler«, tröstet ihn seine Mutter.

»Bewerbungsfrist für die Schauspielschule Hamburg endet bald.« Das hat sein Vater ergoogelt und zeigt triumphierend auf sein Tablet. Der Humor seines Vaters.

Erik wendet sich wieder dem Fernseher zu. Ein alter Pokal, aus dem Kaiser Wilhelm 1871 getrunken haben soll. Tausenddreihundertfünfzig Euro. Unfassbar.

Seine Mutter holt einen kleinen Blechfrosch aus der Vitrine, den man aufziehen kann und der dann dreimal hüpft.

»Ob ich damit mal hingehen soll? Hab ich schon ewig rumfliegen. Ist alt. Ich glaube, den hat mir Elke geschenkt, als Beate gestorben ist. Hat mir damals viel bedeutet.«

Beate war die ältere Schwester von Eriks Mutter und ist mit vierzehn Jahren an Leukämie gestorben.

»Da ist aber die Fahrt teurer«, meint sein Vater.

»Vierzig Euro wert«, antwortet ihm eBay auf dem Tablet.

»Nimm mit. Kannste ja weiterverschenken, wenn du ihn nicht willst.« Eriks Mutter meint es gut.

»Danke schön.«

Er mag ihn wirklich, nimmt den Frosch mit in sein Zimmer, quält sich aus der Anzughose und betrachtet seine alten Poster. Nirvana, Mr. President, Coolio. Sehr diverser Geschmack damals. Er ist beeindruckt. Auch von der Konservierung seines jugendlichen Lebens. Seine Mutter nutzt den Raum manchmal zum Bügeln, aber sonst bleibt er einfach das Zimmer dieses Menschen, der er mal gewesen ist.

6

Neele hatte Erik einen Brief geschrieben. In all den Jahren ihrer Freundschaft hatte es nie einen Brief zwischen ihnen gegeben. Sie waren ja ohnehin immer beisammen gewesen, bis Erik wegzog.

Der Brief war eine einzige Entschuldigung. Sie habe ihn jahrelang nicht als Menschen behandelt, sondern nur als emotionalen Mülleimer. Dabei habe sie ihre gemeinsam erarbeiteten Lösungspläne und seine Ratschläge immer missachtet, weil sie nicht anders gekonnt habe, weil etwas sie getrieben habe. Es sei ihr unendlich peinlich, und sie wisse jetzt endlich, wie er sich fühle. Sie sei immer so viel mit sich beschäftigt gewesen, dass sie es versäumt habe, wirklich bis zu ihm vorzudringen, sodass sie verstehen könne, dass er sich ihr verschlossen habe. Sie bedauere sehr, dass sie ihn dadurch in den letzten Jahren immer mehr verloren habe. Sie werde immer für ihn da sein, egal, was passiere, das solle er wissen. Ach so, und ja, er habe mal wieder recht gehabt, kurz vor der Hochzeit habe es leider doch nicht mehr geklappt mit Ferdi.

Erik las den Brief ein einziges Mal. Er war auf sieben DIN-A4-Seiten handgeschrieben.

Er schrieb ihr eine E-Mail: »Danke für deinen Brief. Deine Erkenntnisse freuen mich. Aber dass du immer für mich da sein wirst, egal, was passiert, klingt für mich wie eine Drohung, nicht falsch verstehen. In alter Verbundenheit, Erik.«

Vier Tage später rief sie an, Erik war in Eile. Es war der erste Tag seines Auslandssemesters in Helsinki, und er war spät dran.

»Du Arschgeige«, fing sie an.

»Die Achtziger haben angerufen und wollen ihre Beleidigung zurück.«

»Du Bush! Modern genug?«

»*Nichts ist kläglicher als Humor in zu engen Schuhen.*«

»Verstehe ich nicht. Zitierst du etwa immer noch Droste-Hülshoff?«

»Nee, eigentlich nicht, aber das passte jetzt zu gut. Woher weißt du überhaupt, dass das von ihr ist?«

»Geraten.«

»Du, ich muss los.«

»Nur *ganz* kurz!«

Dieses »ganz kurz« kannte Erik. Er nahm seine gepackte Tasche und verließ das Haus, Neele zwischen Ohr und Schulter geklemmt.

»Ich wollte nur sagen, ich habe es nicht falsch verstanden. Ich kenne dich ja. Nur allzu gut, mein Freundchen.«

»Was willst du jetzt?«

»Nicht gleich wieder cholerisch werden.«

Erik hasste es, wenn man ihm unterstellte, cholerisch zu sein, nur, weil er ab und an Gefühle sammelte und sie dann mit einem Mal rausließ. Er fand das sehr effektiv. Er riss sich aber zusammen und ließ sie weiterreden.

»Ich habe immer nur dich geliebt, das ist dir doch wohl klar.«

Ja, das war ihm klar. Aber er konnte mit dieser Information nichts anfangen. Gerade rannte er jedenfalls die Treppen des Studierendenwohnheims runter.

»Und was war mit den hundert anderen Typen?«

»Hundert waren es ja wohl nicht.«

»Neunzig.«

»Du weißt, das war was anderes.«

»Was willst du, Neele, ich bin echt im Stress«, sagte er und sprang in die Straßenbahn.

»Du hast damals beim Campen gesagt, du liebst mich auch.«

»Korrekt. Damals, Neele, bitte …«, flehte er.

Es entstand eine kurze Pause.

Dann legte sie wieder los: »Wenn du asexuell bist, ja …?«

»Was soll *das* Thema denn jetzt?«

»Ich habe eine Lösung.«

»Ich *brauche* keine Lösung, ich habe kein Problem!« Er wurde laut, und einige Leute in der Straßenbahn sahen ihn an, wenigstens verstanden wahrscheinlich die wenigsten hier Deutsch.

Neele ruderte zurück. »Ich wollte ja auch nur hören, ob wieder alles gut ist zwischen uns.«

»Bis Weihnachten, Neele«, sagte Erik nur.

»Bis Weihnachten, Arschgeige«, sagte Neele und legte auf.

Er wusste natürlich, was sie wollte, aber dafür war es zu spät.

7

Eine halbe Stunde später trifft er die anderen auf dem Spielplatz der Grundschule. Bruno macht gerade eine Runde Bierchen auf. Dafür hat er sich Handschuhe angezogen. Wie ein Sommelier.

Wahrscheinlich vom Ploppen der Kronkorken aufmerksam geworden, brüllt der Hausmeister, der irgendwie nicht älter wird und offenbar auch in den Sommerferien in der Schule ist, aus dem zweiten Stock, die Rabauken sollten nachher gefälligst alles wieder mitnehmen, was sie mitgebracht hätten.

»Auch die Kippen!«

Natalie ist auch da. Sie war Erik auf dem Friedhof schon negativ aufgefallen, oder besser gesagt: ihr Freund in Thor Steinar, mit dem sie sich jetzt eine Zigarette teilt. Sonst raucht niemand.

Erik sagt nur Hallo, umarmt niemanden. Auch nicht Helene, die er mal sehr mochte, der er aber nicht geben konnte, was sie wollte, und die immer noch wahnsinnig enttäuscht von ihm ist. Glaubt er.

Apropos Enttäuschung: Sven. Ist inzwischen Vater von sechs Kindern von fünf verschiedenen Frauen, die er nicht sehen darf oder will. Also die Kinder. Teilweise auch die Frauen. In der Schule dachten alle, er wird mal steinreich, wie seine Eltern, aber die haben ihn enterbt, als er mit sechzehn zum ersten Mal Vater wurde. Er wohnt trotzdem noch über der Garage. Und ist immerhin Filialleiter vom kleinen nahkauf, der aber nicht mehr lange überleben wird, weil am Fleckenrand, direkt neben Lidl, noch ein REWE gebaut wird.

Patrick ist auch mit Freundin da. Sie sieht wirklich sehr schwanger aus, aber Erik fragt lieber nicht.

Wo Ferdi hin ist, fragt er. Auf der Beerdigung war er noch.

»Zurück zur Familie, viereinhalb Stunden Fahrt«, weiß Bruno zu berichten.

Etwas abseits, auf der großen Vogelnestschaukel, sitzt ein in sich verschlungenes Pärchen. Beide gucken in ihre Smartphones und chatten wahrscheinlich miteinander. In regelmäßigen Abständen rotzen sie auf den Boden, immer erst er, dann, wie zur Antwort, sie. Von den anderen nehmen sie keine Notiz. Er glaubt, den Schulmobber Mirko zu erkennen.

»Ist das Mirko?«, fragt er die anderen.

»Ja, mit Dana. Eifersüchtig?«, fragt Helene.

Dana und er haben auf der Konfirmandenfreizeit geknutscht. Helene ist definitiv noch enttäuscht, wenn sie solche dummen Fragen stellt.

Der Spielplatz wurde gerade komplett neu gestaltet.

»Mit dem Geld, das unsere Eltern gespendet haben, als wir in der Dritten waren«, scherzt Natalie, hat aber recht.

Das wird das einzige Mal bleiben, dass er ihr recht gibt.

»Wir können froh sein, dass hier heute keine Asylanten rumhängen«, fügt ihr Freund an.

»Psssscht«, macht Erik und zeigt ins Gebüsch, »ich glaube, da war ein Igel.«

Da war kein Igel.

»Wie bist du denn drauf?«, fragt Wotan oder wie er heißt und schnipst die Kippe ins Gebüsch. »Linke Zecke, ja?«

Bruno beginnt, mit allen anzustoßen.

»So, erst mal Prost, so jung kommen wir nicht mehr zusammen!«

Er hat Erik ein Kronenwasser medium mitgebracht. Patricks Freundin trinkt auch ein Wasser, aber *spritzig*, und jetzt, im Sitzen, fällt der runde Bauch doch noch mal deutlich auf.

Erik wagt den Vorstoß und zeichnet mit seiner Hand die Kugel nach. »Na, Patrick, wann ist es denn so weit?«

»Wieso, was meinst du?«

Das älteste Fettnäpfchen.

»Dreizehnter Dezember«, sagt Patricks Freundin.

Das wird das Einzige sein, was sie heute sagt, wahrscheinlich darf sie nur reden, wenn Patrick es erlaubt, so guckt er sie jedenfalls gerade an. Patrick war schon immer sehr witzig, und Erik findet, das sollte Patrick wissen.

»Witzig, Patrick, Glückwunsch. Bin ich voll drauf reingefallen.«

»Danke und Prost! *Ich* darf ja trinken! Prost, Schatz, und Prost, Jack!«, wendet er sich seinem Ungeborenen zu.

»Und wann ist es bei *dir* so weit?«, fragt Natalie, und Erik versteht erst nicht, was sie meint.

»Wie?«

»Du trinkst Wasser. Bist du schwul oder so?«

Wotan lacht zu laut. Erik sagt nichts, auch weil Sven in dem Moment ihren alten Schlachtruf anstimmt.

»Die Wiesen sind grün, die Sonne ist gelb, und wir sind BLAU, BLAU, BLAU!«

Kein Meisterwerk des Schlachtrufgenres. Textlich, harmonisch und allem voran metrisch eine Katastrophe. Bei *BLAU, BLAU, BLAU* haben sonst alle mitgegrölt, heute grölt nur Wotan: »BRAUN, BRAUN, BRAUN!«

Das Gebrüll hallt von den Grundschulmauern zurück, kurz erscheint das genervte Gesicht des Hausmeisters, jetzt im ersten Stock.

»Oder meintest du die AfD? Wegen blau?«, will Wotan wissen.

Alle starren auf den Boden. Erik schüttelt unmerklich mit dem Kopf.

Helene bekommt einen Anruf, singt: »Hahai!«, klemmt sich das Handy zwischen Kinn und Schulter und geht hinters Klettergerüst telefonieren. Niemand schaut ihr nach. Man versteht jedes Wort. Inhaltsleeres Geturtel.

Diese Situation ist derart deprimierend für alle. Erik hofft jedenfalls, dass es allen so geht. Aber er weiß eigentlich, dass er gerade den Alltag dieser Menschen erlebt. Na gut, heute waren sie auf einer Beerdigung, aber besser wird es hier sonst auch nicht sein.

»Leute, ich bin noch bei Neeles Familie zum Essen eingeladen, ich muss los.«

Die Spaßbremsensprüche prallen an seinem Rücken ab. Es sind noch zwei Stunden bis zum Essen. Aber er musste da raus.

8

Es war Frühsommer, Erik saß in seinem zweiten Semester in Wien mit einigen Kommilitoninnen und Kommilitonen bei Flaschenbier am Donaukanal, als sein Handy vibrierte: Neele. Seit einem halben Jahr kein Lebenszeichen. Das würde länger dauern. Sie hatte ihm versprochen, sie würde nur in absoluten Notfällen anrufen, und seit seinem Wegzug war das noch nicht vorgekommen, was ihn sehr wunderte. Er drückte auf den roten Hörer und wandte sich wieder den Gesprächen zu. Fünf Minuten später noch mal.

»Geh ruhig ran«, sagte Merle, Eriks neue gute Freundin und Mitbewohnerin.

»Das würde länger dauern«, verneinte Erik.

»Eine Ex?«, fragte einer von der anderen Seite, weil er ihn noch nicht so gut kannte.

»Nein, glaube nicht.« Er lachte, stand auf, nahm sein Bier und entschuldigte sich bei den anderen, weil er nicht unhöflich sein wollte, vor allem aber keine Lust auf Probleme hatte. Neele hatte schon wieder aufgelegt.

Erik ging noch ein paar Minuten mit dem Handy in der Hand am Kanal entlang, holte sich bei Billa ein neues Bier und stellte sich ans Geländer des Erdberger Stegs. Es klingelte wieder. Er überlegte kurz, das Handy einfach in den Kanal fallen zu lassen, dann drückte er aber doch die grüne Taste.

»Erik, hallo?«, meldete er sich.

»Du siehst doch meine Nummer auf dem Display, warum meldest du dich so förmlich?«, schimpfte sie und legte so direkt die Gesprächsetikette fest.

»Wenn ich angekackt werden will, stell ich mich unter einen Möwenschwarm.«

»Ich werde heiraten«, sagte sie schnell mit hörbarem Stolz.

»Wen denn?« Erik versuchte, gleichgültig zu klingen, und er war erstaunt, dass es ihm tatsächlich nahezu gleichgültig war.

»Ferdi.«

»Ach, der Ferdi ist ein Guter, schön für dich. Mit dem ging doch schon mal was vor einigen Jahren, oder?«

»Jo, ich hab ihn nie so richtig vergessen. Alte Liebe rostet nicht, weißte?«

»Na, herzlichen Glückwunsch. Dann bis Weihnachten.«

Sie sagte nichts.

»Hallo?«, fragte Erik.

Stille.

Er hielt das Handy weiter weg, sagte wie zu sich selbst: »Hallo? Hallo? Ach, blöd, Netz weg …«, und wollte auflegen, obwohl er wusste, dass sie ohnehin wieder anrufen würde.

»Erik!«, rief sie, und er nahm das Telefon wieder ans Ohr. »Ich dachte, du freust dich ein bisschen *mehr* für mich.«

Ihre Stimme klang brüchig.

»Ich freue mich, Neele, wirklich. Ist etwas schwer auszudrücken durchs Telefon.«

Neele fing leise an zu weinen. Er hörte das Feuerzeug und wie sie sich eine Zigarette anzündete.

»Wieso *weinst* du denn jetzt?«

Stille.

»Neele.«

»Wie bist du so hart geworden?«, fragte sie.

»Was meinst du damit?«

»Du bist zu einem Roboter geworden.«

»Übers Telefon ist es wirklich schlecht, weißt du?«

»Hast du ein Problem mit mir?«, fragte sie, und ihre Stimme war plötzlich wieder fest.

»Du hast doch eins mit *mir*. Du sprichst es ja gerade an.«

»Warum behandelst du mich so?«

Erik nahm das Handy vom Ohr, sah den Donaukanal entlang und überlegte kurz. Dann nahm er das Telefon wieder hoch.

»Ich freue mich, wenn es mit Ferdi klappt. Aber falls *nicht*, und die Statistik spricht stark dafür, komm nicht zu mir und heul dich aus. Ich kann dir nicht mehr helfen.«

Das musste ein Schlag in Neeles Gesicht gewesen sein, aber sie reagierte souverän.

»Dieses Mal wird es klappen. Du musst mir nicht mehr helfen, danke«, keifte sie.

Erik wurde nun ebenfalls sauer und beschloss, die Wut rauszulassen. Es musste endlich mal gesagt werden.

»Das hätte ich gerne schriftlich. Jahrelang habe ich dich getröstet, dir Ratschläge gegeben, und du hast immer und immer und immer wieder die gleichen Fehler gemacht. Ich bin mit meinem Latein am Ende, weißt du. Ich bin hilflos.«

»Ja, ist ja gut. *Du* bist das Opfer, ist schon klar«, sagte sie leise.

»Ich fühle mich verarscht! Jahrelang hast du meine Ratschläge ignoriert, und um selbst was zu ändern, warst du zu dumm. Ich durfte immer dein emotionaler Mülleimer sein, dafür war ich gut genug. Irgendwann ist bei mir dann auch Feierabend.« Erik meinte längst nicht alles so, wie er es sagte, und fand sich selbst übertrieben, aber es brauchte einen würdigen Abschluss. »LASS MICH IN *RUHE* MIT DEINER SCHEISSE!«, brüllte er ins Handy.

Wieso mussten immer in solchen Momenten Radfahrerinnen über die Brücke fahren? Ihr Blick kategorisierte Erik als

Psycho, und wahrscheinlich hatten seine neuen Freundinnen und Freunde, die etwa hundert Meter hinter ihm am Kanalufer saßen, ihn auch gehört. Das war ihm jetzt egal. Er atmete tief ein und aus.

Erst nach ein paar Momenten Stille sagte Neele: »*Musste* das jetzt sein?«

Erik hatte sich etwas beruhigt und überlegte genau, was er als Nächstes sagen wollte.

Er holte aus. »Du weißt: Mein Vater hat mir beigebracht, erst zu denken, dann zu reden. Das heißt für mich auch, dass ich, wenn ein Gefühl in mir hochkommt, erst mal kurz oder selten auch länger drüber nachdenke, bevor ich es rauslasse, weil ich ansonsten die Konsequenzen bereue. Verstehst du?«

Erik sprach fast schon bedächtig.

»Ja, das weiß ich, ich kenne dich mein ganzes Leben. Aber ich finde es immer wieder erstaunlich, wie du das kontrollieren kannst.« Ihre Stimme war plötzlich ebenfalls ganz ruhig. »Gefühle sind doch so mächtig.«

»Deshalb sollte man sie mit Vorsicht dosieren und sie gezielt einsetzen, zum Beispiel, um seine Meinung oder seine Bedürfnisse auszudrücken.«

»Aber wo gehen all deine Gefühle hin, wenn du sie nicht rauslässt? Gären sie nicht in dir, und irgendwann kommt es zum großen Knall, so wie jetzt gerade?«

»Die Kunst ist, die Gefühle gar nicht erst aufkommen zu lassen.«

»Das ist, als würdest du sagen: *Die Kunst ist, erst gar keinen Hunger zu haben*.«

»Der Unterschied ist, dass du stirbst, wenn du nicht isst.«

Sie schien kurz drüber nachzudenken.

»Und bereust du die Konsequenzen?«, fragte sie dann.

»Nein«, antwortete Erik schnell.

Kurze Stille.

»Dann bis Weihnachten«, sagte sie und wartete nicht, bis er sich auch verabschiedet hatte.

9

Er geht die Hauptstraße des Fleckens entlang. Flecken ist übrigens die offizielle Bezeichnung dieser Art von Orte, die im Mittelalter sogenannte Minderstädte mit eingeschränktem Stadtrecht waren. Zentrale Orte der untersten Ebene, häufig in dünn besiedelten Gebieten, wo der Weg zum Markt in der nächsten Stadt für die Bauern zu weit war. So wurde es ihnen jedenfalls in der Schule beigebracht. Also, unterste Ebene passt. *Strukturschwach* würde man heute sagen.

Es ist niemand auf der Straße, dabei scheint herrlich die Sonne, es fahren kaum Autos. Zwei Leichenwagen, die wahrscheinlich dem Ofen Futter bringen. Die Vögel singen, und irgendwer hört die Böhsen Onkelz.

Früher war die Hauptstraße die Hölle. Ein Nadelöhr. Vierzigtonner und Trecker rund um die Uhr. Vor fünfzehn Jahren wurde nördlich des Fleckens eine Schneise durch den Wald geschlagen und eine Umgehungsstraße gebaut. Der ganze Stolz der damaligen Bürgermeisterin, die ein paar Jahre später eine Skihalle als überregionale Sensation in den Flecken bringen wollte, dann aber plötzlich mit ihrer ganzen Familie verschwand. Irgendwann dachte Erik, ihre Tochter in Thailand am Strand gesehen zu haben, aber vielleicht hatte er sich getäuscht. Statt die Skihalle zu bauen, wurde das marode Krematorium unsaniert wiedereröffnet. Auch schön.

Eriks Handy vibriert.

»Kommst du klar? Sehen wir uns noch?«

Er würde jetzt gerne was mit Bruno alleine machen.

»Ich würde gern was mit dir alleine machen, aber die anderen ertrage ich nicht. Ich bin gleich bei nahkauf.«

»Ich komme.«

Zu den Vögeln und den Onkelz mischt sich noch ein anderes Geräusch. Bässe und jetzt auch Autotune. Und dann sieht er sie. Gegenüber vom kleinen nahkauf-Parkplatz sitzt die heutige Fleckenjugend, ein Mädchen, ein Junge, mehr junge Leute gibt's hier wahrscheinlich auch nicht mehr. Sie rauchen und entdecken ihn auf der anderen Straßenseite.

»Haste mal ne Zigarette, oder was?«

»Bitte?«

Er ist sich nicht sicher, ob er sie richtig verstanden hat, die Musik ist sehr laut.

»Zigarette, oder was?«, brüllt die vielleicht Vierzehnjährige im Bauchfreien.

»Nee, ich rauch nicht mehr. Ist ungesund«, brüllt Erik zurück, obwohl er noch nie geraucht hat und sich dabei etwas zu elterlich vorkommt.

»Findst dich wohl total geil, oder was?«

Jetzt ganz entspannt bleiben.

»Komma rüber!«, glaubt Erik zu verstehen, atmet tief ein und wechselt die Straßenseite, während er mit Daumen und Zeigefinger an einem imaginären Regler dreht und auf die Boombox deutet.

Sie geht tatsächlich noch lauter. Der sehr stämmige, picklige Junge baut sich vor Erik auf – beziehungsweise unter ihm, denn er ist zwei Köpfe kleiner als er – und bläst ihm seinen Rauch an die Brust.

»Na? In welchem Schwulenknast wirst du denn vermisst?«, fragt er laut.

Erik findet die Frage überraschend kreativ.

»Ich weiß nicht, was du meinst«, stellt er sich dumm und beschließt, das aufkeimende Gespräch nüchtern durchzuziehen.

»Na, ausm Flecken biste nicht, deine Fresse würd ich kennen.«

»Doch, doch, bin hier geboren und aufgewachsen und besuche gerade meine Eltern.«

Das scheint ihn nicht zu beeindrucken. Er spielt vor Eriks Brust mit der Glut seiner Zigarette, indem er seinen Finger anleckt und die Glut zum Zischen bringt. Eriks Blick schweift zu dem Mädchen, das sich irgendwas aus dem Bauchnabel pult.

»Ey, glotzt du meine Schwester an, oder was?«

Erik schüttelt den Kopf und schaut seinem Gegenüber direkt ins Gesicht.

»Habt ihr auch die ätzende Frau Jansen?«, brüllt Erik.

»Wen?«

Er hatte gedacht, dass er über gemeinsame Hassbilder Kontakt aufnehmen könnte, so funktioniert das Aufbauen von gegenseitiger Sympathie heutzutage doch am besten, aber jetzt ihm fällt ein, dass seine ehemalige Grundschuldirektorin ja damals schon sechzig war und längst pensioniert oder tot sein muss.

»Egal. Und was macht ihr hier so den ganzen Tag? Wir haben früher immer auf dem Spielplatz rumgehangen.«

»Ey, sehn wir aus wie fünf, oder was?«

»Nee, als wir so alt waren wie ihr.«

»Vor fünfzig Jahren, oder was?«

Das wird hier kein vernünftiges Gespräch mehr, und Erik findet es völlig unnötig, dass der Typ fünfzehn Zentimeter vor seiner Brust steht. Na ja, sonst würden sie sich vielleicht gar nicht verstehen, wegen der Musik.

»Wen hört ihr denn da?«, schreit er.

»*Señorita*. Kay One feat. Pedro Lombardi. Kennste nicht, oder was?«, bölkt das Mädchen.

»Heißt der nicht Pietro?«, fragt Erik das Mädchen und ist richtig stolz auf seine Kenntnisse der aktuellen Popmusik.

»Ey, glotz sie nich so an, du bist ja richtig ekelhaft.«

Der Rabaukenbauch berührt leicht Eriks Oberschenkel.

Er fixiert wieder das Gesicht dazu. Und das hat Fragen.

»Du bist also hier geborn, oder was? Und wohnst jetzt nicht mehr hier, oder was?«

»Ich bin nach dem Abi ...«

»Uhhhh, Abi hat der feine Herr ...«, kommt es von dem Mädchen, das sofort verstummt, als ihr Bruder die Hand hebt, ohne sie anzusehen.

»Red weiter!«, befiehlt er Erik.

»Also, nach der Schule bin ich zum Stud..., zum Arbeiten woandershin.«

»Und hast deine Heimat verraten, oder was?«

»Glaube nicht. Meine Eltern wohnen ja auch noch ...«

»Kenn ich deine Eltern?«

»Kennt ihr nicht, denke ich.«

»Als ob. Ich kenn hier alle.«

Das führt doch zu nichts. Seine Mutter ist Yogalehrerin, jede und jeder kennt sie, spätestens seitdem sie eine Zeit lang halb nackt auf riesigen Plakaten für ihre Kurse Werbung gemacht hat, manche haben die Plakate noch bei sich zu Hause hängen. Sein Vater ist ein nicht ganz so beliebter Mathelehrer an der Grundschule. Das muss er dem provokanten Bengel jetzt nicht erzählen.

»Ist das Lied vom neuen Pedro-Album?«, versucht Erik abzulenken und wendet sich wieder dem Mädchen zu.

Jetzt presst die Wampe gegen seine Oberschenkel, und er riecht schnapsigen Nikotinatem.

»Du willst auf die Fresse, oder was? Lass meine Schwester in Ruhe, du Kinderf...!«

Er wird überrascht, als Erik einen Schritt zurückgeht, und stolpert fast auf ihn drauf. Im nächsten Moment packt er Erik auch schon am Kragen.

Soll er jetzt vor einem Halbstarken weglaufen? Soll er selbst zuschlagen? Er wundert sich, dass er zum ersten Mal in seinem Leben in eine solche Situation gerät. Es hätte Tausende Gründe gegeben, weshalb man ihn hätte schlagen können, aber diese Situation ist banal.

»Heyheyhey, was ist denn hier los?«

Bruno. Mal wieder der Retter, obwohl Erik auch interessant gefunden hätte, was passiert wäre. Wobei er höchstwahrscheinlich im Nachhinein auf die Situation hätte verzichten wollen.

Bruno gibt den zweien kurze, knackige fünfe, macht die Musik leise und gibt erst mal ne Runde Bier aus. Wo hat er jetzt schon wieder eine neue, kalte Kiste her? Am Samstagnachmittag? Der nahkauf hat jedenfalls schon seit Mittag zu.

»Mensch, Erik, kennste den Andi nicht? Das ist Svens Zweitgeborener. Und Alex, seine Schwester. Grüße von eurem Vater.«

»Der soll sich ficken gehen.«

Bruno nähert sich Andis Gesicht, nimmt das wulstige Kinn zwischen Daumen und Zeigefinger und drückt zu.

»Andilein, Andilein, dieser Ton gefällt mir aber gar nicht.«

»Lass uns mal gehen«, bittet Erik.

»Ja, verpiss dich, Kinderficker«, spuckt Andilein noch aus.

Bruno nimmt ihn sich noch mal etwas saftiger zur Brust, aber Erik versteht nicht, was er ihm sagt, er ist wirklich sehr nah an dessen Ohr.

»Vor *dem* musst du keine Angst haben«, beruhigt Bruno Erik.

Dabei hatte er gar keine Angst, nur überhaupt keine Lust auf blaue Flecken im Gesicht und darauf, ständig erklären zu müssen, was passiert wäre.

10

Erik war zum Studieren nach Wien gezogen. Direkt aus seinem Freiwilligenjahr in einem Kloster in den Bergen. Ohne Abstecher in den Flecken, ohne Neele noch einmal zu sehen. Das letzte Weihnachtsfest hatte er im Kloster gefeiert. Fünfzehn Monate hatten sie kaum Kontakt gehabt. Er hatte in der Zeit Merle kennengelernt, die zu seiner wichtigsten Bezugsperson geworden war und mit der er jetzt in einer WG wohnte. Erik hatte Angst vor Neeles Reaktion gehabt, wenn sie erfuhr, dass er eine neue beste Freundin hatte, und ließ die Neuigkeit, als sie sich an Weihnachten wiedersahen, beiläufig in einem Nebensatz fallen.

»Bist du glücklich?«, fragte sie ihn daraufhin nur, als sie nach dem Mitternachtsgottesdienst einen Spaziergang durch die kühle Nacht machten.

Es schneite ein wenig auf den liegen gebliebenen Schnee vom Vortag. Sie hatte ihn überredet, eigentlich wollte er mit Bruno, Georg und den anderen zu Dagmar, die an Heiligabend immer um Mitternacht öffnete und deren Besuch für die Weggezogenen und Dagebliebenen ein riesiges alljährliches Wiedersehen war. Georg hatte darauf bestanden, dass er den Spaziergang kurz halten und dann schnell vorbeikommen solle, er selbst könne nicht lange bleiben, morgen wieder Gottesdienst. Georg war der Pastor des Fleckens. Erik hatte natürlich zugesagt und war nur widerwillig mit Neele gegangen, deren Dutt wieder einmal perfekt saß.

Und jetzt diese Frage. Er beschloss, Merle nicht weiter zu erwähnen.

»Ja, bin ich. Wien ist fantastisch. Ich lerne sehr viel, und die Kommilitonen sind auch alle total entspannt.«

Erik merkte, wie aufgesagt das klang.

»Freut mich.«

Er überlegte, ob er ihr dieselbe Frage stellen sollte, weil sie es sicher erwartete, entschied sich aber dagegen. Eigentlich wusste er ja, wie es ihr ging.

Sie ergriff wieder das Wort. »Fragst du dich manchmal, ob es richtig ist, glücklich zu sein?«

»Ähm, nein. Wieso sollte ich?«

»Na ja, woher weißt du, dass es nicht noch besser sein könnte? Also, ob du nicht *noch* glücklicher sein könntest?«

»Ich lebe im Hier und Jetzt und genieße den Moment. Das würde mich ja wahnsinnig machen, wenn ich ständig hinterfragen würde, ob das jetzt auch *wirklich* das momentane Optimum ist.«

»Aber entwickelt man sich dann auch weiter? Dann bleibt man doch stehen, weil man nach nichts strebt.«

»Doch, ich strebe danach, immer wieder den Moment zu genießen. Können wir jetzt zu Dagmar?«

»Lass uns noch einmal zur Schule hochgehen, ja?«

»Es ist echt kalt und ungemütlich.«

»Okay, noch mal anders: Fragst du dich manchmal, ob du glücklich sein *darfst*?«

»Was willst du denn von mir?« Er wurde langsam sauer, blieb kurz stehen und sah sie an.

Dann gingen sie weiter. Sie blieb stumm.

Erik holte aus. »Klar, im Hinblick auf die momentane politische Situation, den Klimawandel, Armut, Kapitalismus müsste ich eigentlich ein verantwortungsvollerer Mensch sein, weil es mir ja im Vergleich extrem gut geht. Helfen, mich einbringen, die

Welt zu einer besseren machen, solange ich noch kann, physisch und psychisch gesund bin. Die Frage ist doch, ob man überhaupt neben seiner persönlichen Verantwortung als Mensch eine gesamtgesellschaftliche Verantwortung hat. Das muss wahrscheinlich jeder für sich selbst entscheiden.«

»So meinte ich das gar nicht«, sagte sie nach einer Weile.

Aber jetzt hatte Erik einmal angefangen.

»Ich kann ja in arme Länder spenden und wasche so mein soziales Gewissen rein, aber dafür hab ich gerade noch kein Geld. TUT. MIR. LEID.«

Es tat ihm leid, dass er so aufgebracht war, aber sie schaffte es einfach immer wieder, ihn auf die Palme zu bringen.

»Musst du ja auch nicht, komm mal runter, ja?«

Sie steckte sich eine Zigarette an.

Sagte man Erik, er solle runterkommen, ging er erst richtig hoch.

»Darf ich nur glücklich sein, wenn alle anderen auch glücklich sind? Ich darf doch selbst entscheiden, welche Probleme mich was angehen, welche Probleme ich überhaupt als solche definiere, oder?« Er verlor sich in den philosophischen Fragen und merkte eindeutig die zwei Flaschen Wein, die er den Abend über getrunken hatte. »Es gibt Dinge, die darf ich ausblenden. Ich kann nicht die Welt retten. Und das sage ich als Individuum – und nicht als Teil einer Gesellschaft.«

Als solcher fühlte er sich ohnehin nicht. Und das war auch überhaupt nicht schlimm. Das sagte er ihr aber nicht.

»Und was sagst du als Teil der Gesellschaft?«, fragte sie allerdings.

»Ich will jetzt *wirklich* zu Dagmar, ja?«

Sie schwiegen eine Weile und gingen die dunkle Straße entlang.

»Freut mich, dass du glücklich bist«, sagte sie irgendwann. »Wir können jetzt meinetwegen umdrehen, bringst du mich nach Hause?«, fragte sie, obwohl sie schon in ihrer Straße waren.

Unter einer Laterne, in deren Licht der Schnee tanzte, blieben sie kurz stehen.

»*So großes Kleinod: Einmal SEIN, statt gelten!*«

»Droste-Hülshoff?«

»Droste-Hülshoff!«

Sie gingen auf demselben Weg zurück und schwiegen die letzten Meter. Vor ihrer Tür standen sie sich gegenüber.

»Ich denke, Glück kommt nicht automatisch, sondern nur, wenn man sich auch für das Glück *entscheidet*«, sagte er.

»Auch von Droste-Hülshoff?«

»Von mir.«

Neele schnipste die Kippe in den Schnee, und sie drückten sich lasch zum Abschied. Erik hasste diesen Zigarettengeruch an ihr.

»Und falls wir uns nicht mehr sehen: Grüß Merle von mir«, sagte sie leise und verschwand im Haus.

Auf dem Weg zu Dagmar kamen ihm noch einzelne schwankende Grüppchen entgegen, von denen er alle grüßte, hier und da noch smalltalkte.

Bei Dagmar war jeder Tisch besetzt, erst auf den dritten Blick entdeckte er Bruno und Georg, die mit Eriks Vater und Patrick an einem Tisch saßen.

»Na, Sohn?« Sein Vater knuffte ihn in den Arm. Es war sehr selten, dass er trank.

»Was geht ab?«, fragte Erik.

»Frauen«, sagte Patrick.

»Wir finden aber auch Themen, die *dich* interessieren«, sagte Bruno, und Erik wusste, dass das nicht böse, sondern aufmerksam gemeint war.

Erst mal ging er zu Dagmar an den Tresen, bestellte einen Weißwein und noch vier Bier für die anderen und fragte sie: »Bist du eigentlich glücklich?«

»Ja klar. Wieso auch nicht?«

Danke, genau das hatte er hören wollen. Er beugte sich über den Tresen und gab ihr einen Schmatzer auf die Wange.

11

Sie gehen zu Bruno in die Wohnung und erst mal auf die Dachterrasse. Der Blick über die Felder ist von zwei Kränen verstellt.

»Da kommt der neue REWE hin«, erklärt Bruno. Auf der anderen Seite steigt dunkler Rauch aus dem Schlot des Krematoriums auf. »Wässerchen?«

Klar trinkt Erik ein Wässerchen, Bruno weiß halt, was Erik braucht.

Sie haben sich nie aus den Augen verloren, obwohl sie über tausend Kilometer voneinander entfernt wohnen. Sie fühlen sich beieinander zu Hause, obwohl sie nichts mehr verbindet. Außer der gemeinsamen Jugend. Bruno hat sich in zwanzig Jahren kaum verändert. Er ist Single, spielt den ganzen Tag Computer- und Gesellschaftsspiele und nutzt jede Gelegenheit, der Realität zu entkommen, obwohl er gar kein Problem mit ihr hat. Er wirkt dabei nämlich überhaupt nicht unglücklich. Schon in den späten Neunzigern hatte Bruno zu Hause Internet durchgesetzt. Dafür tauschte er immer den Telefonstecker mit dem Internetstecker, was heftige Streitigkeiten mit seinen Eltern mit sich brachte, aber Bruno beteuerte, dass es sich eines Tages auszahlen würde. Und er hat recht behalten. Bis zu seinem achtzehnten Lebensjahr hatte er zusammen mit seinem Kollegen Salo schon drei Browsergames entwickelt, verkauft und seine HTML-, CSS-, PHP- und JavaScript-Karriere beendet. Es machte ihm zwar Spaß, war aber auch Arbeit. Deshalb hat er das Geld gut angelegt und lebt noch heute davon. Mit Anfang zwanzig wurde ihm immer wieder gesagt, er brauche doch einen echten Beruf. Nur Zocken und Rumgammeln könne doch kein Lebensinhalt sein. Und obwohl ihm das Gerede der Leute normalerweise egal war, schrieb er irgendwann ein paar Mails, und kurz darauf bekam er die ersten Spiele geliefert. Seitdem testet er für verschiedene Hersteller Gesellschaftsspiele und hat inzwischen dazu noch einen gut laufenden YouTube-Channel mit Reviews und Tutorials. Er hat einen festen Plan, wann er welche Spiele mit wem testet. Montags und freitags im Seniorenheim, dienstags und sonntags ist er auf gleicher Mission im Obdachlosenheim in der Stadt, und mittwochs fährt er meistens noch zum Heim für Geflüchtete in die andere Richtung. Das ist quasi sein, wie er es nennt, Hobbyberuf. Er muss nur einen Fragebogen ausfüllen, der dann wieder an die Spielehersteller geht, die daraufhin die Spiele optimieren.

Drei Wände seiner Penthouse-Wohnung, die er sich direkt nach der Schule gekauft hat – Erstbezug, das war ihm wichtig, Neunzigerjahre-Architektur, große, bodentiefe Fenster, direkt am Lidl und bald auch am REWE –, sind voller gestapelter Spiele, wobei er längst nicht alle behält, sondern die meisten spendet.

Seine Eltern wohnen zwei Straßen weiter, aber er sieht sie so oft wie Erik seine. Nicht so oft. Ab und an schläft er mit Gudrun, der verwitweten Frau seines Onkels. Mehr braucht er nicht. Wenn man ihn fragt, ob er sich auch Kinder wünscht, winkt er ab. Und Erik glaubt ihm. Es geht ihm ja ähnlich. Er findet es erstaunlich, wie Bruno im Flecken klarkommt. Er ist hochintelligent, interessiert sich für Politik und Kunst, aber er geht einfach nicht aus seiner Komfortzone heraus. Das letzte Mal im Urlaub war er vor fünf Jahren zusammen mit Erik auf dem Darß. Er ist eben schnell zufrieden. Er lebt in seiner eigenen Welt mit eigenen Regeln und schafft es trotzdem, alle um sich herum fair und respektvoll zu behandeln, findet Erik. Es wird sich auch mal gekloppt, nicht mehr so viel wie früher und nur mit denen, die es nicht anders verstehen, aber ein paar Momente später ext man das Versöhnungsbier, das gehört nun mal zum Leben im Flecken dazu: Grenzen zu verteidigen. Brunos Grenzen kennen alle. Und wenn mal jemand nicht möchte wie Bruno, dann ist der ein Meister der Überzeugungskraft, und meistens sind die anderen ihm letztendlich sogar dankbar dafür, dass sie sich seinen Grenzen und Meinungen angepasst haben, und sich dazu noch völlig sicher, dass es ab dem Moment und auf ewig auch ihre eigenen sind. Mit Bruno drehen sich alle Situationen zum Positiven. Wenn Bruno in einer Gruppe auftaucht, herrscht meistens Harmonie. Erik beeindruckt das sehr.

Er lässt sich in die riesige weiße Ledercouch fallen, die auf den übertriebenen Fernseher ausgerichtet ist. Alles ist picobello. Bruno lässt putzen.

»Ich finde es so schön, dass du glücklich bist«, entfährt es Erik.

»Danke. Und jetzt schnapp dir den Controller!«

Autorennen. Die Autos sind auf dem Fernseher fast so groß wie in der Realität. Erik spielt nicht gerne Autorennen, tut es aber gerne für Bruno. So richtig kann er sich jedoch nicht konzentrieren, seine Gedanken schweifen ab.

In diesem nerdigen Mathegenie scheint das Glück einfach tief verankert zu sein. Das war schon immer so. Bruno beschwert sich nie. Seit Erik ihn kennt, und das ist immer, hat er keinen einzigen negativen Gedanken von ihm gehört. Das klingt erst mal realitätsfern, unreflektiert und naiv, aber das ist es nicht. Er belügt sich nicht. Er schafft es, jeder Situation das Positive abzugewinnen und das Negative umzudeuten.

Als Bruno von Neeles Tod erfahren hat, hat er sich für sie gefreut. »Das Leiden hat ein Ende«, hat er gesagt, als er Erik anrief. – »Wären alle wie du, wäre die Welt eine bessere«, hat Erik erwidert. Er hörte durchs Telefon, wie Bruno abwinkte.

»Letzter? Erik, Erik, Erik. Nicht mehr in Form, was? Nächste Runde wirste Vorletzter, dann Vorvorletzter, und bald haste mich eingeholt. Übung macht den Meister! Los!«

Erik gibt alles, ist aber weiter in Gedanken. Gelassenheit ist Erik sehr wichtig. Mit der Gelassenheit kommt auch die Gleichgültigkeit. Und das ist für ihn Glück. Unglück auszublenden. Es gibt einfach Dinge, die gehen einen nichts an, die vergiften nur die Seele. Das ist auch ignorant, und wenn jede und jeder so denken würde, gäbe es wahrscheinlich keine Solidarität und keine Humanität mehr auf der Welt, aber es gibt genug Menschen, die gerne helfen, um sich selbst besser zu fühlen. Er spendet auch jeden Monat an Ärzte ohne Grenzen, so ist es nicht. Und wenn ihm mal persönlich Unglück widerfahren sollte, dann muss er es erst mal erkennen. Er denkt, dass ihm das schwerfallen könnte. Ja, er hat schon viel Glück. Aber muss er deshalb ein schlechtes Gewissen haben?

»Yesss! Bestzeit! Und, Erik, wieder Letzter, aber du hast mit Abstand den schönsten Wagen, guck mal die geilen Flammenaufkleber am Heck!«

Erik lacht. Er freut sich über Brunos Elan und ist verwundert über seine Gedankenverlorenheit. Das ist eigentlich überhaupt nicht seine Art.

Die Kirchturmuhr schlägt dissonant die sechste Stunde. Erik muss los zum Leichenschmaus, hat jetzt auch richtig Hunger und ist gespannt, was Onkel Freddie kocht.

12

Sie würden sich lange nicht sehen. Neele stürzte sich in die Beziehung mit Berk, einem fünfzigjährigen Geschäftsmann aus Hamburg, und war nach dem Abi kaum noch im Flecken. Erik versuchte, die letzten Wochen noch zu genießen, bevor er den Flecken verlassen würde, wahrscheinlich für immer. Noch einmal ans Meer fahren, ein paarmal zu Dagmar gehen, mit den Blue Boys auf dem Spielplatz abhängen, bei Bruno zocken, mit Georg, Elke, Onkel Freddie, Oma und seinen Eltern Ausflüge machen. Neele war nicht Teil der Planung. Nicht weil er es nicht wollte, sie hätte gerne dabei sein können, sondern weil sie schlichtweg nicht da war.

Onkel Freddie war es, der vorschlug, noch einmal mit allen wegzufahren, wie früher, als sie jedes Jahr im Sommer mehrere Wochen am Meer zelten waren. Es sollte etwas ganz Besonderes werden.

Onkel Freddie war Koch und immer mal wieder für ein paar Monate auf Kreuzfahrtschiffen beschäftigt. Den Rest der Zeit tat er nichts und bewohnte zwei Zimmer im ersten Stock seines Elternhauses, das die Eltern Doris und Rüdiger schon vor Jahren für die nächste Generation frei gemacht hatten, indem sie ins Altenheim Sonnenblüte gezogen waren. In dem Haus lebten auch Freddies Schwester Elke, sein Schwager Georg, Neffe Basti im Zimmer links neben Onkel Freddie und Nichte Neele im Zimmer rechts neben ihm. Und jetzt sollten sie alle, dazu noch Erik und seine Eltern, mit auf Kreuzfahrt kommen. Er bekomme einen guten Preis.

Es grassierte allerdings keinerlei Fernweh unter dem Großteil der Gefragten. Nur Erik hatte Lust, sich das Ganze mal anzuschauen, und fragte Bruno, ob er dabei sein wollte. Der bejahte, stellte aber die Bedingung, dass Frida mitkommen durfte, seine damalige Freundin, mit der es ernst zu sein schien. Erik machte ihm klar, dass er wenig Interesse hatte, mit einem Pärchen und Onkel Freddie auf einem Kreuzfahrtschiff abzuhängen, sodass Bruno noch mal Neele fragte, ob sie nicht doch mitkommen wollte. Und Bruno konnte verdammt überzeugend sein. Als Erik davon erfuhr, musste wiederum er überredet werden, doch letztendlich quetschten sie sich zu fünft, Onkel Freddie mit seinen zwei Metern vorne, Erik hinten in der Mitte, in Brunos neuen BMW Z3 Coupé und fuhren mit einer Übernachtung irgendwo im Fränkischen nach Triest, um sich einschiffen zu lassen. Von Triest in drei Wochen bis nach Genua, einmal um den Stiefel.

Sie waren früh am Terminal. Onkel Freddie faltete sich vom Beifahrersitz und verabschiedete sich direkt zum Dienst in der Küche. Die anderen drückten sich ebenfalls aus dem engen Sportwagen, genossen die Luft, packten Bade- und ein paar andere Sachen und begannen, mit euphorischer Laune Triest zu erkunden. Die mittägliche Augustsonne vermieste ihnen allerdings schnell den Genuss der Monumentalarchitektur. Vor allem Neele ging es nicht gut mit der Hitze, aber sie war, schon seit sie losgefahren waren, ungewohnt schweigsam. Erik schlug vor, ins kühle Museum zu gehen, er war überwältigt von der Stadt und ihren Sehenswürdigkeiten und wollte so viel Kunst und Kultur wie möglich aufsaugen. Es war das erste Mal überhaupt, dass er südlicher war als Hamburg, aber die anderen wollten sich lieber im Meer abkühlen.

Das könnten sie auch in Schleswig-Holstein machen, fand er, aber er setzte sich nicht durch. Er wollte alleine weiter durch die Stadt stromern, während die anderen badeten, sie waren doch eh die nächsten drei Wochen pausenlos zusammen auf dem Schiff, aber Bruno schaffte es mal wieder, ihn zu überreden.

Nun ist Triest aber eine Hafenstadt, und die weiten Strände liegen etwas außerhalb. Das Auto war schon im Bauch des riesigen Schiffes verschwunden. Einige Schilder wiesen allerdings ein *Bagno* aus, also eine Badeanstalt, wie Bruno umständlich und zeitaufwendig aus dem Internet erfuhr. Er war damals der Erste mit internetfähigem Handy im Flecken.

Das *Bagno La Lanterna* war nur einen kurzen Fußmarsch entfernt, lag zwischen Hafenkränen und Containern und zeichnete sich dadurch aus, dass eine drei Meter hohe Mauer die Geschlechter voneinander trennte.

Erik freute sich inzwischen auch auf eine Abkühlung, und trotz der protestierenden Neele, die nicht ohne die Jungs gehen wollte, vor allem, weil sie Frida kaum kannte und pauschal Probleme mit gleichaltrigen Mädchen und Fremden hatte, trennten sich die Geschlechter. In einer Stunde würden sie sich wiedertreffen.

Bruno und Erik fanden sich unter haarigen Fleischbergen wieder. Sie waren mit Abstand die Jüngsten, aber niemand beachtete sie.

Anders als ein paar Jahre später, als Bruno Erik das einzige Mal in Wien besuchte und sie einen Ausflug nach Budapest unternahmen, wo sie an einem Tag *Nur für Männer* in einem Spa in eine Schwulenorgie platzten. Sie blieben einfach im heißen Pool sitzen und sahen zu. Niemand hatte sie gewarnt. Die Blicke der ebenfalls älteren Kundschaft wanderten des Öfteren auf die zwei juvenilen Burschen, aber ein leichtes Kopfschütteln räumte Missverständnisse aus dem Weg. Nachdem sie den Spa verlassen hatten, genossen sie einen der längsten Lachkrämpfe ihrer Freundschaft.

Hier in Triest behielten alle ihre Speedos an. Es war kaum noch Platz und das Wasser warm und trüb. Die Männer spielten Toccadille und Scopa und waren grundentspannt. Keiner machte den Pfau, markierte Reviere, sprach zu laut, heischte nach Aufmerksamkeit. Es war erstaunlich, wie sehr Männer scheinbar durch Frauen zu dem gemacht wurden, was die Gesellschaft als *typisch männlich* bezeichnete. Andersrum war es sicherlich genauso. Erik hätte gerne einen Blick auf die Frauen beziehungsweise ihr Verhalten geworfen, aber das war nur möglich, wenn man weit hinausschwamm, und er wollte nicht als Spanner gelten. Würden die Geschlechter unter sich leben, gäbe es weniger Probleme, das war hier deutlich zu sehen. Man könnte ja einmal im Jahr für eine Woche die Geschlechter zum Kindermachen zusammenbringen, damit die Welt nicht ausstarb, dachte Erik. Den Rest der Zeit lebte man dann in Ruhe, ohne die ständige Jagd und das dazugehörige Gebalze.

Nach der vermeintlichen Abkühlung trafen sie Neele und Frida wieder. Neele rauchte eine Zigarette und steckte sich direkt noch eine an. Ihr Dutt war akkuratest geknotet. Sie schüttelte nur den Kopf und hakte sich auf dem Weg zum Schiff kurz in Eriks schwitzige Armbeuge, zog ihren Arm aber schnell wieder zurück, als wäre ihr etwas eingefallen.

Die drei Wochen auf See wurden eine Enttäuschung. Bruno und Frida hingen ständig aufeinander, und nur selten gab es wahre Freundschaftsmomente. Bruno entschuldigte sich später dafür. Erik spielte mit Seniorinnen und Senioren nach Jahren mal wieder Tennis auf dem Schiffsdeck, zockte mit Onkel Freddie in dessen Pausen am Tischkicker oder sah sich im Schiffskino ein paar Filme an, die ihn aber zu sehr aufregten. Neele ignorierte ihn weitestgehend, obwohl sie sich eine Kabine teilten. Meistens kam sie aber auch erst spät in der Nacht, wenn Erik schon schlief, oder sogar erst morgens, vermutete Erik. Sie hatte sich einen Tag vor der Reise von Berk, dem Geschäftsmann, getrennt. Vielleicht hatte sie auf dem Schiff jemanden kennengelernt. Aber er sah sie tagsüber nur alleine. Sie vertiefte sich die kompletten drei Wochen in ein Buch, das sie eigentlich spätestens nach zehn Tagen hätte ausgelesen haben müssen, so dick war es nicht. Die anderen sah sie nur zu den Mahlzeiten.

Einige Male ging Erik zu ihr, aber die Gespräche verliefen immer gleich:

»Hey, Neele, Bock auf Pool?«

»Nö.«

»Was anderes machen?«

»Nee, lass mal.«

»Warum bist du denn überhaupt mitgekommen?«

»Das ist ja wohl meine Sache.«

»Wenn du meinst.«

Sie sah dabei nicht von ihrem Buch auf. Erik wusste natürlich, wie sehr sie verletzt war, dass er den Flecken und sie bald verlassen würde. Aber er musste gehen. Er konnte nichts tun, um es ihr zu erleichtern, außer im Flecken zu bleiben und unglücklich zu werden.

Als sie auf der Rückfahrt von Genua in Freiburg im Breisgau zwischenschliefen und er beobachtete, wie sie verzweifelt die letzten Härchen aus ihren Armen zupfte, suchte er noch mal das Gespräch.

»Soll ich unglücklich werden, um dich glücklich zu machen?«

Die Frage hatte er sich lange überlegt, und er fand, sie klang super. Dementsprechend erwartete er ein fruchtbares Gespräch über ihre gemeinsame Zukunft, aber sie sagte nur: »Nein.« Einfach nur: »Nein.«

Zu seinem Abschied zwei Wochen später erschien sie nicht, und er hätte gelogen, wenn er behauptet hätte, dass es ihn nicht enttäuschte. Aber wahrscheinlich war es sogar besser so.

13

Wie früher geht Erik einfach rechts am Haus vorbei in den Garten. Er kann sich nicht erinnern, jemals durch die Vordertür in dieses Haus gegangen zu sein. Die Schiebetür zwischen Wohnzimmer und Garten ist immer offen gewesen. Heute auch, knapp zwanzig Jahre nachdem er das letzte Mal hindurchgegangen ist. Das Interieur ist geschmacklos wie damals. Oder sogar noch wilder. Georgs Sachen fehlen. Überall kleine Porzellanfigürchen auf den Pressspanmöbeln, Achtzigerjahre-Abstraktdrucke an den Wänden. Das modernste Möbel ist wahrscheinlich die massive rote Neunzigerjahre-Couch. Eigentlich passt dieser Stil überhaupt nicht zur konservativen, spröden Elke.

Neeles ganze Familie ist da. Onkel Freddie, Elke und die Oma werkeln in der Küche, Opa Rüdiger liest in einem Groschenroman, Basti, der Erik noch nie gemocht hat, steht mit dem Rücken zu ihm, studiert das beeindruckende Bücherregal und wiegt einen schreienden Säugling im Arm.

Erik grüßt in die Runde, geht in die Küche und grüßt dort ebenfalls.

»Hallo, Erik. Schön, dass du da bist.« Elke umarmt ihn.

»Kann ich helfen?«, versucht er, sich zu integrieren.

»Zwiebeln schälen, hehe!«, frotzelt Onkel Freddie singend.

Erik will sich die Hände waschen, aber weil das Waschbecken von der Oma belegt ist, die gerade den Salat wäscht, geht er ins

Gästebad. Es ist nicht abgeschlossen. Erik sieht erst das Blut und hört dann den kurzen, spitzen Schrei, weil Bastis Frau dort gerade ihren Tampon wechselt und dabei nicht von einem Fremden gestört werden will. Er entschuldigt sich, schließt die Tür, wartet davor und schaut sich die Kinderbilder an der Wand an. Auf zweien ist auch er zu sehen. Einmal nackt mit Neele im Sandkasten, einmal einige Jahre später in der Wasserbahn im Freizeitpark.

Die Badtür wird aufgestoßen, und Neeles Schwägerin stürzt aus dem Bad an ihm vorbei ins Wohnzimmer, dringend Augenkontakt vermeidend, gepresst schluchzend. Erik geht hinein und will gerade die Tür von innen schließen, als jemand von der anderen Seite genau das zu verhindern versucht.

Es gelingt Basti, der sich jetzt tatsächlich mit in das wirklich kleine Gästebad quetscht. Seine Halsschlagader pocht sichtlich.

»Ich weiß nicht, was du für perverse Gedanken hast, und auch nicht, was du hier für eine Show abziehst, aber ich glaube, du solltest jetzt abhauen.«

»Äh, das war ein Versehen.«

»Verpiss dich jetzt.«

Erik denkt nicht dran, drückt sich an Basti vorbei, geht ohne ein Wort in die Küche und fängt an, die Zwiebeln zu würfeln. Ohne sich die Hände zu waschen. Manchmal muss man das Schicksal einfach hinnehmen.

»Was wird das denn, Onkel Freddie?«

»Neeles Lieblingsessen. Würstchengulasch mit Nudeln.«

»Und Salat!«, ruft ihre Oma lauter als nötig.

»Oh, das ist gut, ich verzichte auf Gluten und Fleisch.«

»Dann ist der Salat für dich!«

»Ich hab auch noch Reiswaffeln da und Käse, das darfst du doch?«, fragt Elke.

Erik bejaht, bedankt sich und muss plötzlich weinen. Aber das ist nicht so schlimm, Onkel Freddies Hand ist schon da.

»Sie hat in letzter Zeit viel von dir gesprochen, bevor sie sich …« Jetzt weint auch Elke, aber nicht wegen der Zwiebeln.

Onkel Freddie legt ihm noch eine hin, aber er ist doch schon völlig aufgelöst und schluchzt noch mal besonders laut.

Während sich Erik, Onkel Freddie, Elke und Oma Doris weinend in den Armen liegen, deckt Neeles Schwägerin, das inzwischen schlafende Baby im Tragetuch vor der Brust, scheppernd den Tisch.

Beim Essen sitzen ihm Basti und Neeles Schwägerin gegenüber, und während sie ihn keines Blickes würdigt, starrt Basti ihn voller Hass an. Keiner sagt etwas. Die älteren Leute schmatzen aber so, als wäre das ihre Sprache und als führten sie gerade eine angeregte Diskussion über den Nahostkonflikt. Die Stimmung ist mies. Nicht überraschend. Es ist ein Leichenschmaus.

»Und was machst du jetzt beruflich?«, fragt Neeles Opa Erik.

»Mensch, Rüdiger, sei doch nicht schon wieder so neugierig!«, schimpft Oma Doris.

»Ich habe gerade eine Werbeagentur gegründet.«

Keiner fragt weiter nach. Basti schüttelt unmerklich den Kopf.

Erik hilft noch beim Abräumen. Alles steht genau da, wo es vor über zwanzig Jahren schon stand, als Neele und Erik in dieser Küche sehr viel experimentiert haben, um den Nahrungsmittelmarkt zu revolutionieren. Sie wollten kurzzeitig ein eigenes Restaurant aufmachen. Da waren sie dreizehn.

Er verabschiedet sich mit einem herzlichen Beileid, als ihn der Bruder am Oberarm packt und zu sich herumreißt.

»Dir ist schon klar, dass du schuld an ihrem Tod bist?«, brüllt er, und seine Halsschlagader pocht am Limit. Geht noch mehr Drama?

»Es tut mir sehr leid, dass du das so siehst, aber vielleicht denkst du noch mal drüber nach? Wir haben uns sehr gemocht«, antwortet Erik ruhig.

Bastis Griff bleibt fest. »Du Stück Scheiße.«

In dem Moment sieht Erik, wie Basti nach dem Messer tastet, mit dem er vorhin noch die Zwiebeln geschnitten hat, er erwischt aber nur den Sparschäler. Seine Frau wimmert laut, das Baby fängt an zu schreien.

Kurz bevor Basti Erik ernsthaft angreift, packt ihn Onkel Freddie von hinten und streicht ihm sanft über den Kopf. Erik bedankt sich.

»Bis nachher bei Dagmar.«

14

»Mir reicht's«, keuchte Erik kurzatmig am Ende ihres ersten und einzigen Joggingversuchs. Er ließ sich auf den weichen Waldboden fallen.

Neele hatte Erik vorgeschlagen, mit dem Joggen anzufangen. Ihr reichte es wohl nicht, mehrfach die Woche zum Schwimmtraining zu gehen und fast jedes Wochenende zu irgendwelchen Wettbewerben zu fahren.

»Erik, du musst mal was für dich tun. Körper und Geist arbeiten zusammen, und wir brauchen unseren Geist in der nächsten Zeit. Womit soll der Geist denn arbeiten, wenn der Körper nur ein schlaffer Haufen ist?«

»Dann solltest du nicht rauchen!«

»Papperlapapp.«

»Schönes Wort.«

»Danke.«

In zwei Monaten waren die Abiklausuren, und er hatte ihr noch nicht gesagt, dass er nicht im Flecken bleiben würde. Bis jetzt. Er hatte lange auf den richtigen Moment gewartet und war selbst überrascht, dass es plötzlich aus ihm rauswollte.

»Ich werde weggehen.«

Neele atmete schnell und tief und starrte, die Hände auf die Knie gestützt, auf ihre Sportschuhe. Der Schweiß tropfte von ihrem Gesicht auf den Waldboden. Doch ihr Atemrhythmus änderte sich bald, und Tränen mischten sich in den Schweiß. Diese Reaktion hatte er erwartet.

»Ich habe nicht mit der Zusage gerechnet, aber dein Vater hat ein gutes Wort für mich eingelegt. Er kennt eine Pfarrerin in Österreich, die noch einen Mitarbeiter für einen Klostergarten für ein freiwilliges ökologisches Jahr gesucht hat. Statt Zivi, weißt du?« Er musste kurz durchatmen. »Das ist völlig abgeschieden in den Alpen. Kein Handyempfang, kein Internet, kein Telefon. Auf zweitausendsiebenhundert Metern Höhe. Da hab ich Bock drauf. Einfach mal raus.«

Sie hatte es sicher kommen sehen. Seit Monaten hatten sie das Thema gemieden.

»Ja, ich komme gerne mit, danke der Nachfrage«, flüsterte sie, ohne ihn anzusehen.

»Wie bitte?«

Er hatte jedes Wort verstanden.

»Endlich raus aus dem Kaff hier. Hast ja recht«, sagte sie jetzt schon etwas lauter, sah ihn aber immer noch nicht an. »Ich sag einfach deiner Oma ab. Wer braucht schon Altenpflegerinnen!« Sie wurde plötzlich ziemlich laut.

Jetzt sah sie ihm direkt in die Augen, zog die Nase hoch. »Verdammte Birken.« Sie richtete ihren Dutt und rannte wieder los.

15

Eigentlich hat er heute gar keine Lust mehr auf Kneipe, eigentlich hat er nie Lust auf Kneipe. Er weiß ja jetzt schon genau, wie der Abend ablaufen wird. Man redet über früher. Alle hören sich am liebsten selbst sprechen und versuchen, sich im besten Licht darzustellen, während sie wie automatisiert ein Glas nach dem anderen in sich reinschütten. Dabei werden sie immer unangenehmer, immer überraschter, warum Erik nichts trinkt, und irgendwann wird es ihm zu blöd, und er haut ab. Zu dem Zeitpunkt knutschen schon mindestens zwei meist anderweitig Vergebene, hat schon eine oder einer gekotzt, gab es schon mindestens eine Schlägerei. Also beschließt er heute mal, etwas anders zu machen als sonst. Er geht einfach nicht hin.

Bruno ist heftig enttäuscht, als Erik unten an der Gegensprechanlage steht und ihm seine Lustlosigkeit verkündet.

»Erik, du liebst doch die Neunziger, ey, wenn *Coco Jamboo* gespielt wird, und du bist nicht da … Du *liebst* diesen Song!«

»Aber ich weiß doch schon, wie der Abend läuft …«

»Wir machen heute mal was ganz anderes und setzen uns nicht zu den anderen an den Tisch, sondern gehen *direkt* zum DJ auf den Dancefloor!«

Der *DJ* sind bei den Neunzigerpartys die *Bravo Hits 5* bis *22*, abgespielt im Random-Modus des Sony-CDP-CX455-400-fach-CD-Wechslers. Der *Dancefloor* ist der Bereich vor den Toiletten, über den Dagmar ein Stroboskop und drei farbige Scheinwerfer gehängt hat.

Überredet.

Sie sehen sie sich ja auch nicht so oft, und Erik hat Bruno gegenüber immer noch ein schlechtes Gewissen, weggezogen zu sein, obwohl der es ihm nicht aktiv macht. Bruno hat Erik in den über zwanzig Jahren, die er nicht mehr im Flecken lebt, bloß ein einziges Mal in Wien besucht, und das auch nur, weil er Lust hatte, seinen neuen Artega GT einzufahren. Er reist einfach nicht gern. Das akzeptiert Erik. Deshalb sehen sie sich eigentlich nur zu Weihnachten oder über Videotelefonie. Und heute halt auch mal dank einer Beerdigung.

Bei Dagmar ist jetzt um acht noch nicht viel los, aber Sven und Patrick sind schon da, das ist nicht zu überhören. Dagmar steht selbstverständlich hinterm Tresen. Viele munkeln, sie habe vielleicht keine Beine mehr, weil man sie immer nur ab dem mächtigen Busen aufwärts sieht. Das ist natürlich Quatsch.

»*Auch* mal wieder im Lande?«, schabt es sich rau aus ihrer Kehle.

»Ja, leider. Aber schön dich zu sehen«, erwidert Erik.

»Ach komm, so schlimm ist es hier doch nicht. Obwohl … doch!«

Erik lacht.

»Aber furchtbar, was mit Neele passiert ist. Wenn du später mal reden möchtest … Wie früher, weißte?!« Sie zwinkert ihm zu.

Dagmar ist die gute Seele des Fleckens. Wenn man ab einem bestimmten Pegel Redebedarf hat, setzt man sich auf diesen einen Barhocker am Tresen, und ein paar Minuten später sind die Sorgen und Probleme vergessen. Jedenfalls kurzfristig. Es ist jedes Mal ein Wunder, und alle lieben Dagmar dafür. In diesem Moment freut sich Erik doch, mitgekommen zu sein, und er hat direkt Lust zu tanzen.

Die Musik ist noch Hintergrund und keine *Bravo Hits*, sondern Radio, die Lichtanlage ist noch dunkel. Schade. Später.

Patrick ist schon sehr betrunken und winkt Erik und Bruno zu sich. So sitzen sie doch gleich zu Beginn des Abends entgegen der Absprache mit den anderen in einem der nackten Bankhufeisen am Tisch. Es geht um Frauen. Sven beteiligt sich kaum am Gespräch, winkt nur immer wieder kopfschüttelnd ab, Bruno ist zufrieden mit seiner Situation, Erik wird belächelt, und Patrick ist der Meinung, es gibt nur die eine, die er auf Händen trägt und für die er alles tun würde und die hat er in Anna gefunden, die aber heute zu Hause bleiben muss. Menschen, die nicht trinken, also auch Schwangere, hätten in einer Kneipe nichts verloren.

»Hier, Dagmar, mach ma bitte ne Runde BoKü!«

»Für mich nicht«, ruft Erik Richtung Tresen, obwohl Dagmar das schon seit einigen Weihnachten weiß.

Patrick ist das egal: »Mach trotzdem vier!«

Patrick trinkt zwei.

»Alter, ich hab auch Alkohol komplett runtergefahren«, haucht ihm Sven zu. »Nur noch dreimal die Woche.«

»Wie kommt's?«

»Medizinische Gründe.«

Patrick boxt Sven auf die Schulter. »Erzähl doch, dass du keinen mehr hochkriegst. Hat sechs Gören, und jetzt ist er alle.«

Sein dreckiges Lachen wird unterbrochen von einem viel zu lauten, aber trotzdem nur leicht übersteuerten *Dee do dee do day. Dee do dee do dee do dee do day oh.* Freddie Mercury – *Living on my own.*

»Es geht los!«, brüllt Bruno. »Komm!«

Er reißt Erik einfach auf den Dancefloor, obwohl es nicht viel zu reißen gibt. Erik hat Bock. Und will aus diesem Gespräch raus.

Jetzt hat Dagmar auch die Lichtanlage angemacht und die Lautstärke eingepegelt. Sie lächelt in den Raum. Alle anderen sind etwas verwirrt, aber Erik und Bruno ist das egal, sie bewegen sich in kleinen, aber wirkungsvollen Tanzmoves und singen einander an. Erik geht nie in Discos, weil er die anderen Leute in ihrer unkontrollierten Ausgelassenheit nicht erträgt und nicht ausblenden kann. Dieses profilierungssüchtige Rumgebalze, die Rücksichtslosigkeit und die anderen Konsequenzen des Rausches, den man am nächsten Tag bereut und abends wiederholt. Aber das hier ist anders. Noch. Sie halten tatsächlich vier Lieder durch. Culture Beat – *Got To Get It*, DJ BoBo – *Keep On Dancing!*, Aftershock – *Slave To The Vibe*, aber als Chocolate feat. Weather Girls – *It's Raining Men* kommt, braucht Bruno ein Bier und Erik ein Wasser.

Es ist in dieser Viertelstunde ziemlich voll geworden, drei Endzwanzigerinnen entern den Dancefloor und singen schrill mit. Erik und Bruno lehnen mit je einem Ellenbogen auf der Bar, und Erik gibt Dagmar den Hinweis, dass sie noch nicht auf Random gestellt hat. Schade eigentlich, denn auf *Bravo Hits 5* wäre jetzt *Night in Motion* von U 96 gekommen. Aber *Never Forget* von Take That ist auch gut. Die Mädels flippen aus.

Dagmar erzählt ein bisschen, wie es läuft und dass sie bald keine Lust mehr hat. Sie ist jetzt auch schon vierundsechzig. Aber sie sieht aus wie vierundsiebzig.

»Du siehst höchstens aus wie vierundfünfzig!«, schmeichelt Erik.

Sie haben immer schon aus Spaß geflirtet, aber heute macht sie nicht so richtig mit.

»Schlimm, was mit Neele passiert ist. Kommst du klar?«, fragt sie.

»Schlimm, ja«, kann er noch erwidern, aber Dagmar ist schon wieder bei der nächsten Bestellung.

Trotzdem liegt ihre Hand noch auf seiner. Sprechstunde ist meist erst weit nach Mitternacht, wenn es sich geleert hat. Aber er hat momentan eh keinen Bedarf.

Bruno hat sich wieder zu den anderen gesetzt und winkt Erik bettelnd heran. Inzwischen sind auch Natalie und Wotan und Helene da und eine Frau, die er nicht kennt. Er stellt sich vor. Sie heißt Fatima.

»Meine neue Freundin«, schmiert ihm Helene aufs Brot. Jedenfalls ihrem Tonfall nach zu urteilen. Ganz offensichtlich ist sie immer noch enttäuscht von ihm und denkt, sie drückt ihm über fünfundzwanzig Jahre später richtig einen rein, weil sie jetzt lesbisch ist und glücklich.

Max Don't Have Sex With Your Ex von E-Rotic. Danke, DJ Random.

Fatima ist klug, Erik unterhält sich angeregt mit ihr über eventuelle Grenzen von Humor, sie mögen beide Christoph Schlingensief und lachen laut über dessen Treffen mit Michel Friedman im arte-Format *Durch die Nacht mit …*

Das gefällt Helene natürlich nicht. Sie zerrt ihre Freundin auf den Dancefloor, Everything but the Girl – *Missing*. Erik schließt sich an, wobei Helenes Gesicht Unwillkommenheit signalisiert. Aber im Refrain scheint sie ihm wieder verziehen zu haben, weil sie ihn voller Passion und mit Schnapsatem angrölt: »*Like the deserts miss the rain!*«

Inzwischen kann man sich aber kaum noch bewegen. Bei sechs Leuten hört der Tanzspaß auf. Macht nichts. Er muss eh mal auf die Toilette und drückt sich in die einzige Kabine, die glücklicherweise gerade frei wird, denn er kann nicht, wenn wer guckt, und setzt sich auch einfach gerne hin beim Pinkeln. Er spült erst mal. Jemand hat sein Erbrochenes dagelassen. Schon so früh. Er putzt die Brille, lässt sich Zeit und spielt Spider Solitaire auf dem Handy. Ist doch gar nicht so schlecht der Abend bis jetzt.

Seine Idylle wird vom Knall der wild aufgestoßenen Klotür gestört, die Klinke der Kabine schnellt runter, er drückt dagegen, man kann nicht abschließen, der Druck lässt nach, etwas rumpelt, raschelt und schmatzt in den kleinen Raum mit Pissoir und Waschbecken. Der Händetrockner geht an. Er zieht lautlos seine Hose hoch, drückt die Kabinentür auf. Patrick und Alex, Svens minderjährige Tochter, unterbrechen erschrocken ihr wildes Geknutsche.

»Ey, das ist doch der Spacko von heute Nachmittag«, wird er begrüßt.

»Ihr kennt euch? Sag Sven nichts, okay?«, sagt Patrick plötzlich ganz kleinlaut.

Erik schüttelt nur den Kopf.

»*Ich* misch mich da nicht ein«, sagt er, aber denkt sofort an seine gesellschaftliche Verantwortung.

»Und Anna auch nicht«, fügt Patrick noch an.

»Ich lass euch mal alleine«, verabschiedet sich Erik.

Er spült, wäscht sich noch schnell die Hände zwischen Patrick und dem zu jungen Mädchen und geht wieder auf den Dancefloor, auf dem Bruno ihn direkt abfängt.

»Sind Patrick und Alex gerade zusammen ins Klo? Sie ist *sechzehn!* Patrick, die Sau.«

Immerhin keine vierzehn, denkt Erik. Dieser Ort verroht einen. Sie schauen zum Tisch, an dem Sven gerade unter Jubel Bierdeckel vom Tischrand hochschnipst und wieder auffängt.

»Wenn Sven das mitkriegt …«

»Und Patricks Frau?«

»Alex hat auch einen Freund, ist aber Soldat und grad irgendwo im Krieg.«

Shut up and sleep with me, come on why don't you sleep with me – Sin with Sebastian. DJ Random macht seinen Job.

Sie quetschen sich wieder zu den anderen, inzwischen versteht man vor lauter Geschrei und Musik kaum noch sein eigenes Wort, und Körperkontakt ist unvermeidbar.

Helene ist jetzt schon sehr betrunken und plötzlich ganz lieb.

»Sag mal, du machst doch auch so Social-Media-Kram, oder? Ich will gerne Influencerin werden, kannst du mir da mal Tipps geben?«

Erik wird von ihrem Atem schlecht, und jetzt riecht er zwischen den ganzen menschlichen Ausdünstungen und nicht besser duftenden Parfüms auch noch … Ja, am Nachbartisch raucht einer, der war wohl noch nie hier, jetzt wird's lustig.

Dagmar dreht DJ Random leiser und pfeift auf Daumen und Zeigefinger derart schrill, dass sofort alle Gespräche verstummen und die Blicke nur noch ihr gelten.

»Sofort Zigarette aus!«

Seit dem Brand kennt Dagmar da keinen Spaß. Sie hat direkt 1994 das Rauchverbot eingeführt und war damit revolutionär. Eigentlich weiß jede und jeder, dass Rauchen hier strengstens verboten ist.

Der Delinquent schaut sich um und wägt ab: Zigarette aus oder auf die Barrikaden? Und Überraschung:

»Ich rauche, wo ich will, oder hat hier irgendwer was dagegen? Der soll *jetzt* aufstehen.«

Erik steht auf und klopft mit der Faust zum Abschied aufs Holz.

»Ich wollte eh los«, sagt er zum Nachbartisch, bevor die Schlägerei losgeht.

Man muss sein Glück ja nicht herausfordern.

»Soll ich dich morgen zum Bahnhof fahren?«, fragt Bruno.

»Ja, gerne. Bis morgen!«

Bevor er geht, flüstert er Sven zu, was er gerade gesehen hat. Gerechtigkeit soll walten. Jetzt aber weg.

Und warum? Nur für den Kick, für den Augenblick?

Er hört Gläser fallen, wie Stühle zurückgerückt werden und aufkeimenden Tumult. Dann ist er draußen. Die nächtliche Sommerluft ist herrlich.

Onkel Freddie war gar nicht da, denkt er. Komisch. Es ist nicht mal elf. Vielleicht kommt er noch, oder es war sogar für ihn etwas viel heute.

Erik geht den dunklen Amselweg entlang und muss seine Handytaschenlampe anmachen, um auf dem Bürgersteig zu bleiben. Die Straßenlaternen werden seit ein paar Jahren um zweiundzwanzig Uhr dreißig gelöscht, der Flecken muss sparen. Komplette Stille, bis auf entfernte Schritte. Es ist die schlanke Silhouette seines Vaters, der ihm auf seiner Nachtrunde mit Emma entgegenkommt.

16

Im ersten Sommer ihrer Volljährigkeit fuhren Erik und Neele mit der Bahn ans Meer. Es war meistens dunkel, und feiner Nieselregen zwang sie, ihre Regenjacken anzuziehen, aber es war egal. Sie waren frei! Zum ersten Mal alleine im Urlaub!

Er hatte noch Bruno fragen dürfen, aber nur, weil sie wusste, dass der eh absagen würde, der alte Stubenhocker. Eventuell würden sie später auch noch mit den Blue Boys ein Wochenende nach Dänemark. Jetzt aber erst mal nur Erik und Neele und das uralte Bundeswehrzelt von Onkel Freddie, das innen heftig nach Fuß roch. Sie hasste dieses Zelt, aber sie hatten nun mal kein anderes.

Am letzten Morgen ihrer Reise richtete sie umständlich ihren Dutt. Seit er denken konnte, trug sie diesen Dutt mit ihren strohblonden Haaren. Er fand sie schön, und das sagte er ihr auch, wenn es passte. Jetzt passte es nicht.

Sie hatten sich in der Nacht sehr eng aneinanderkuscheln müssen, weil es überraschend kalt war für August, und schälten sich nur langsam aus den Schlafsäcken.

Sie öffnete den Reißverschluss des Zeltes, streckte ihre Hand hinaus und berichtete wie eine Wetterfee: »Penetrierender Wind, steife Temperatur und spritzender Regen.«

Sie zwinkerte ihm zu und kroch aus dem Zelt. Wahrscheinlich nahm sie an, dass er eine Morgenlatte hatte. Dem war aber nicht so. Zwischen ihnen lag die Taschenlampe.

»Krieg dich mal unter Kontrolle, du widerlicher Lustmolch!«, zischte sie noch durch die Zeltplane hindurch.

Erik überhörte es. Sollte sie doch denken, was sie wollte. Nur weil ein junger Mann sich an eine Frau kuschelte, musste er noch lange keine Erektion bekommen. Frechheit.

Er zog seine Badehose an, die er sich mit langem Arm von einer der Zeltschnüre angelte, und stürzte sich noch vor dem Frühstück ein letztes Mal in diesem Sommer trotz des Schietwetters in die großen Wellen. Sie kam im Bikini nach, und als sie bemerkten, dass die rote Flagge wehte, tobten sie noch wilder in den Fluten.

Frisch geduscht, zurück im Zelt und in Kapuzenpullis und Jogginghosen gekuschelt, gab es zum Frühstück wässrigen Milchreis, den sie sich mit dem Gaskocher erwärmten, der nur durch einen kleinen Spalt im Reißverschluss erreichbar im strömenden Regen stand. Sonst hatte in ihren Urlauben immer Onkel Freddie für sie gekocht.

»Schmeckt auch ohne Onkel Freddie«, bemerkte er.

»Besser«, nuschelte sie mit vollem Mund.

Satt fielen sie auf die Luftmatratzen, hörten dem Regen zu, wie er auf die Zeltplane tippelte, und schauten sich an.

»Zeit für Droste-Hülshoff!«, begann er.

»Och nöööö.«

»Oh doch. Das passt zu gut. Mal sehen, ob ich's zusammenbekomme: *Regen, Regen, immer Regen! Will nicht das Geplätscher enden, dass ich aus dem Sarge brechen kann, aus diesen Bretterwänden?*«

»Das Zelt ist für dich wie ein Sarg?«

»Riecht auf jeden Fall so.«

»Stimmt.«

Sie lachten.

Sie kuschelte sich an ihn. Das genoss er, aber er drückte sie nach kurzer Zeit weg und griff nach ihrer Hand, sah ihr direkt ins Gesicht und rezitierte: »*Meine Unglücksstrick' sind dieser*

Wasserstriemen Läng' und Breite, die verkörperten Hyperbeln, denn Bindfäden regnet's heute.«

»Keine Lust auf einen Kuss? Ist doch superromantisch gerade.«

»Es freut mich, dass die Lyrik dich berührt, aber erinnere dich an Platon! Wir werden die Romantik auch sehr gut, nein, sogar *noch* intensiver ohne einen Kuss genießen, mein untervögeltes Fräulein.«

Sie zog ihre Hand aus seiner und drehte sich weg.

Ganz nah an ihrem Ohr fuhr er fort: »*Regen! Unbarmherz'ger Regen! Mögst du braten oder sieden! Wehe, diese alte Kufe ist das Fass der Danaiden!*«

»Was ist eine Kufe, und wer sind die Danaiden?«, fragte sie, ohne sich umzudrehen.

»Keine Ahnung. Ich zitiere nur aus *Die Vogelhütte*.«

Sie grummelte. Das Tippeln war von einem Moment auf den anderen nur noch ein leises Knistern.

»*Da!*«

Sie erschrak und zuckte kurz, weil er das Wort so übertrieben betonte.

»*Ein Fleck, ein Loch am Himmel; bist du endlich doch gebrochen, alte Wassertonne, hab ich endlich dich entzwei gesprochen?*«

»Du hast *gar* nichts«, murmelte sie gegen die Zeltwand, ohne Erik anzusehen.

»Wer ist jetzt der Lustmolch? Bist du echt eingeschnappt, weil ich dich nicht küsse? Die Frage hättest du dir sparen können. Mir ist unsere geistige Verbindung nun mal wichtiger als schnödes körperliches Verlangen.«

»Lass dir ein T-Shirt mit dem Spruch bedrucken, echt! Wie oft muss ich mir das *noch* anhören?«

»So lange, bis du unsere Beziehung verstehst.«

»Und wenn ich sie einfach *anders* verstehe als du?«

»Dann haben wir ein Problem«, flüsterte er, packte hastig seinen Rucksack und krabbelte aus dem Zelt.

Neele folgte ihm wortlos, nachdem sie ihre Sachen in die Tasche gestopft hatte. Der Regen hatte aufgehört.

»Das Zelt bleibt hier«, sagte sie nüchtern.

»Wieso das denn?«

»Das. Zelt. Bleibt. Hier.«

»Und Onkel Freddie?«

»Der kann mich mal.«

Sie bezahlten an der Rezeption und ließen das Zelt zurück.

»Ich will trampen«, sagte sie, und er merkte, wie sie langsam wieder fröhlicher wurde.

Das kannte er von ihr. Sie war kurz enttäuscht, sauer und/oder wütend, und plötzlich war es wieder so, als hätte es nie einen Streit gegeben.

»Lass mich mal machen. Versteck dich.« Sie nickte ihm zu, knöpfte ihr Hemd ein wenig weiter auf, löste ihren Dutt und streckte den Daumen hoch.

Wieder fiel Erik auf, wie schön sie war. Kopfschüttelnd kauerte er sich in ein Gebüsch. Keine vier Minuten später bremste ein Vierzigtonner scharf neben Neele, und der Fahrer kurbelte die Beifahrerscheibe herunter.

»Das wollte ich schon immer mal machen. Es klappt!«, flüsterte sie Richtung Busch.

Sie lief zum Lkw, wechselte ein paar Worte, öffnete die Tür, warf ihre Tasche in den Fußraum und knallte die Tür wieder zu. Der Motor röhrte auf, und der Lkw setzte sich in Bewegung. An der nächsten Kreuzung bog er Richtung Bahnhof ab und war außer Sichtweite.

Erik wühlte sich aus dem Gebüsch. Er spürte eine tiefe Angst um Neele. Warum hatte sie das getan? Sie konnte doch nicht so dumm sein? Es gab doch immer wieder diese schrecklichen Geschichten von vergewal…

Eine Lkw-Hupe. Noch mal. Und noch dreimal. Erik griff sich seine Tasche und rannte Richtung Kreuzung. Dort stand hinter der Ecke der Lkw, aus dessen offener Beifahrertür Neele ihn zu sich heranwinkte. Sie lachte Tränen. Er war sauer, stieg dazu, schnallte sich aber nicht an. Der Fahrer begrüßte ihn grummelnd und rauchte, auch Neele steckte sich eine an, obwohl sie wusste, wie sehr Erik Zigarettenrauch störte. Erik sagte nichts. Neele lachte immer noch. Es lief alter Schlager. Erik mochte die Musik, aber behielt es für sich. Er glaubte, dass der Trucker Neele auch schön fand. Die Fahrt war Gott sei Dank nur kurz.

»Ich dachte, du willst keine Prostituierte werden«, sagte Erik, als sie ausstiegen.

Die gesamte Zugfahrt sprachen sie kein Wort.

17

»Guten Abend, Erik. Wie war's denn? Gehst du schon?«, fragt ihn sein Vater direkt.

»Ja, hab mich unwohl gefühlt, war zu voll, und mir geben die Gespräche nichts.«

Sie schlendern weiter im Taschenlampenkegel, und dann folgt ein Monolog, den er von seinem Vater im Leben nicht erwartet hätte. Der pragmatische, stille Mathelehrer holt aus. Es sei gut, dass Erik das erkenne und dass man irgendwann in ein Alter komme, in dem man nicht mehr gefordert werden wolle. Man müsse zwar viel lernen, und man lerne sein ganzes Leben, aber irgendwann dürfe man sich auch erlauben, sein Schneckenhaus zu erkennen und darin zu bleiben. Oder aus Schneckenhäusern herauszukriechen, die einem nicht mehr passten.

Erik sieht seinem Vater ins Gesicht, erkennt aber gerade mal den dunklen Schnauzer und die Brille.

»Das ist keine Flucht, das ist nicht feige, es ist wichtig, dass man weiß, was einem guttut und was nicht. Auch nur fair anderen gegenüber, die dich in dir unangenehmen Situationen sonst nur verstellt erleben und gar nicht als dein wahres Ich. Wenn du dich zu Hause fühlst in dir, fühlen sich auch andere mit dir wohl. Manche würden sagen, man muss über seine Grenzen gehen, um die Grenzen überhaupt zu erkennen und so einen Charakter zu formen. Ich sage: Wenn du keine Lust auf Disco hast, geh halt nicht hin, wenn du keine Lust auf Gespräche mit Idioten hast, führ sie nicht, und wenn du keine Lust auf eine Beziehung hast, führ sie auch nicht. Diese Unlust hat ihre absolute Berechtigung, du musst sie nicht hinterfragen. Hör auf dein Gefühl. Schau kurz hin und entscheide dich, ob es Sinn ergibt oder nicht. So habe ich dich erzogen. Klar, man kann sich ständig zu Dingen zwingen, zu denen man keine Lust hat, nur damit man daran wächst. Das hatten wir ja alle in der Kindheit, in der wir ständig Dinge tun mussten, zu denen wir keine Lust hatten, aber sie haben uns weitergebracht. Und im besten Falle entwickelt man sich sein ganzes Leben, sagt man. Aber habe ich nicht das Recht zu sagen: Ich habe mich so eingerichtet, wie ich mich wohlfühle, und jetzt entwickle ich mich nicht mehr weiter? Irgendwann ist auch mal gut, und man darf gemütlich werden. Irgendwann findet man das Ergebnis dieser Gleichung mit den vielen Unbekannten. Aus!«

Er zieht Emma von einem Hundehaufen weg, den sie im Begriff war zu fressen.

»Deine Mutter und ich. Wir leben gut. Wir wissen, was wir wollen und was wir *nicht* wollen. Wir sind so, wie wir sind, müssen keine Rollen spielen oder besser: Wir haben unsere Rollen gefunden, mit denen wir uns wohlfühlen. Das hat seine Zeit gedauert, und nach vielen Jahren der Suche genießt man auch die Ruhe ohne das ständige Gegrübel. Man muss auch finden dürfen, sonst ergibt die Suche doch gar keinen Sinn. Und dann friert man das Gefundene einfach ein. Warum denn nicht? Damit mir nicht langweilig wird, lease ich mir alle zwei Jahre ein neues Auto. Aber mir wird ohnehin nie langweilig, weil ich weiß, worauf ich Lust habe und worauf nicht. Langeweile entsteht nur, wenn man sich zu nichts entscheiden kann. Und entscheiden kannst du erst, wenn du weißt, was du brauchst. Wenn ich dir bei deiner Suche helfen kann, sag Bescheid, Sohn.«

Erik will dazu nichts sagen. Das muss wirken. Er erinnert sich, dass sein Vater im Nebenfach Philosophie studiert hat. Mathe und Philosophie. Ziemlich gute Kombi. Er legt seinen Arm um die väterlichen Schultern. Das hat er noch nie gemacht. Er umarmt seinen Vater nur flüchtig zur Begrüßung und zum Abschied. Er fragt sich jedes Mal, ob es seinen Vater stört, wie herzlich Erik seine Mutter drückt, nachdem sie sich monatelang nicht gesehen haben, und er selbst bekommt nur ein lasches Rückenklopfen. Aber eigentlich kann er es sich nicht vorstellen, dass er ein Problem damit hat. Sein Vater ist einfach kein Knuddeltyp. Erik nimmt den Arm wieder weg. Sein Vater ist schlichtweg das genaue Gegenteil seiner Mutter, es ist immer wieder erstaunlich zu beobachten. Seine Mutter ist emotional, laut, handelt, bevor sie denkt, hat einen Hang zu Spiritualität, ist deswegen ständig auf irgendwelchen Fortbildungen, jetzt gerade hat sie sich zur Pranaheilerin ausbilden lassen. Aber es funktioniert mit den beiden. Und ohne Aber. Es funktioniert vielleicht gerade deshalb. Manche Menschen brauchen den Gegenpol, um zu vervollständigen und vervollständigt zu werden. Erik braucht jemanden, der genauso ist wie er. Wenn er überhaupt jemanden braucht. Bis jetzt geht es ihm sehr gut alleine.

Das sagt er seinem Vater nicht. Kurz bevor der Bewegungsmelder den elterlichen Vorgarten mit Licht flutet, bedankt sich Erik.

Sein Vater nickt nur stumm.

Sie schlafen gut.

18

Im Flecken war was los. Erik und viele andere fragten sich, ob überhaupt schon mal irgendwas los gewesen war. Sogar ein Scheinwerfer strahlte in den Nachthimmel, um auch der Umgebung zu zeigen, hier geschieht gerade Bahnbrechendes. Dabei hatten Bruno und Salo einfach nur ihr drittes Browsergame verkauft. Ein simples Aufbau-Strategiespiel, das aber gerade wegen seiner Einfachheit so genial war. Bruno hatte schon länger keine Lust mehr gehabt, die ganze Zeit vor dem Computer zu sitzen. Ihn langweilten Dinge, wenn er sie verstanden hatte. Deshalb hatte er angekündigt, dass das sein letztes Spiel sein würde. Umso fetter sollte die Party werden.

Neben Dagmars Kneipe erstreckt sich ein großer Ballsaal von 1910. Zu den wilden Partys durften sich die Jugendlichen schön in die viel zu enge Kneipe quetschen, obwohl sie den Saal gefüllt hätten, aber so hatte Dagmar weniger zu putzen und brauchte kein Extra-Personal. Heutzutage wird er einmal die Woche für die Seniorinnen und Senioren zum Kaffeekränzchen und anschließendem Tanz geöffnet, dem sogenannten Tanztee. Damals musste er aber erst mal aufgeräumt werden, weil einige Jahre nichts darin passiert war. Bruno und Salo beauftragten eine Eventfirma, die den verstaubten und vermüllten Saal für einen Abend zu einer Toplocation machte. Dagmar starb tausend Tode und überwachte jeden Handgriff, aber es lohnte sich.

Ein roter Teppich führte über den ungepflasterten Vorplatz zur Hauptstraße, begrenzt von zwei roten Kordelbändern, an denen diejenigen, die nicht eingeladen waren, die glücklichen Gäste und manch teuer geladenen Celebrity bestaunten. Es war aber offensichtlich, dass auch die Zaungäste eingekaufte Statistinnen und Statisten waren. Nur wenige Fleckler standen darunter. Die meisten waren eingeladen und durften selbst über den roten Teppich flanieren.

Der Saal strahlte wie wahrscheinlich zuletzt vor Jahrzehnten. Leicht bekleidete Damen reichten Schnittchen, BoKü und Schaumwein auf silbernen Tabletts, und mit Beamern wurden Screenshots und Videos aus Brunos und Salos Spielen gezeigt. Es gab sogar eine Coverband, deren Liedliste Erik, Neele und Bruno erstellt hatten.

Neele und Erik hatten nach etlichen Sektflöten wild getanzt und brauchten eine Pause. Sie torkelten in die Spätsommernacht und setzten sich auf eine der extra aufgestellten Bänke im Raucherbereich. Neele richtete ihren Dutt und steckte sich eine an. Erik verkniff sich an diesem Abend einen Spruch.

»Geile Party, oder?«, sagte er stattdessen. »Was das gekostet haben muss!«

»Will ich gar nicht wissen.« Sie lallte schon gehörig und musterte ihn in seinem Konfirmantionsanzug.

Natürlich gab es einen Dresscode. Neele hatte sich ein atemberaubendes Kleid geliehen und sah fantastisch aus, das hatte Erik ihr auch schon gesagt. Sie hatte diesen Blick, den er kannte, wenn sie kurz davor war, eine von ihren anspruchsvollen Fragen zu stellen.

»Jetzt nicht«, sagte Erik so leise, dass sie es nicht verstand, weil die Musik laut nach draußen schallte.

»Wärst du manchmal gerne jemand anderes?«

Er hatte es gewusst, aber die Frage war einfach.

»Ich fühle mich im Großen und Ganzen recht wohl.«

»Ich wäre gerne manchmal jemand anderes, weißt du?« Sie schaute an sich herunter und rutschte dabei fast von der Bank.

»Du bist toll, wie du bist«, sagte er und merkte, dass sie merkte, dass er das nur sagte, um nett zu sein. »Wenn du was ändern willst, arbeite dran«, fügte er deshalb hinzu.

»Das ist schwer«, gab sie zurück und drückte ihre Zigarette aus.

»Komm, lass uns den Abend genießen, ja?«

Er stand auf, nahm sie an der Hand und wollte sie hochziehen.

»Hilfst du mir?«

»Ja, sicher.«

Er zog sie auf die hohen Schuhe, sie schwankte. »Also, jemand anderes zu werden.«

»Auch damit. Aber mach dir doch erst mal Gedanken, ob du es nicht doch schaffst, dich zu akzeptieren, bevor du dich änderst. Ich find dich ganz gut so.«

Er wollte den schönen Abend nicht gefährden. Er wusste, dass sie zum Beispiel dringend daran arbeiten musste, sich nicht ständig verletzen zu lassen von dahergelaufenen Liebhabern.

Eine halbe Stunde und zwei Gin Tonic später brachte er die sturzbetrunkene Neele nach Hause und ging allein zurück auf die Party.

19

Am nächsten Morgen wird Erik sanft von Oma geweckt. Das ist eine schöne Überraschung. Seine Eltern haben sie zum Frühstücken aus der Sonnenblüte geholt.

»Guten Morgen, mein lieber Ricky!« Nur Oma darf ihn so nennen. »Ich hoffe, dir geht es einigermaßen.«

Im Halbschlaf tastet er mit geschlossenen Augen nach ihr.

»Warum einigermaßen?«, fragt er stöhnend.

»Na, wegen Neele?«

Das hatte er nicht im schlaftrunkenen Bewusstsein.

»Ja, klar. Furchtbar.« Er gähnt.

»Sie fehlt uns sehr im Heim.«

Erik erwischt endlich Omas Unterarm, und obwohl er noch liegt, zieht er sie direkt mit aufs Bett. Sie sträubt sich, lacht ihr herzlichstes Lachen und kippt langsam auf ihn drauf. Jetzt kommt sie nicht wieder hoch, und sie rufen nach seiner Mutter, die Oma kurz darauf hilft. Sie hat vom Lachen Tränen in den Augen. Erik auch. Emma kommt schwanzwedelnd rein und bellt aufgeregt in die Szenerie.

»Was ist denn da los?« Jetzt lacht auch sein Vater mit, der neben dem offenen Fenster die Balkonblumen gießt. Was für ein Start in den Sonntag.

Oma ist ziemlich schwach in den Gelenken, Rheuma. Es ist besonders schlimm, wenn sie nicht im Heim ist. Sie ist damals direkt am ersten Tag nach ihrer Pensionierung im Seniorenheim Sonnenblüte eingezogen, in dem sie vorher fast fünfzig Jahre lang angestellt gewesen war, die letzten zwanzig Jahre als Heimleiterin. So hat sie sich durch revolutionäre Reformen und Ideen selbst den perfekten Alterssitz geschaffen und wird wie eine Kaiserin behandelt.

Zum Frühstück hat seine Mutter wieder aufgetischt wie in einem Gourmetrestaurant. Ob sie das wirklich durchziehen würde, wenn er mal länger als drei Tage hier wäre? Was das für ein Aufwand ist … Es ist ihm fast peinlich, aber es ist ja ihre Entscheidung, er würde es nie von ihr verlangen, und es macht sie offenbar sehr glücklich, ihn glücklich zu machen. Das ist wohl diese bedingungslose Liebe, von der man so viel hört. Egal, was wäre. Liebe. Ohne Erwartungen. Er fährt über seine Haare. Er mag das Gefühl.

Oma zeigt ihrem Enkel, wie sie bei Amazon Backpulver bestellt. Er erklärt ihr liebevoll, dass es nicht nur ökologisch ungut ist, Backpulver bei einem Internet-Versandhändler zu bestellen. Sie findet das einleuchtend, will aber trotzdem Lob. Das bekommt sie. Ihre Internet-Kompetenz ist wirklich gut.

»Man muss ja mit der Zeit gehen.«

Außerdem kann sie so mit Opa unregelmäßig Videoanrufe machen, der lebt mit seiner inzwischen siebten Frau irgendwo in der Sierra Nevada.

Seit heute hat Oma das alte Smartphone von Eriks Mutter und somit auch WhatsApp. Das wird witzig, mit ihr zu chatten, auch wenn er ihr gerne erklären würde, dass es vertrauenswürdigere Messengerdienste gibt, aber das Fass macht er jetzt nicht auf.

Sein Vater erklärt ihr das Handy, während Erik mit seiner Mutter in den Garten zu den Vögeln geht. Die Vögel sind zwei Stanleysittiche und ungefähr vierzig Kanarienvögel, die einen Heidenlärm veranstalten. Sie gießen die alten Körner in einen

Sack mit alten Körnern und füllen aus dem Sack mit den neuen Körnern neue Körner in die Futterschublade. Dann wechseln sie das Wasser in den Trinkschüsseln und holen noch einen Apfel vom Baum, den sie in der Mitte durchschneiden und auf die Spitzen der im Vogelbauer aufgehängten Äste stecken. Die Sittiche machen sich sofort über die Apfelkerne her, die mögen sie am liebsten. Die Kanarienvögel mögen eher Vogelmiere, die Erik und seine Mutter aus dem Gebüsch hinterm Grundstück holen und auf den Bauerboden werfen, neben die breite Badeschale, die sie ebenfalls mit frischem Wasser füllen. Bei dem schönen Wetter fangen die ersten Jungvögel direkt an, darin zu baden und wild mit den Flügeln zu schlagen.

Aus dem Haus hören sie Oma juchzen: »Videoanruf per Handy, wie cool ist *das* denn?«

Mutter und Sohn setzen sich auf die Gartenbank vor der Voliere, Emma legt sich daneben auf den Rasen und kaut auf einem Stock. Sie genießen die Sonne und beobachten die ausgelassenen Vögel.

»Kommst du klar?«, fragt seine Mutter aus der Kalten.

»Ja, alles gut.«

»Ich meine jetzt auch: wegen Neele.«

Jetzt fällt ihm auf, dass er seit über vierundzwanzig Stunden hier ist und sie noch nicht über Neele gesprochen haben. Seine Mutter weiß, dass er nicht gerne über Gefühle redet, wenn er nicht muss. Und er muss nie. Trotzdem ist er ihr dankbar, dass er jetzt drüber nachdenkt, ob er sollte.

»Wir hatten ja nicht viel Kontakt in den letzten Jahren. Aber ist natürlich schon schlimm.«

»Wie du Elke gestern den Trauernden gegeben hast, war doch gar nicht so schlecht. Aber sie würde auch verstehen, wenn du nicht so übertrieben trauerst, ist doch alles lange her. Wie war denn das Essen?«

»Basti ist ziemlich ausgerastet und hat gemeint, ich sei schuld an ihrem Tod.«

»Unfassbar!«, hören sie Oma schreien.

»Das ist ja zum Mäusemelken! Der spinnt ja wohl. Der hatte dich schon immer auf dem Kieker. Hör nicht drauf, der muss das auch erst mal verarbeiten«, beruhigt sie ihn.

Aber ganz unrecht hat Basti vielleicht nicht. Der Gedanke kommt ihm unvermittelt in den Kopf und wird direkt verworfen. Jede und jeder ist für sich selbst verantwortlich, und wenn man es nicht schafft, diese Verantwortung zu übernehmen, holt man sich Hilfe. Dazu muss man natürlich erst mal erkennen, dass man Hilfe braucht. Man braucht oft Hilfe dabei zu erkennen, dass man Hilfe braucht. Es ist wohl nicht ganz so einfach. Schuld ist er jedenfalls nicht. Vielleicht ein bisschen. Aber wie gesagt, das ist so lange her.

Oma ruft aus dem Küchenfenster: »Ricky! Haste bekommen?«

Eriks Handy vibriert. Eine WhatsApp mit einem Foto von Omas Kinnpartie. Er schickt ein Herz zurück.

»Ich dich ahauch!«, brüllt Oma.

Schon wieder Vibration. Bruno fragt, ob Eriks Vater da ist, und das bedeutet, dass er nicht will, dass er da ist. Obwohl es ihm sicher egal wäre, aber Eriks Vater nicht. Er ist sehr nachtragend. Wenn er sich einmal eine Meinung über jemanden oder etwas gebildet hat, dann ist sie nur schwer zu ändern.

Erik schreibt ihm: »Vater Küche. Komm Gartentor.«

Mutter und Sohn sitzen noch etwas schweigend herum. Er spürt schon wieder das Bedürfnis, welches Ausdruck eines Glückes ist, und legt seinen Arm um die mütterlichen Schultern. Sie lächelt. Und dieses Lächeln ist echt und schön.

Sie hören das quietschende Gartentor, und Bruno schleicht in den Garten wie ein Ninja, hektisch nach rechts und links blickend, und macht eine Rolle auf dem Rasen, als wäre er gestern nicht erst um fünf sturzbetrunken ins Bett gefallen.

»Guten Morgen, ihr zwei«, flüstert er.

Oma streckt aufgeregt ihren Kopf aus der Terrassentür und brüllt: »Da kann man sogar GIFs verschicken! Guck mal gleich aufs Handy! Oh, moin, Bruno!«

Jetzt weiß auch Vater, dass Bruno da ist. Eine keyboardspielende Katze vor einem Regenbogen.

Erik freut sich sehr über seine neue WhatsApp-Freundin, muss jetzt aber los zum Zug. Bruno schmiert sich noch schnell ein paar Brote in der Küche, jetzt, wo er eh aufgeflogen ist. Das hat er als Kind schon immer gemacht, ohne zu fragen. Eriks Mutter liebt diese Selbstverständlichkeit. Bei ihr soll sich jede und jeder zu Hause fühlen. Das sieht sein Vater anders und verlässt, als Bruno grüßend die Küche betritt, wortlos den Raum. Ein Gast ist ein Gast und hat sich so zu benehmen.

Kurz bevor sie gehen, nimmt Oma Erik noch mal zur Seite. Er weiß schon, was kommt.

»Du bist ja nun auch schon Ende dreißig. Wird es nicht mal Zeit für Frau und Kinder?«

Jedes Mal, wenn sie sich sehen, stellt sie diese Frage, und er kann sie ihr nicht verübeln, deshalb antwortet er wie immer: »Nee, Oma, ich bin noch nicht so weit, das ist heutzutage alles später. Vierzig ist das neue dreißig.«

»Und fünfzig das neue vierzig? Na dann … Du machst das schon, und wenn du schwul wärst, wäre das auch völlig okay.« Sie zwinkert ihm zu.

»Bis jetzt bin ich's nicht, aber lieb von dir, ich ruf dich dann sofort an.« Er lacht.

Sie meint es nur gut, und dass er das weiß, zeigt er ihr in einer extraherzlichen Umarmung, in die auch seine Mutter und Bruno einsteigen. Sie lösen das Menschenknäuel erst nach einigen Momenten, was allen voran Emma betrübt, die natürlich auch mit dabei gewesen ist und ihre Beine mit ihrem wild wedelnden Schwanz gepeitscht hat.

Jetzt müssen sie sich aber beeilen. Im Tesla sitzt zu Eriks Überraschung Gudrun.

»Sie muss auch in die Stadt, ist das okay?«, fragt Bruno entschuldigend.

Er hätte gerne noch ein bisschen Zeit mit Bruno alleine gehabt. Die Fahrt zum dreißig Kilometer entfernten Bahnhof dauert vierzig Minuten, und sie reden kaum. Ihnen kommen drei Leichenwagen entgegen. Bruno erzählt nur kurz, was bei Dagmar noch so passiert ist. Schlägerei, *Cocoo Jambo*, fertig. Bruno bringt ihn zum Bahnsteig, kurze Verabschiedung, Gudrun ist im Auto geblieben. Erik hat keine Meinung zu ihr, er findet es nicht komisch, dass sie mit einem zwanzig Jahre jüngeren Mann schläft, aber das ist seine einzige Verbindung zu ihr. Auch nicht schlimm. Wenn es Bruno wichtig ist, akzeptiert er sie. Sie telefonieren einfach später.

Jetzt freut er sich erst mal auf sein Zuhause in Wien und Merle und Paula. Nach vorne schauen.

20

»Vielleicht bist du asexuell?«, fragte Neele Erik einmal, als sie, wie oft in den großen Pausen, auf der Mauer am Rand des Schulhofs saßen.

Er hatte gerade eine Klausur vergeigt, war dementsprechend gereizt, schüttelte augenrollend mit dem Kopf und sah ihr nicht ins Gesicht.

»Nur weil ich dich nicht ranlasse? Ekelhaft, Neele, wirklich ekelhaft.«

Es tat ihm direkt leid, weil er wusste, dass das sehr unfair war, aber er ließ es so stehen.

»Hast du davon schon mal gehört?«

Sie blieb ganz ruhig, weil sie wahrscheinlich mit einer derartigen Reaktion gerechnet hatte.

»Nicht jetzt, bitte!«

Sie kramte in ihrem Rucksack und holte ein paar Zettel raus, die sie offensichtlich im Computerraum aus dem Internet gezogen hatte. Manche Stellen waren mit blauem Marker angestrichen.

»Ursprünglich war der Begriff nur für den ungeschlechtlichen Vorgang der Pflanzenvermehrung vorgesehen, aber Ende der Neunziger wurde er auch auf den Menschen übertragen, wenn bei jemandem zum Beispiel die Geschlechtsdrüsen oder die Libido fehlten oder wenn klar wurde, dass das Thema Sex viel weniger Interesse weckte, als die Gesellschaft das von einem erwartete.«

Erik grüßte Dana von Weitem, aber sie grüßte nicht zurück.

»Das ist eine wahrscheinlich angeborene Art von Sexualität, genau wie zum Beispiel Homosexualität. Man hat kein Verlangen nach sexueller Interaktion und empfindet andere Menschen nicht oder nur bedingt als sexuell anziehend«, fuhr Neele fort.

Erik schloss die Augen, er hatte selbst schon darüber gelesen, aber war nach wie vor der Ansicht, dass er einfach etwas spät dran war. Inzwischen war er fast achtzehn, und immer noch spielte Sexualität für ihn keine Rolle – bis auf die Allgegenwärtigkeit so vieler sexueller Offensichtlichkeiten, die er jeden Tag beobachtete und die er nicht begriff. So betrachtet spielte das Thema für ihn eben doch eine massive Rolle, denn er war umgeben von Menschen, die von Sex besessen waren, die viele ihrer Handlungen nur vollzogen, um bei irgendwem gut anzukommen, um später der Lust nachgeben zu können. Dass er in diesem Spiel nicht vorkam, störte ihn nicht, aber manchmal fühlte er sich fremd. Asexualität war vielleicht eine Antwort, aber die wollte er nicht von Neele hören.

»Kann sein«, stieß er hervor.

Aber Neele war im Referatsmodus. Scheinbar hatte sie sich intensiv auf dieses Gespräch vorbereitet. In zehn Minuten war die Pause vorbei, sie musste sich beeilen.

»Es gibt mindestens vier Typen: Typ A kann sich sogar vorstellen oder weiß, dass Sex sich gut anfühlt, sieht aber keine Notwendigkeit dafür oder empfindet ihn als unangenehm. Typ B fühlt sich geistig, emotional und intellektuell von anderen Menschen angezogen, verliebt sich auch, hat aber kein Bedürfnis nach Sex.«

»Anaphrodisie«, sagte Erik zu Neeles Erstaunen.

»Genau. Trieblosigkeit.«

»Bist du fertig?«

»Es gibt noch Typ C. Dieser masturbiert sogar und findet es angenehm, empfindet Sex mit anderen Menschen jedoch als Herabwürdigung des Partners.«

Erik hielt seine Augen geschlossen und stützte seine Ellenbogen auf die Beine, den Kopf in die Hände. »Lass mich raten, es gibt auch noch Typ D?«

»Das sind die sogenannten Aromantiker, die enge Freundschaften aufbauen, sich aber nicht verlieben.«

Erik schwieg eine Weile und bewegte sich nicht.

»Die armen Leute«, sagte er dann, löste sich aus seiner Pose und lächelte sie an. »Wenn man asexuell ist, dann ist es sicher das Schlimmste, dass die meisten Leute das nicht verstehen, entsprechend engstirnig reagieren und ständig damit nerven, weil sie einen unbedingt in eine Schublade stecken wollen und einfach nicht akzeptieren wollen, dass es so was auch gibt.«

Die Schulklingel läutete, sie stopfte die Zettel wieder in ihre Tasche, sprang auf und boxte Erik in den Oberschenkel.

»Hab dich lieb, Schlappschwanz!«

Sie rannte weg, er lachte kurz auf und lief hinterher.

Sie sprachen nie wieder darüber, obwohl sie es manchmal versuchte.

21

In der Bahn packt er ein Buch aus und steckt sich die Kopfhörer in die Ohrmuscheln. Natürlich ist es viel zu voll, Erik setzt sich lieber auf den Boden an die Tür als ins volle Abteil neben jemand anderen, der seinen Nebensitz eigentlich schon mit seinem Jutebeutel besetzt hat. Er versucht zu lesen, aber die Regionalbahn schleicht jetzt an der monströsen Baustelle der neuen Eisenbahnbrücke vorbei. Da schaut er doch lieber aus dem Fenster. Zehn Minuten schneller in die nächste Großstadt – dafür baut man ein milliardenteures, neunzig Meter hohes Ungetüm in die liebliche Landschaft, aber die Politikerinnen und Politiker sind stolz.

Er versucht es noch einmal mit dem Lesen, kann sich aber nicht auf das Buch konzentrieren, holt sein Handy raus und startet Spider Solitaire. Heute passt alles. Rot auf schwarz, fünf auf sechs. Das wird ein neuer Rekord.

Sein Handy vibriert so unvermittelt, dass es ihm fast aus der Hand rutscht.

»Ja, hier Erik?«

»Erik.« Man hört, dass Elke versucht, nicht zu weinen. »Erik, kannst du noch mal kommen?«

»Ich … äh … ich sitze schon im Zug.«

Warum ist er bloß rangegangen? Warum hat er nicht darauf geachtet, wer anruft? Erik wägt ab. Soll er lügen, dass er schon fast zu Hause, weil ganz früh losgefahren ist, oder muss er tatsächlich an der nächsten Station raus und wieder zurückfahren? Was will sie denn noch von ihm?

»Es wäre wirklich wichtig«, hört er gerade so, weil Elke eher haucht als redet.

»Ich bin jetzt schon fast …«

»Ich habe ihre Tagebücher.«

Erik wächst ein Klumpen in der Magengrube. Die Tagebücher.

In der ersten Klasse, als sie gerade so schreiben konnten, hatten sie angefangen, jeden Tag zu protokollieren, als Ritual vor dem Frühstück. Dafür sind sie beide eine Stunde früher aufgestanden. Meistens haben sie sich dann am Nachmittag gegenseitig daraus vorgelesen, und fast immer standen die gleichen Erlebnisse drin. Manchmal stritten sie, weil sie Dinge anders erinnert oder bewertet hatten. Manchmal, vor allem ab Beginn der Pubertät, übersprangen sie einige Sätze. Vor allem Neeles Tagebucheinträge wurden beim Vorlesen immer kürzer, je älter sie wurde. Seine Einträge waren schon immer eher wortkarg. Er schrieb nur, weil sie es sich wünschte und jeden Tag etwas hören wollte. Oft tat er bloß so, als würde er vorlesen, obwohl die Seiten leer waren. Sie hatte nie Verdacht geschöpft.

Die Tagebücher waren immer ihr Geheimnis gewesen.

Nachdem er aus dem Flecken weggezogen und sie geblieben war, schrieb er nicht mehr weiter.

Am nächsten Bahnhof mitten im Nirgendwo steigt Erik als Einziger aus und findet den gelben Abfahrtsplan, der hier nur DIN-A4-Größe hat. Der nächste Zug fährt in zweieinhalb Stunden.

22

Kurz vor ihrem achtzehnten Geburtstag, sie wurden am selben Tag geboren, lagen Neele und Erik wie üblich eng umschlungen auf seinem Bett, starrten an die Decke und hörten The Doors auf Vinyl, die sie im Schrank seiner Eltern gefunden hatten. Sie stand extrem auf Jim Morrison, vor allem wegen seiner Lederhosen und Schreie.

Erik drehte etwas leiser und begann zu erzählen: »Ich habe letztens mal im Internet geschaut, was genau eigentlich platonische Liebe heißt. Willst du's wissen?«, fragte er, weil er vermutete, dass sie mal wieder mehr von ihm erwartete und still die Enttäuschung in sich hineinfraß.

»Tu, was du nicht lassen kannst«, sagte sie gelangweilt – oder entspannt.

»Also, pass auf. Platon hat damals im antiken Griechenland die Geschichte erfunden, dass es zu Beginn der Welt drei Typen von Menschen gab, alles Kugelmenschen: weibliche Kugelmenschen, die von der Erde stammten; männliche, die von der Sonne kamen; und welche, die beide Geschlechter in sich hatten, die waren vom Mond.«

»Welche Drogen hat der genommen, die will ich auch!« Sie fuhr mit ihrem Fingernagel die Rillen in seiner Jeans entlang.

»Klingt crazy, stimmt, geht noch weiter. Die Kugelmenschen hatten vier Arme und vier Beine und zwei Gesichter am Kopf, die voneinander wegschauten.«

»Wusste Platon früher schon, dass alle Menschen am Anfang nur ein Geschlecht haben, und es sich erst in der sechsten Woche der Schwangerschaft als männlich oder weiblich ausbildet? Hatten wir doch letztens in Bio.«

»Keine Ahnung. Jedenfalls konnten sich die Kugelmenschen hervorragend bewegen, waren stark und extrem schlau. Sie fühlte sich sogar den Göttern überlegen, sodass sie beschlossen, sie anzugreifen, um in den Himmel zu kommen und selbst zu Göttern zu werden.«

»Gottogott. Das ist aber nicht so schlau, das ist Größenwahn. Jetzt kriegen sie bestimmt Ärger.«

»Allerdings. Göttervater Zeus fühlte sich bedroht und zerschnitt die Kugelmenschen in zwei Teile. Seitdem gehen sie als Männer und Frauen durch die Welt. Die Sehnsucht nach der anderen Hälfte ist aber nach wie vor sehr groß, sodass sie sich ständig suchen. Den Drang zueinander nannte Platon Eros.«

»Also Sex?«, fragte sie und stemmte sich kurz hoch, um ihm ins Gesicht zu sehen.

»So einfach ist das nicht. Aber ja, sie wollen sich wieder vereinigen zu den Kugelmenschen, die sie waren, und das wäre dann Sex.«

»Platonische Liebe heißt doch aber, dass man keinen Sex …«

»Das kam dann erst in der Renaissance durch den humanistischen Denker Marsilio Ficino, der Platons Dialoge ins Lateinische übersetzte und uminterpretierte.«

Sie legte sich wieder mit dem Kopf auf seinen Bauch.

»Boah, *muss* das sein? *Morgen* ist erst wieder Schule«, jammerte sie. »Dann lieber Fontane.«

»Fontane ist mir zu patriotisch, ich bin jetzt bei Annette von Droste-Hülshoff.«

»Wie wäre es mal mit etwas Modernerem?«

»Ist doch alles heutzutage nicht mehr echt. Pass auf: *Was rennst, was mühst du dich, / zu mehren deine Tat. / Halt nur den*

Acker rein, / dann sprießt von selbst die Saat; / in Ruhe wohnt die Kraft, / du musst nur ruhig sein, / durch öffnen Tür und Tor / die Gnade lassen ein.«

»*Halt den Acker rein, dann sprießt die Saat?* Echt jetzt?«

»Kann jeder für sich interpretieren. Ist doch voll spannend.«

Sie atmete laut aus. »Lieber wieder Platon.«

»Gerne. Also …«

»Och, bitte, Erik!«, bat sie und kniff ihm leicht in den Oberschenkel.

»Aua. Hör zu, das wird jetzt echt spannend.«

»Ich bezweifle es.« Sie schloss die Augen.

»Wirklich jetzt! Mir hat es die Augen geöffnet. Ficino definierte wie auch Platon die Liebe als das Streben nach dem Schönen, das für ihn aber nur im Anfangsstadium in Form von Faszination für die Schönheit des Körpers sexuell war und in der geistigen Liebe gipfelte. Das war für Platon die höchste Form der Liebe, die im Leben überhaupt erreicht werden kann. Also die platonische Liebe ist *viel* mehr wert als die körperliche Liebe, weil sie das körperliche Begehren weit hinter sich gelassen hat. Ist das nicht schön?«

»Das ist Quatsch!« Sie lachte, ohne die Augen zu öffnen.

»Ich werde diese Liebe leben«, sagte er entschlossen.

»Viel Glück.«

»Danke.« Er nickte, als hätte sie ihren Glückwunsch ernst gemeint.

»Bist du fertig?«

»*Einen* Funfact noch!« Er hob den rechten Zeigefinger.

»Na, da bin ich ja mal gespannt wie ein Flitzebogen!« Sie gähnte.

»Noch später wurde der Aspekt der körperlichen Schönheit, besonders von kirchlicher Seite, verschwiegen, weil Platon als homosexuell galt und das ja mal *gar* nicht ging. So bekam der Begriff der platonischen Liebe die Bedeutung, die er heute hat.«

»Und wenn sie nicht gestorben sind … Komm her, Kuschelbärchen.«

Sie drückte ihn fester an sich, bevor sie sich von ihm löste, um die Musik wieder laut zu drehen.

»Platonisches Kuschelbärchen!«, sagte er noch und legte seinen Kopf an ihren Hals.

23

Jetzt ist er auf einem dieser ländlichen Bahnhöfe gestrandet, die außer einem alten Bahnhofsgebäude, das oft um die hundert Jahre alt ist und damit aus einer Zeit stammt, in der es noch gebraucht wurde, jegliche Besiedlung vermissen lassen. Das Dorf zum Bahnhof liegt zwei Kilometer hinter dem Forst. Er kennt diesen Bahnhof. In seiner Jugend hatten irgendwelche Leute aus der Stadt hier regelmäßig drogenschwere Raves veranstaltet, und ebenso regelmäßig rettete Erik Neele das Leben, denn selbst, wenn er schon nicht mehr konnte, konnte er ihr immer noch helfen, nicht zu sterben. Jedes Mal war klar, dass er auf sie aufpassen musste, sodass er nie bis zum Äußersten ging, und Neele ging bis zum Äußersten, weil sie wusste, dass Erik da war.

Er geht um das verfallende Gebäude herum und findet noch eine Kronkorkenschnitzerei im Backstein: *Blue Boys.*

Neele hat die Blue Boys gehasst. Für sie waren sie mit ihren Saufspielchen ein Paradebeispiel für patriarchale Strukturen und die Unterdrückung des weiblichen Geschlechts gewesen. Dabei war das Vorbild für die Blue Boys die Vereinigung von ein paar Freundinnen gewesen, namentlich die Grünen Mädels, die in den Sechzigerjahren von Dagmar, Elke und Eriks Mutter gegründet worden waren, um sich für den Umweltschutz zu engagieren. Die Blue Boys waren durchaus bereit, sich bei weiblichem Zuwachs umzubenennen, in Blue People oder so ähnlich, da waren sie offen, und sie sträubten sich überhaupt nicht, Mädchen aufzunehmen, aber nur, wenn sie das Aufnahmeritual bestünden: einen Liter BoKü innerhalb von fünf Minuten trinken und dann fünfundfünfzig Minuten auf einem eigens gebauten, einen Meter hohen Pfahl mit etwa fünfundzwanzig Zentimeter Durchmesser stehen, nicht reden, pinkeln oder sitzen. Natürlich während alle anderen um einen herumtanzten, einen beleidigten, kitzelten und alles taten, um einen zu provozieren. Neele und die anderen Mädchen – und auch die meisten Jungs – fanden das zu albern, sodass die Blue Boys ausschließlich aus Erik, Bruno, Sven, Brian und Ferdi bestanden. Brian und Ferdi wohnen auch schon lange nicht mehr im Flecken, sondern in Boston und Peine. Patrick hatte einmal versucht, die Pfahlprüfung zu bestehen, war aber in den ersten Minuten am Gleichgewicht gescheitert. Eine zweite Chance gab es nicht.

Erik setzt sich im Schneidersitz auf den Boden, Bänke gibt es auf diesem Provinzbahnsteig keine. Er sollte mal in seiner Agentur anrufen. Dort muss man ja wissen, dass er morgen nicht erscheint. Erik macht sich ungern abhängig von anderen. Genau das war der Grund gewesen, aus dem er seine eigene Agentur hatte gründen wollen. Allerdings war ihm nicht klar gewesen, wie viel Startkapital man dafür brauchte. Da kam ihm sein ehemaliger Kommilitone und Sohn reicher Eltern sehr gelegen. Der brachte noch seine buchhaltende Freundin Bente mit in die Firma. Erst war Erik skeptisch gewesen, mit einem Pärchen ein Geschäftsverhältnis einzugehen. Was, wenn sie sich trennten? So was soll ja vorkommen. Oder wenn sie ein Kind kriegen würden? Jassin und Bente schworen, ewig zusammenzubleiben und in naher Zukunft nicht gebären zu wollen. Verträge wurden aufgesetzt, aber trotzdem bereut er es in regelmäßigen Abständen, so dumm gewesen zu sein, obwohl momentan noch alles ziemlich gut läuft. Sie haben gerade ihr Großraumbüro bezogen. Siebzig Quadratmeter in einer alten Fabrik im Wiener Westen.

»Hey, Jassin, was läuft? Seid ihr im Büro, ja?«, fragt Erik, als Jassin bei dem Videoanruf auf dem Display erscheint.

»Was denkst *du* denn, es ist Sonntag. Officeday!«

»Das sieht doch hervorragend aus«, befindet Erik, als Jassin ihm die Fortschritte der Bauarbeiten in ihrem neuen Büro zeigt. Von einer Leiter herab winkt Bente etwas zu freundlich in die Handykamera.

»Wir hatten Hilfe von Kaleb und Claudi«, erklärt Jassin.

»Cool, danke, ne? Ich muss leider noch ein bisschen hierbleiben.«

»Das ist aber unnice, Erik. Morgen um elf kommt der Grieche. Wenn wir seine Campaign machen dürfen, ist das Jahr finanziell gesichert, you *know* that!«

Jassin klingt not amused.

»Dann musst du mich halt per Videocall dazuschalten, und wir sagen, ich wäre auf irgendeinem superwichtigen Meeting.«

Jassin atmet schwer. »Das war echt viel in den letzten Tagen, wäre echt gut, wenn du … Was hält dich denn auf?«

»Ich muss noch was erledigen. Spätestens Dienstag bin ich da. Tut mir wirklich leid.«

»Definitely! Ciao!«

Erik verabschiedet sich, legt auf. Ein wenig bereut er es, Dienstag gesagt zu haben. Vielleicht hätte er doch noch Georg treffen können, der ja am Dienstag in den Flecken kommt. Aber bis dahin würde er es ohnehin nicht aushalten, nicht mal für Georg.

Vielleicht sollte Erik gegenüber Jassin ein schlechtes Gewissen haben, weil er in den letzten zwei Tagen, in der anstrengendsten Phase ihres Einzugs, nicht geholfen hat. Eine Beerdigung ist aber ein guter Grund. Wobei er sich die auch hätte sparen können nach all den Jahren.

Mit Pinsel in der Hand und besprenkelt mit Anthrazit hat er vor fünf Tagen Brunos Anruf entgegengenommen. Ob er schon wüsste? Wusste er noch nicht. Ob er zur Beerdigung komme? Erik verneinte. Das sei alles nun wirklich zu lange her. Man sähe sich ja Weihnachten. Bruno versuchte gar nicht, ihn zu überreden. Fünf Minuten später klingelte es wieder. Seine Mutter. Schon als er abnahm, wusste er, dass sie ihn überzeugen würde, vor allem, weil sie selbst nicht willkommen war und gerne wenigstens ihren Sohn stellvertretend dabei wüsste, und buchte direkt das Bahnticket.

Jassin und Bente haben am Wochenende noch das große Vorzimmer gestrichen, in das eine Tischtennisplatte soll. Erik bietet momentan im Internet darauf.

Ihn durchfährt ein Schreck. Die Tischtennisplatte! Die Auktion ist durch. Seit einer Stunde. Um einen Euro überboten. Dabei hatte Jassin gesagt, kaufen, egal wie teuer. Erik hatte schon vorher angebracht, man könne dann ja auch eine neue Platte kaufen, aber Jassin schüttelte nur verächtlich den Kopf.

»Nachhaltigkeit, Erik. Sustainability!«

Totschlagargument. Und klar, er hat ja auch recht.

Erik bestellt einfach eine neue Platte, die so aussieht wie die aus der Auktion, und fertig. Keine Lust auf Ärger.

Nur noch zwei Stunden, bis die Bahn kommt. Zeit für eine Runde Spider Solitaire. Durst hat er. Seine Mutter hat ihm eine Dose Cola light eingepackt. Dabei weiß sie doch, dass er so was niemals trinken würde.

Aber in dem Jutebeutel, den sie ihm immer prall gefüllt mitgibt, wenn er nach Hause fährt, befinden sich oft Kuriositäten. Einmal lag eine Kuckucksuhr drin, die sie selbst geschenkt bekommen hatte: »Kannste ja weiterverschenken, wenn du sie nicht willst.«

Ein anderes Mal drei Packungen Pumpernickel. »Hat Papa falsch gekauft, dachte, vielleicht hat einer deiner Freunde Freude dran.«

Inzwischen schaut er eigentlich immer nach, welchen gut gemeinten Kram er da mitschleppen soll. Heute war er wohl etwas unkonzentriert. Jetzt also eine Cola light.

Die Dose ist noch nass und kalt. Hier in der prallen Augustsonne auf dem heißen Bahnsteigboden wäre das doch gar nicht so verkehrt. Kurz darauf hört man dieses unverkennbare Knacken eines Getränkedosenverschlusses, der sich ins Blech drückt, und einen Menschen, der gierig mit großen Schlucken trinkt, sich ein wenig bekleckert, die leere Pfanddose neben den Mülleimer wirft und einen zufriedenen Seufzer ausstößt. Erik weiß, der Spaß ist nur von kurzer Dauer. Durch die vielen Zuckeraustauschmittel wird dem Körper nur suggeriert, Süßes zu sich genommen zu haben, und wenn der merkt, es war nur falsche Befriedigung, lechzt er nach echtem Zucker, und dann kommt der Heißhunger. Nutzen, Kosten. Da muss er jetzt durch.

24

»Dieses verschissene Kackarschloch.«

Neele heulte und drosch auf Eriks Daunenkissen ein, dabei wippte ihr Dutt auf und ab. Je schlechter es ihr ging, desto akkurater war ihr Dutt, das fiel ihm an diesem Tag zum ersten Mal auf.

»Der Typ war aber mal wirklich von Anfang an untragbar! Vielleicht musst du an deiner Menschenkenntnis arbeiten?«

Erik schob ihr immer wieder das Kissen hin, wenn es verrutschte.

»Das. Hilft. Mir. Jetzt. Nicht.«

Jedes Wort ein Schlag.

»Doch, fürs nächste Mal. Das kann man doch vorhersehen. Du bist sechzehn, er ist zweiundzwanzig und Zerspanungsmechaniker. Er bedient den ganzen Tag riesige Maschinen. Da musst du doch davon ausgehen, dass er dich auch wie eine behandelt. Wollen wir jetzt los?«

Eigentlich wollten sie an diesem Abend zur Party von Bruno und Salo in der Pizzeria. Ihr zweites Spiel war verkauft worden.

»*Du* sagst doch immer, man soll Leute nicht zu schnell verurteilen.« Sie hielt kurz inne und schaute ihn an, bevor sie weiterdrosch.

»Wenn sich Vorurteile bestätigen, muss man aber auch nicht so überrascht sein.«

»Der grobe Sex war ja ganz gut eigentlich.«

»Aber sein grober Charakter nicht.«

»Nein!«, schrie sie und sank weinend in eine Umarmung mit dem Kissen.

»Wir gehen wohl nicht mehr zur Party?«, fragte er und kannte die Antwort.

»Geh ruhig ohne mich, ist okay.« Sie schluchzte und drückte seinen Rumpf.

Er wusste, dass sie stinksauer wäre, würde er sie jetzt alleine lassen. Sie war nicht zurechnungsfähig und erntete mal wieder ihre Armhärchen.

»So banne dein Ich in dich zurück, / und ergib dich und sei heiter, / was liegt an dir und deinem Glück? / Es kribbelt und wibbelt weiter.«

»*Kribbelt und wibbelt*?« Sie lächelte.

»Gut, ne? Fontane funktioniert doch immer. Pass auf, geht noch weiter, hab ich gestern erst auswendig gelernt. Da kann kein Motivationscoach mithalten.«

»Nee, lass mal.«

»Doooooch! *Zieh nun also in die Welt, / tue beharrlich, was dir gefällt, / werde keiner Gefühle Beute, / meide sorglich arme Leute, / werde kein gelehrter Klauber, / Wissenschaft ist fauler Zauber, / sei für Rothschild statt für Ranke, / nimm den Main und lass die Panke, / nimm den Butt und lass die Flunder, / Geld ist Glück, und Kunst ist Plunder, / vorwärts auf der schlecht'sten Kragge, / wenn nur unter großer Flagge. / Pred'ge Tugend, pred'ge Sitte, / Millionär ist dann das dritte, / quäl' dich nicht mit ›wohlerzogen‹. / Vorwärts mit den Ellenbogen, / und zeig' jedem jeden Falles: / Du bist nichts, und ich bin alles.«*

»*Du bist nichts, und ich bin alles.* Das schreib ich Kai jetzt«, sagte sie und wollte ihr Telefon herausholen.

Aber Erik nahm die handysuchende Hand. »Nein, nein, einfach nichts mehr schreiben. Er ist durch. Es wird nicht mehr geschrieben. Such dir den Nächsten, aber gib dir diesmal mehr Mühe, bitte!«

»Wollen wir beide nicht einfach zusamm…« Sie wusste ihn zu ärgern und meinte es doch zu ernst.

»Zusammen zur Party?«

»Penner.«

»Selber.«

»Ich mach mich fertig.«

25

Noch siebzig Minuten, bis die Bahn kommt. Soll er doch Bruno oder seine Mutter bitten, ihn abzuholen? Es ist fast eine Stunde Autofahrt. Beide würden es gerne tun. Aber das ist nicht zu vereinen mit seinem Lifestyle als unabhängiger, selbstbestimmter Mensch. Außerdem fühlt es sich merkwürdigerweise genau richtig an, alleine auf diesem einsamen Landbahnhof zu hocken.

Würden da nicht ständig diese Erinnerungen hochkommen. Er streichelt ein bisschen über seine Haare. Er sieht auf die blonden Härchen seiner Unterarme, setzt mit Daumen- und Zeigefingernagel an und zupft sich eines raus. Es tut höllisch weh. Das hatte er nicht erwartet.

Erik nimmt wieder das Handy und beginnt eine neue Runde Spider Solitaire, um sich von dem Schmerz abzulenken. Es ist einfach ein herrliches Spiel. Man legt Karte auf Karte, rot und schwarz abwechselnd, in der richtigen Reihenfolge. Und wenn am Ende alle Karten korrekt sind, springen sie einem in fast haptischer Weise entgegen. Das kann Erik sich minutenlang angucken.

26

»Männer sind abstoßend«, befand Erik, während sie auf der Neunzigerjahre-Couch fläzten und das Schlachtenepos *Braveheart* auf VHS schauten.

»Find ich auch, aber was soll ich machen. Meine Biologie treibt mich immer wieder in ihre Arme«, sagte Neele bedauernd, lachte aber dabei, wenn auch etwas verkrampft.

»Ich meine es ganz ernst. Ich finde es furchtbar, ein Mann zu sein. Oder besser gesagt, als Mann von dieser Gesellschaft gelesen zu werden – mit all den Erwartungen und Zuschreibungen. Es wäre so schön, würde man Menschen einfach in die Schublade *Mensch* stecken, anstatt in die für Frau oder Mann. Das Gleiche gilt für die Hautfarbe, Behinderungen und andere Offensichtlichkeiten, die gleich Assoziationsketten hervorrufen. Das machen Menschen immer. Selbst bei Dingen. Nur weil ein Auto schäbig aussieht, kann es vielleicht *trotzdem* noch vom Flecken ans Schwarze Meer fahren. Eine schicke, goldene Taschenuhr kann *trotzdem* kaputt sein. Immer diese Erwartungen an bestimmte Merkmale, ohne sich mal die Mühe zu machen, genauer hinzuschauen, zu beobachten und sich dann erst ein Bild zu machen.«

Sie drückte auf Pause, Mel Gibson in Kriegermontur hob gerade sein Schwert und hatte seinen Mund zum Schrei geöffnet.

»Erik, das sind jetzt aber inzwischen zwei Themen, und ich will den Film sehen.«

»Ich halte das Gemetzel nicht aus.«

»Okay, ganz kurz. Das eine ist: *Don't judge a book by its cover*, edel von dir. Aber Menschen sind halt so, komm damit klar. Und zum anderen: Du bist ein weißer Junge aus der oberen Mittelschicht, du hast dich nicht zu beschweren.« Sie drückte wieder auf Play.

Sofort schallte blutrünstiges Geschrei aus dem Fernseher.

»Ich hasse es aber, ein Mann zu sein und die Schuld der jahrhundertelangen Unterdrückung der Frau auf meinen Schultern tragen zu müssen«, versuchte er, dagegen anzureden.

Sie drückte wieder auf Pause, die Ruhe tat gut, und setzte sich ihm im Schneidersitz gegenüber.

»Musst du aber. Aber du musst ja nicht unbedingt ein Mann sein. Du kannst heutzutage doch alles sein. Wir leben in einer freien Gesellschaft. Darf ich Judith Butler zitieren?«

»Wen?«

Er nahm eine Hand voll Erdnussflips aus einer Schale und steckte sich einen in den Mund.

»Kollegin von Simone de Beauvoir.«

Eigentlich war immer Erik derjenige, der zitierte, aber Neele hatte gerade einen Workshop über Frauenrechte besucht, und vielleicht hatte sie daher das Zitat.

»Ja, die kenn ich. Das Zitat?«

»*Geschlechtlichkeit ist nichts, was man hat, sondern das, was man tut.*«

»Bin ich also selbst schuld, oder was?«

»Ja, sowieso … Willst du doch das Originalzitat von de Beauvoir? *Man ist nicht als Frau*, also in deinem Fall Mann, *geboren, man wird es.*«

»Ja, das ist doch *viel* logischer, aber in der Realität nicht wahr. Ich verhalte mich doch eben nicht, wie man das von einem Mann erwartet. Trotzdem nehmen viele an, dass ich es tue. Frauen denken, ich schaue ihnen auf die Hintern und will sofort mit ihnen schlafen, ich weiß am Strand nie, wohin ich gucken soll. Ich verabscheue die stereotype männliche ›Kultur‹.« Bei *Kultur* malte er mit Mittel- und Zeigefinger Anführungsstriche in die Luft. In der anderen Hand hielt er noch die Erdnussflips, von denen sich Neele jetzt ebenfalls ein paar nahm.

»Ich kann dir bestätigen, dass du die meisten Stereotype nicht erfüllst und dass ich das *sehr* an dir schätze«, sagte sie und warf sich die Flips in den Mund.

»Danke. Kann ich mir nichts von kaufen. Wenn ich irgendwo auf Toilette gehe, wo Leute wissen, dass ich auf Toilette bin, beeile ich mich immer besonders, damit die nicht denken, ich hole mir einen runter.«

»Aber das wäre doch sehr männlich.«

»Ach, du verstehst mich nicht. Gleichzeitig denke ich, dass Männer, die zu lange auf der Toilette sind, sich gerade einen runterholen.«

»Dann bist du ja auch nicht besser als alle anderen.«

»Sag ich ja auch gar nicht. Aber ich versuche es wenigstens.«

»Du darfst nicht von dir auf andere schließen. Für viele ist Sexualität gar nicht so eine große Sache.«

»Du unterstellst mir, dass Sexualität für mich eine große Sache ist? Kennst du mich eigentlich überhaupt? Es ist *nichts* für mich. Für alle anderen ist es *alles*. Menschen sind nur auf Geschlechter getrimmt, und zwar nicht nur auf die Geschlechter, sondern auf die Geschlechtsteile. Es geht nur um Gebalze und Gebumse. Ich will aber in diesem Schmierentheater nicht die Rolle des Mannes spielen.«

»Welche denn dann?«

»Ich will gar nicht mitspielen.«

»Bist du suizidgefährdet?«

»Bist du bescheuert? Nein! Ich will lernen, es aus dem Zuschauerraum heraus zu ignorieren.«

»Na, dann viel Erfolg.«

»Aber wenn ich weiter geschlafen hätt' / und tät' von alledem nichts wissen, / würd' es mir fehlen, würd' ich's vermissen?«

»Amen!«

»Nein, Fontane«, sagte er und stopfte sich die Erdnussflips aus seiner Hand komplett in den Mund.

»Können wir jetzt weitergucken?«

Erik schüttelte den Kopf, kaute angestrengt, und es dauerte eine Weile, bis er wieder sprechen konnte.

»Ich kann diese Klischees nicht mehr ertragen«, brachte er dann heraus.

»Existenzkrise, oder was? Das nächste Mal greifen wir einfach nicht noch mal blind in das Video-Regal meiner Eltern. Das ist doch alles total überspitzt, das ist Hollywood.«

Erik machte eine Geste, die Neele zeigen sollte, dass er kurz aufkauen wollte. Nach ein paarmal schlucken sagte er: »Aber das ist doch dramatisch. Das sehen Millionen Leute, und so werden die Rollenbilder noch fester in die Köpfe der Leute gemeißelt.«

»Oder funktioniert so ein Film nur, weil die Rollenbilder eh schon in den Köpfen sind?«

»Ich hau ab.«

»Lass uns doch weitergucken!«

»Kannste alleine machen.«

Erik stemmte sich aus der Couch.

»Jetzt setz dich wieder! Ich versteh dich ja. Ich kenne das sehr gut, wenn man auf sein Geschlecht reduziert wird. Mich kotzt das *auch* an, dass man mir als Frau weniger zutraut als einem Mann. Wir leben in einem verschissenen Patriarchat.«

Sie zog ihn wieder auf die Couch.

»Darf ich mich trotzdem beschweren, zum herrschenden Geschlecht zu gehören?«

»Eigentlich nicht. Vielleicht, wenn ihr endlich diese peinlichen Blue Boys auflöst.«

»Niemals!« Er lachte.

»Du bist extrem privilegiert. Nutze es!«

»Aber wie?«

»Indem du später viel Geld verdienst und mir die Hälfte abgibst.«

»Dann machst du dich doch wieder abhängig von einem Mann! *So* bekämpfst du das Patriarchat nicht.«

»Da du kein normaler Mann bist und dich nicht über dein Geschlecht definierst, ist das okay.«

»Ich bin also nicht normal?«, empörte er sich künstlich.

»Gott sei Dank nicht. Ich finde es sehr attraktiv, dass du so ein Weichei bist.«

»Drück Play«, bat er und nahm noch eine Hand Erdnussflips.

»Du darfst dich an mich kuscheln, wenn es zu brutal wird.«

»Drück Play!« Er entriss ihr die Fernbedienung, drückte Play und kuschelte sich an sie.

27

In wenigen Minuten müsste der Zug da sein. Auf dem Bahnsteig ist ein Händchen haltendes Paar angekommen, das sich unangemessen nah neben Erik an die Backsteinmauer gelehnt hat. Beide sind vielleicht Mitte zwanzig.

Erik versucht, nicht hinzuschauen oder zuzuhören, er ist kurz vor seinem Spider-Solitaire-Rekord, aber es ist unmöglich. Entweder sehen sie ihn nicht in seiner dunklen Kleidung, mitten auf dem hellen Bahnsteig, sie möchten, dass er sie hört, oder es ist ihnen einfach egal, dass sie in seine Distanzzone eindringen.

Sie, in bettelndem Ton: »Manuel?«

Er, am Handy, genervt: »Jaha?«

»Könntest du mir mal bitte *kurz* in die Augen sehen?«

»Gerade schlecht, ich buche uns gerade unseren Urlaub.«

»Okay, kein Problem, mein Fehler.«

»Kein Ding, kann passieren.«

Sie kramt in ihrer riesigen Tasche und holt einen Löffel, Salz und eine halbe Avocado raus, fummelt die Frischhaltefolie vom Grün auf den Boden und salzt. All das mit einer selten gesehenen Präsenz. Sie pfeffert den Salzstreuer wieder in die Tasche und beginnt zu löffeln, bis sie auch den allerletzten Rest aus der Schale geholt hat. Das verläuft nicht ohne schabende Geräusche, die sie scheinbar zu vermeiden versucht, indem sie sehr langsam schabt. Jede Faser dieser Frau schreit nach Aufmerksamkeit.

Manuel merkt es zum Glück auch. Sich zusammenreißend: »Maja?«

»Jaha?«, hoffnungsvoll.

»Ist da nicht schon alles rausgeholt?«

»Wusstest du, dass man den Kern einer Avocado einpflanzen kann und dass dann daraus eine neue Avocado entsteht?«

Grummelnd versinkt Manuel wieder in sein Handy, während Maja weiterkratzt, wo nichts mehr zu holen ist. Erik beobachtet, wie sie dabei nicht auf die Avocado, sondern zu Manuel schaut.

Ohne von seinem Handy aufzusehen: »Maja, es ist nichts mehr in der Schale.«

Das möchte Maja offensichtlich nicht glauben, denn sie schabt weiter.

»Maja, du hast *noch* eine Avocado in der Tasche, nimm doch *die*.«

»Eine Ganze schaffe ich nicht.«

»Aber du bist ja scheinbar noch nicht satt.«

»Doch, doch, mir ist bloß langweilig, ich warte auf dich.«

»Worauf?«

»Dass du mit mir redest.«

»Ich rede doch mit dir.«

»Bis du mit mir über uns redest.«

»Darf ich noch kurz zu Ende buchen? Du willst doch auch nach Malle, oder?«

»Ja, sicher.«

Und wieder schabt sie, aber lauter als zuvor.

Manuel geht wortlos drei Schritte weg von ihr Richtung Gleis. Sie geht hinterher. Der Zug kommt.

28

»Wusstest du, dass manche Forscher annehmen, dass der Urmann in der Steinzeit die Urfrau geschwängert hat und, wenn das Urkind laufen konnte, zur nächsten Urfrau weitergezogen ist? Erst als der Mensch angefangen hat, Ackerbau zu betreiben, und Besitz wichtig wurde, wurden die Männer monogam. Männer bleiben also nur bei einer Frau, weil sie auf dem Feld helfen muss«, referierte Erik, der auf einem Hocker saß, während Neele neben ihm Brunos und Salos neues Spiel testete, eine Art Tetris.

Bruno hatte sie alleine gelassen, um sie nicht zu beeinflussen.

»Das ist jetzt aber sehr pauschal und auf heute ja nicht mehr wirklich anwendbar.« Neele winkte ab und drückte wie wild auf die Tastatur.

»Andere Theorien gehen sogar noch weiter. Frühmenschliche Weibchen hätten sich üblicherweise direkt hintereinander von mehreren Männchen begatten lassen, um die Wahrscheinlichkeit einer Schwangerschaft zu erhöhen. Das Kind wurde dann von der Mutter großgezogen und von den Männern des Stammes beschützt. Also, wer sagt eigentlich, dass der Mensch für Paarbeziehungen gemacht wurde?«

»Die Geschichte? Muss ich den Klotz jetzt hier und hier drauf … Egal.«

Ihre Augen blieben auf dem Bildschirm.

»Geschichte und Kultur sind künstlich geschaffen, wir sind aber biologische Wesen mit biologischen Eigenschaften.«

Sie pausierte, indem sie die Leertaste drückte, und blickte ihn zum ersten Mal in diesem Gespräch an. »Schon mal was von Evolution gehört? Du kannst doch nicht den Steinzeitmenschen mit dem heutigen vergleichen, noch nicht mal biologisch.« Sie fuhr mit dem Spiel fort.

»Vergiss nie, wo du herkommst. Kann es nicht sein, dass alle Menschen in Beziehungen leben, weil sie es von ihren Mitmenschen so vorgelebt bekommen haben, weil es Kultur geworden ist? Völlig abiologisch?«

»Gibt es das Wort überhaupt?«, fragte sie abwesend.

»Vielleicht hat man das ganze Konstrukt einfach nie hinterfragt und dementsprechend nicht festgestellt, dass es ohne Partnerin oder Partner viel entspannter ist. Man muss keine Kompromisse eingehen, sich nicht einschränken, kann sich frei entfalten, zu sich finden und so für unsere ätzende Leistungsgesellschaft ein wertvollerer, weil psychisch gesünderer Mensch sein.« Erik fand sich sehr klug.

Sie drückte noch mal auf Pause und wandte sich ihm zu. »Erstens: Hast du gerade gesagt, psychisch kranke Menschen wären weniger wert? Und zweitens: Meinst du wirklich, Milliarden Menschen sind dümmer als der oberschlaue Erik und verstehen nicht, dass sie gar nicht für Beziehungen gemacht sind?« Sie drehte sich wieder zum Bildschirm und spielte weiter.

»Erstens: Weniger wertvoll für die Leistungsgesellschaft hab ich gesagt, weil nicht so leistungsfähig wie gesunde Menschen. Das liegt ja in der Natur der Sache. Und zweitens: Das ist ja das Absurde, die meisten Menschen scheitern permanent an Liebesbeziehungen und tappen trotzdem immer wieder in die Falle. Sie begehen immer und immer wieder denselben Fehler, sorry, aber das ist dumm. Da fragt man sich doch, wie die Evolution funktionieren konnte.«

»Menschen haben die Hoffnung, dass sie halt doch irgendwann den passenden Deckel finden«, murmelte Neele.

»Hoffnung ist auch dumm. Dann kann man ja auch gleich mehrere daten und hoffen, dass der oder die Richtige dabei ist, und dann absägen, wer nicht passt, und im besten Falle bleibt das perfekte Gegenüber übrig, das es natürlich auch genauso sehen muss. Monogamie ist ja eh eine kulturelle Erfindung, die sich aus dem Judentum, das Monogamie zur Verhinderung von Seuchen predigte, und dem römischen Gesetz zur einfacheren Klärung des Erbrechts entwickelt hat.«

Jetzt hackte sie regelrecht auf die Leertaste.

»Lexikon gefrühstückt, oder was?«

Es entstand eine kurze Pause, in der nur die hektischen Tastengeräusche zu hören waren, und dann herrschte abrupt Stille. Sie hatte verloren und drehte sich zu ihm: »Du meinst also, wir alle sollten Beziehungen mit mehreren Menschen gleichzeitig haben.« Sie hielt sich die Hand vors Gesicht, aber nur ihre Fingerspitzen berührten Wangen und Augenbrauen.

»Sei doch nicht so arrogant. Du merkst doch, dass ich recht habe. Ich will ja nur helfen. Hast nur Angst vor den Konsequenzen. Du stolperst von einer unglücklichen Beziehung in die nächste. Ich meinte aber auch nicht Beziehung, sondern Dates. Eine Beziehung kann sich dann meinetwegen entwickeln, wenn man denkt, es passt, aber eigentlich sollte man einfach alleine klarkommen, das wäre gesünder für die Menschheit.«

»Du tust mir leid«, sagte Neele bedauernd und legte ihren Arm um seine Schultern.

»Was soll *das* denn jetzt? Nur, weil ich anders glücklich werde als die meisten Menschen, tue ich dir leid? Nimm deinen Arm da weg!«

Er sprang von dem Hocker auf, der polternd umfiel.

»Entspann dich mal, ja? Du willst nur helfen, ich weiß, aber ich bin nun mal anders als du«, versuchte sie, ihn zu beruhigen.

»Aber denk doch wenigstens mal drüber nach.«
»Ob ich polygam leben will? Eher nicht.«
»Du willst mich einfach nicht verstehen, oder?«
»Komm wieder her, du bist so süß, wenn du sauer bist.« Sie versuchte, ihn an der Hand wieder zu sich zu ziehen, aber diesmal ging er ohne ein weiteres Wort.

Dabei stieß er mit Bruno zusammen, der gerade wiederkam.
»Hoppla, tschüss, Erik. Habt ihr euch gestritten?«
Neele zuckte nur mit den Schultern.
»Und wie ist das Spiel?«, fragte er und hob den Hocker auf.
»Mega.«
Sie startete eine neue Runde.

29

Erik betritt das Großraumabteil der Regionalbahn, die Richtung Flecken gähnend leer ist. Sein Blick trifft den von Benisha, die die Augen sofort abwendet, um sie direkt wieder überrascht auf Erik zu haften. Er weiß auch nicht, ob er sich zu ihr in den Vierer setzen soll, deshalb winkt er kurz rüber, sie winkt zurück und ihn heran. Entscheidung abgenommen.

Benisha ist nicht allein. Ihre Tochter Sarah ist auch dabei. Man gibt sich die Hand.

»Wie kommt's?«, fragt Sarah.

»Hm?«

Sarah hätte viele Gründe zu fragen, aber was sie jetzt konkret meint, kann Erik nicht erraten.

»Na ja, dass du hier einsteigst.«

»Ach, das ist eine uninteressante Geschichte«, sagt Erik und ärgert sich ein wenig, nicht die Chance ergriffen zu haben, wenigstens einen Teil der Viertelstunde Zugfahrt mit der uninteressanten Geschichte zu füllen.

Aber er hat auch andere Themen, die er mit Benisha und Sarah besprechen kann.

»Wie geht's euch?«, beginnt er sehr kreativ.

Benisha hat noch nie viel gesprochen, auch jetzt übernimmt Sarah.

»Läuft gut, danke«, antwortet sie, nicht weniger kreativ.

»Und die Pizzeria?«, setzt Erik noch einen drauf.

»Läuft auch. Musst mal rumkommen. Haben gerade Pfifferlingpizza.«

»Auch glutenfrei?«, fragt er, aber er kennt die Antwort.

»Ja, kann ich dir machen, mit Buchweizenmehl.«

Damit hat Erik jetzt nicht gerechnet.

»Wie lange bist du denn da?«, fragt sie.

»Nicht so lange, glaub ich. Dienstag muss ich eigentlich wieder weg sein.«

»Ach blöd, haben heute und morgen Ruhetag«, sagt Sarah bedauernd, und eine kurze Pause folgt.

Jetzt fragt Erik doch. Er hat schon lange nicht mehr an Salo gedacht.

»Wie geht's Salo?«

»Ist immer noch mit seiner Familie in London und hat sich gerade ein Loft südlich der Kensington High gekauft.«

»Das freut mich.«

30

Salo und Erik waren damals eng befreundet. Während Bruno ab seinem fünfzehnten Lebensjahr regelmäßig mit Frauen verkehrte, obwohl seine Eltern ihn sehr christlich erzogen hatten – oder gerade deswegen –, führte Salo das Leben eines strenggläubigen Protestanten in einer aus Indien immigrierten Familie, die es zwischen den ganzen Hindus nicht mehr ausgehalten hatte. Gerade Salos Vater Himal konnte sich herrlich über den Hinduismus mit seinen »übertriebenen bunten Gummibärchen-Disneyfiguren« auslassen. Salo und Bruno wären, wenn es nach ihren Eltern gegangen wäre, beste Freunde gewesen und mussten auch manchmal zusammen auf irgendwelche christlichen Freizeiten, aber die Chemie stimmte zwischen den beiden schlichtweg nicht. Jedenfalls nicht im Privaten. Als sie gemeinsam das Programmieren für sich entdeckten, arbeiteten sie hocheffektiv, geradezu symbiotisch miteinander. Bruno, der Rabauke, der sich gegen seine Eltern und die Religion auflehnte, und Salo, der gotteshörig und brav alles tat, was seine Eltern verlangten, weil er kategorisch gut fand, was sie verlangten, und das wahrscheinlich bis heute tut. Wenn also wieder mal eine von den Eltern getroffene Spielverabredung anstand, bat Bruno meistens auch Erik zu kommen, damit es nicht so unangenehm würde. Spätestens ab der Pubertät lernte Erik Salo sehr zu schätzen, weil er bei den ganzen Machtspielchen, wer denn den Größten habe und so weiter, nicht mitmachte. Erik beeindruckte, dass Salo überhaupt keine Anstalten machte, dazugehören zu wollen. Für ihn war Gott seine Erfüllung.

Mit siebzehn fuhren Erik, Neele, Bruno und Salo zusammen mit anderen Jugendlichen für eine Woche mit der Kirchengemeinde ins französische Dörfchen Taizé, in dem um die hundert Brüder in einer Gemeinschaft zusammenlebten und jeder und jedem ihre riesige Kirche öffneten. Die Gottesdienste, dreimal am Tag, wurden ausschließlich durch Gesänge gestaltet. Gesänge, die ihre Wirkung nicht verfehlten, die einen auf eine angenehme Art öffneten und dabei wahnsinnig kitschig waren. Erik behauptete, es müssten irgendwelche Schwingungen physikalischer Art sein, anders konnte er es nicht deuten, dass sogar er enorm berührt wurde, vor allem, weil es auf der harten Auslegeware nicht besonders gemütlich war.

Es kamen Tausende junge Leute, um zu beten, zu singen und über die Bibel zu diskutieren. Erik hoffte, auf Menschen zu treffen, die ähnlich waren wie er. Die ab dem Bauch aufwärts dachten. Er fand, Taizé klang nach einem guten Ort für junge Leute, um Antworten zu finden, um zu wachsen und zu reifen. Aber selbst dort beobachtete Erik, wie sehr die Menschen Opfer ihrer Triebe waren und die Religion nur ein kläglicher Versuch, sich zu kontrollieren. Es wurde geknutscht und mehr, Neele fand einen Dean aus den USA, Bruno gleich drei Mädchen, zwei an einem Abend.

Erik ging oft früh zu Bett, um dem Gebalze zu entgehen, Salo oft sogar noch früher. Am Abend vor ihrer Abreise erwischte Erik ihn nackt in seinem Bett, eine von Eriks getragenen Unterhosen auf dem Gesicht, seinen steifen Penis in der Hand. Erik schlug die Holztür zu, ging dann doch zurück zum Lagerfeuer und ignorierte Salo fortan weitestgehend. Salo tat so, als wäre nichts gewesen, und spielte weiter den fröhlichen, gottumarmten Jungen. Das schmerzte Erik umso mehr.

Bis heute hat er niemandem davon erzählt, nicht mal Bruno, der auch nie nachgefragt hat, warum sie sich plötzlich mieden. Er wünscht sich manchmal, sie wären damals erwachsener mit der Situation umgegangen. Auch wenn die Enttäuschung schmerzhaft war: Er hat Salo längst verziehen. Sie waren halt jung und auf der Suche.

31

»Ich grüße ihn von dir«, sagt Benisha plötzlich in eine der vielen Gesprächspausen hinein.

»Ach, ja, das ist lieb, unbedingt liebe Grüße. Er kann sich ja mal melden.«

Erik ist sich nicht sicher, ob er das wirklich möchte, eigentlich hat er mit dem Thema abgeschlossen. Nach all den Jahren. Er kramt dennoch eine Visitenkarte aus seinem Portemonnaie und reicht sie Benisha.

»Er hat viel zu tun«, sagt Sarah, und Erik fragt sich, ob sie mehr weiß.

»Werbeagentur, aha. Was machst du da so?« Benisha mustert die Visitenkarte.

»Na ja, Werbespots, vielleicht kennt ihr die mit dem Kronenwasser?«

Erik hofft nicht. Die streng konservative Familie verabscheut sicherlich derartige Werbung, aber genau deshalb schaut sie natürlich auch nie fern.

»Nein«, antwortet Benisha. Gott sei Dank.

Sie gucken aus dem Fenster und schweigen. Erik überlegt, wie er vom Bahnhof in den Flecken kommen soll. Der letzte Bus fährt am Sonntag um vierzehn Uhr. Das ist gerade durch. Wahrscheinlich werden Benisha und Sarah abgeholt, aber ob Himal ihn überhaupt mitnehmen würde? Erik weiß nicht, was Salo erzählt hat von damals, aber er wird schon mitbekommen haben, dass sie irgendwann nicht mehr befreundet waren. An Weihnachten grüßt Himal in der Kirche auf jeden Fall nie, aber da ist er auch meistens im Gespräch mit anderen. Jeder im Flecken kennt Himal, er ist so was wie eine Dagmar für Christen, eine Art Gastropastor. Neben Bei Iris ist das zweite und einzige weitere gastronomische Highlight im Flecken die Pizzeria Indiano mit Lieferservice, geführt von Himal, Benisha und Sarah. Wem theologische Fragen unter den Nägeln brennen, der geht zur Pizzeria Indiano und findet Antworten. Vor allem, seit es keinen Fleckenpastor mehr gibt, weil Georg weggezogen ist. Es gibt nur eine Pastorin, die ab und an die Beerdigungen im Flecken leitet, aber eigentlich im Nachbarort angestellt ist. Deshalb gibt es auch keinen regelmäßigen Gottesdienst mehr. Gott ist hier nur noch selten zu Gast.

Himal nimmt Erik gerne mit. Er scheint sich richtig zu freuen und drückt ihn zur Begrüßung fest an sich. Er ist eigentlich eh immer gut gelaunt. Diese Überschwänglichkeit verschwindet während der Autofahrt auch kaum. Die Frauen müssen hinten einsteigen, obwohl Erik darauf besteht auf dem Rücksitz zu sitzen. Keine Chance.

»Mensch, Erik, du siehst gut aus! Was machst du denn so?«

»Ich habe eine Werbeagentur …«

»Ach ja, das muss ja auch wer machen, ne?« Himal kneift ihn in den Unterarm und kurz fährt er freihändig.

»Ja, macht Spaß.«

»Und wofür wirbst du so?«

»Die Kronenwasser-Werbung ist zum Beispiel von mir.«

Er erschrickt, dass er nicht kurz nachgedacht hat. Hoffentlich kennt Himal sie nicht.

»Ach, die mit den hübschen Frauen am Strand? Wegen der habe ich Kronenwasser von der Karte genommen.« Himal lacht, und Erik weiß nicht, ob er es ernst meint oder nicht.

Stimmt ja, im Restaurant gibt es einen Fernseher, der die ganze Zeit stumm läuft und die Aufmerksamkeit von den Tischgesprächen abzieht.

Erik entscheidet sich, ebenfalls zu lachen und schnell das Thema zu wechseln, aber Himal kommt ihm zuvor. »Furchtbar, dass Neele sich …«

»Ja, schlimm«, unterbricht Erik etwas zu barsch, und es entsteht eine kleine Pause.

»Salo bekommt in den nächsten Tagen seinen dritten Jungen, verrückt, oder? Wie steht's bei dir mit der Familienplanung?«, nimmt Himal das Gespräch wieder auf.

Dass Menschen es nicht aushalten, auch mal miteinander zu schweigen.

»Ich hab erst mal die berufliche Karriere im Blick gehabt und kümmere mich demnächst vielleicht drum«, platzt es aus ihm heraus, er ist selbst überrascht, wo das jetzt herkommt, noch dazu ist es total dämlich.

Salo hat es also geschafft, auch im Privaten, das kann Erik nur vermuten, aber Frau und viele Kinder gelten gesellschaftlich ja in der Regel als *privat erfolgreich*. Beruflich läuft es eh, Salo und Bruno haben sich damals den Erlös aus den Verkäufen ihrer Browsergames geteilt, und selbst die Hälfte hat gereicht, um wahrscheinlich nie wieder arbeiten zu müssen. Salo ging nach London und legte eine beeindruckende Karriere als Programmierer hin. Im Auto sagt jedenfalls niemand etwas nach Eriks misslungener Antwort.

Sein Handy vibriert, eine WhatsApp von Oma mit Kusssmiley und einem Videolink, Überschrift: »Wie oute ich mich am besten?« Er steckt das Handy wieder ein.

»Also noch keine Freundin?«, fragt Himal jetzt doch.

Diesmal muss Erik aber etwas genauer nachdenken, bevor er redet. Himal scheint ihn zu voreiligen Antworten zu motivieren.

»Leider nein.« Wieso *leider*? Er ärgert sich.

»Du siehst doch gut aus und bist ein ordentlicher Mensch, oder? Kann doch nicht sein, dass dich keine will.« Himal meint es bestimmt gut.

»Nee, ach, das ist es nicht. Ich hab einfach keine Zeit dafür.«

Himal legt die flache Hand auf Eriks Oberschenkel, die Frauen auf der Rücksitzbank räuspern sich synchron.

»Jeder braucht doch eine bessere Hälfte. Ich habe sogar zwei.« Er zwinkert nach hinten, was Erik sehr befremdlich findet. »Und Salo natürlich auch noch, aber der ist ja nicht hier.«

Jetzt ist die Gelegenheit, das Gespräch endlich selbst in die Hand zu nehmen.

»Wie oft sehen Sie ihn denn?«

Benisha antwortet, weil Himal in einen Kreisel fährt und das Lenkrad nicht mehr richtig im Griff hat. Vielleicht weil die Hand immer noch auf Eriks Bein liegt.

»Er kommt manchmal an Weihnachten, aber er geht nicht mehr mit in die Kirche.«

Eine gewisse Enttäuschung schwingt mit.

Sarah fügt an: »Salo und seine Familie sind jetzt in einer Freikirche.«

Himals Hand löst sich.

Den Rest der Autofahrt herrscht Schweigen. Himal lächelt nicht mehr, als er Erik bei Elke absetzt.

32

Im Jahr vor ihrer Volljährigkeit wollten Erik und Neele unbedingt alleine nach Kopenhagen. Nur ein Wochenende. Sie waren schließlich schon so gut wie erwachsen. Aber alles Flehen half nicht. Alleine durften sie nicht fahren. Onkel Freddie, der gerade ohnehin keiner Beschäftigung nachging, kam als Aufpasser mit. Und es wurde entspannter, als es sich anhörte, weil Onkel Freddie sie bis auf die Mahlzeiten, die er ihnen in der Ferienwohnung kochte, in Ruhe ließ und die beiden Nächte im Bordell verbrachte. Das sagte er ihnen zwar nicht, aber sie wussten es. Sein Essen war solide. Seine Witze hingegen waren unerträglich. Sexistisch, rassistisch, Alter-weißer-Männer-Humor, aber manchmal, zu oft, mussten sie doch lachen, weil er sie so gut erzählte.

Mit Onkel Freddie konnte man über alles reden, aber man musste damit klarkommen, dass er immer einen frechen Spruch auf Lager hatte, der einen nicht weiterbrachte. Je älter sie wurden, desto geschmackloser wurden die Sprüche. Erik vergaß die meisten sofort wieder. Einige von Onkel Freddies Anekdoten blieben aber hängen, wie die des dreihodigen Söldnerkapitäns von Bergamo oder vom Penis-Festival in Japan.

Aber weil es Eriks Anspruch war, die Menschen zu beobachten, ohne sie zu bewerten oder über sie zu urteilen, zwang er sich mit aller Kraft, auch Onkel Freddie zu respektieren, wie er war, mit all seinen moralischen Abgründen.

Neele verurteilte Erik dafür. Er jedoch fand, ein Hauptproblem des menschlichen Miteinanders sei es, sich über andere zu stellen, sie abzuwerten, um sich selbst besser zu fühlen. Daraus wollte er keinen Selbstwert ziehen. Erik wollte neutral sein.

»Du musst doch eine Haltung haben! Werte, für die du kämpfst!«

Sie war fassungslos, nachdem Onkel Freddie wieder mal mit einem sexistischen Kommentar Grenzen überschritten hatte, in die Nacht verschwunden war, Neele nur schüchtern gelacht und vergeblich gehofft hatte, von Erik verteidigt zu werden.

»Nein, warum? Kann ich nicht ohne Kämpfe durchs Leben gehen? Ich will mit dem Schlechten einfach nichts zu tun haben. Es gibt genug Leute, die dagegen kämpfen und da ihre Kraft draus ziehen. Klar ist es nicht populär zu sagen: Das ist nicht mein Problem, aber wenn jeder Einzelne mehr auf sich achtgeben würde, gäbe es auch weniger Leute, denen geholfen werden muss. Menschen diskriminieren andere Menschen doch nur, weil sie mit sich selbst nicht klarkommen und sich Gruppen mit gemeinsamen Feindbildern suchen, um sich selbst zu stärken. Weil sie sich nicht mit sich selbst beschäftigen wollen, weil sie Angst vor sich haben.«

»Ich frage noch mal: Was ist denn deine Haltung, Erik? Verteidigst du gerade Rassisten, Sexisten und alle anderen Leute, die Menschen diskriminieren?«

»Nee, klar nicht. Aber natürlich gibt es einen Grund, warum sie so geworden sind, wie sie sind. Und da muss man am Ursprung arbeiten. Um künftige Generationen gar nicht erst unzufrieden werden zu lassen. Diese kaputten Leute von heute zu ändern, ist extrem schwer. Das muss aus denen heraus passieren.«

»Es ist nicht möglich, alle Menschen zu verteidigen, Erik. Da draußen gibt es Kinderschänder, Diktatoren, einfach böse Menschen«, sagte sie ruhig.

»Und es ist die Aufgabe des Rechtsstaats sich darum zu kümmern.«

»Dein Ernst?« Jetzt wurde sie doch wieder lauter.

»Warum muss ich mir die Probleme der ganzen Welt auf die Schultern laden?«

»Kannst du erst mal bei meinen Problemen anfangen?«

»Es ist ein aussichtsloser Kampf. Ich fürchte und glaube fest daran, dass man Onkel Freddie nicht mehr ändern wird.«

»Aber wenn niemand was gegen seine Art sagt, dann weiß er doch gar nicht, dass ich mich von ihm schlecht behandelt fühle.«

»Du als Opfer solltest durchaus ab und an auf den Tisch hauen und sagen, dass das so nicht geht. Aber eher für dich, um dir Luft und deine Haltung deutlich zu machen, und nicht mit der Erwartung, dass du ihn ändern wirst.«

»Kannst du mir nicht dabei helfen?«

»Ist das nicht übergriffig und anmaßend, wenn ich dich verteidige? Als Mann? Ist das dann nicht gleichzeitig ein Zeichen, dass ich denke, dass du das nicht selber kannst?«

Ihr lief eine Träne die Wange runter. »Kannst du mich bitte öfter beschützen?«

Es entstand eine kleine Pause.

»Keine Sorge, es gibt genug Menschen mit Helfersyndrom.«

»Manchmal hasse ich dich.«

Trotzdem wollte sie am nächsten Tag, als alles wieder gut war, dass sie sich gemeinsam Tattoos stechen ließen. Sie schlenderten durch die Strøget, als sie plötzlich Feuer und Flamme war.

»Erik, das machen wir, komm, wir lassen uns ein Tattoo stechen, ich ein E, du ein N oder so, wie cool wäre das bitte?« Sie sprudelte vor Euphorie.

»Ich möchte kein Tattoo.«

»Nur ganz klein, irgendwo, wo man es nicht sieht.«

»Wieso soll ich mich quälen lassen, wenn man es eh nicht sieht? Außerdem würde *ich* es sehen.«

»Jetzt komm.«

»Wir sind doch eh noch nicht achtzehn.«

Sie zog ihn am Ärmel und hatte schon den Griff der Tattoostudiotür in der Hand, als er mit einem beherzten Ruck seinen Ärmel aus ihrer Hand befreite, ihr in die Augen sah und mit ruhiger Stimme sagte: »Ich. Möchte. Das. Nicht.«

Neele atmete laut aus. »Spießer.«

»Meinetwegen.«

»Spaßbremse. Ich geh da jetzt rein, flirte ein bisschen, und dann lass ich mir irgendwas stechen. Ich will das jetzt machen.«

»*Irgendwas?* Wieso denn, Neele, du bist doch schön, wie du bist. Ich finde Tattoos echt ungeil.« Kurz sah sie ihm ins Gesicht, und er wusste, der Kampf war sinnlos. »Mach halt, wenn du es dir wünschst, du kannst für dich selbst entscheiden …«

Sie stieß die Tür auf und verschwand in dem Laden. Erik blieb draußen stehen, unentschlossen, ob er nicht doch reinstürmen und wie auf einer Hochzeit kurz vor dem Jawort kurz vor dem Ansetzen der Nadel intervenieren sollte.

Aber Neele kam schon wieder raus.

»Mein Englisch ist zu schlecht, er hat nicht richtig verstanden, was ich wollte, und er war eh gerade dabei einen Arsch zu tätowieren.«

»Gott sei Dank, bin ich froh, echt.«

»Du solltest mich beschützen, Erik! Das war ein Test!«, schimpfte sie.

»Vor dir selbst?«

»Klar, man ist sich selbst am gefährlichsten.«

»Wo hast du das denn her?«

»Ich hab manchmal Angst vor mir«, flüsterte sie plötzlich sehr ernst.

»Ich finde dich recht harmlos«, sagte er, eher, um sie zu beruhigen und die Brisanz aus ihrer Aussage zu nehmen, als aus Überzeugung.

»Na, dann ist ja gut. Lass uns ein Lakritzeis essen, ja?«

33

Erik geht wieder durch den Garten ins Haus, wirft seine Taschen dorthin, wo er früher schon immer seine Taschen hingeworfen hat, und findet Elke erst auf den zweiten Blick in ihrem völlig chaotischen Wohnzimmer. Der komplette Boden liegt voller aufgeschlagener Büchlein. Neele muss pro Jahr zwei bis drei dieser kleinen, in Kunstleder gebundenen Büchlein gefüllt haben.

Irgendwann hatten sie und Erik angefangen, heimlich in ihrem Zimmer die Wand unter der Schräge aufzusägen, alle paar Monate ein neues kleines Fach, das sie, nachdem die Bücher verstaut waren, penibel wieder zuklebten. Nur sie beide wussten von diesen Fächern. Jetzt müssen sie das Zimmer aufgeräumt und Dutzende dieser Löcher gefunden haben.

»Sie waren überall. In der Wand, im Boden, in der Decke. Sie hatte sogar all ihre Bücher ausgehöhlt und ihre Tagebücher dort reingesteckt. Ich wusste nicht mal, dass sie welche geschrieben hat. Lies!«, befiehlt Elke, ohne ihn zu begrüßen oder ihn auch nur anzusehen.

Aus dem Buch schaut fast auf der letzten Seite ein neonoranges Post-it heraus. Er schlägt auf und liest.

Irgendwann muss er sich setzen. Er sinkt tief in die überdimensionierte Neunzigerjahre-Couch, auf der sie so oft gelegen haben.

»Wusstest du davon?« Elke schaut ihn jetzt direkt an.

Erik zögert und starrt zu lange auf den digitalen Bilderrahmen, in dem sich Fotos von Neele in allen Altersstufen abwechseln. Er ist auch auf einigen zu sehen. Daneben steht eine Armee von kleinen Porzellanfröschen.

Elke fragt noch mal etwas lauter und kurz vor den Tränen, deren Vorgänger noch nicht lange getrocknet sind: »Wusstest du davon?«

Erik wagt nicht, Elke in die Augen zu sehen. Er hätte es wissen müssen.

Elke nimmt seine Hand und drückt sie zu sehr. »Du wusstest es?«, flüstert sie und fängt an zu weinen.

Erik muss jetzt etwas sagen, aber er ist sich nicht sicher, ob er es irgendwann mal wusste und bewusst vergessen hat, so, wie er es für gewöhnlich mit unbequemen Wahrheiten zu tun pflegt. Ihm kommt es zu bekannt, zu logisch vor. Es war schon immer in seinem Kopf, in seiner Vorstellung, dass es irgendwann und vielleicht für eine lange Zeit passiert sein musste. Den Gedanken hat er vor allem während der Pubertät häufig gehabt. Jedes Mal kam er als stechender Schmerz, der direkt unterdrückt wurde. Es war zu offensichtlich, aber erzählt hatte sie es ihm nie. Sie hätte es niemandem erzählt. Sie hatte es niemandem erzählt. Nur ihrem Tagebuch, und diese Stellen hatte sie ihm nicht vorgelesen. Er hatte nicht danach gefragt. Für ihn war der Gedanke nur eines von vielen Hirngespinsten, die in seinem Kopf herumspukten und die ihm die Welt als Konglomerat notgeiler Geiseln des sexuellen Verlangens erscheinen ließen.

Auf dem Bilderrahmen erscheint ein Foto von den Kleinkindern Neele und Erik am Strand.

»Frederik ist gestern noch verhaftet worden.«

Elke scheint sich wieder gefasst zu haben und hat Eriks Hand wieder losgelassen. Sie hat Onkel Freddie in Eriks Gegenwart noch nie so genannt.

Er hat immer noch nichts gesagt, aber jetzt: »Deshalb war er gestern nicht bei Dagmar.«

Wie selten dämlich war das denn jetzt?

Elke ignoriert es zum Glück.

»Wenn du etwas weißt, musst du bei der Polizei aussagen, Erik.«

Sie greift wieder seine Hand, drückt sie aber nicht so sehr wie zuvor. Sie schaut ihm direkt in die Augen. Ihre sind feuchtrot, und dennoch sieht Erik eine gewisse Hoffnung. Hoffnung in ihn.

»Reichen nicht die Tagebücher als Beweis?« Endlich eine einigermaßen sinnvolle Frage.

»Ich weiß es nicht. Die Polizei wollte sie nicht mitnehmen, sondern ihn erst mal verhören.«

Elke ringt um Fassung. Unter Schluchzen erzählt sie, dass es jahrelang so gegangen ist. Und das Schlimmste war, dass Neele Frederik immer wieder gedeckt hat. Er hatte sie systematisch abhängig gemacht, erpresst, unter Druck gesetzt, ihr gedroht, was passieren würde, wenn sie jemandem etwas erzählte. Sie war durch die Hölle gegangen, und niemand hatte etwas mitbekommen.

Erik spürt, wie er den Kampf gegen das aufkeimende Gefühl verliert, krallt die Finger in die Couch in einem letzten Versuch von Gegenwehr, lässt schließlich zu, was sein Körper ihm befiehlt, seine Hand löst sich, und er ergibt sich der aufkommenden Dunkelheit.

Sein Handy vibriert. Ein Anruf, er nimmt ihn an, ohne auf die Nummer zu achten, er muss sich ablenken, egal, was ist. Vielleicht Merle und Paula. Es ist die Polizei. Wo er sich gerade befinde. Minuten später wird er in Gewahrsam genommen. Onkel Freddie habe ihn als seinen jahrelangen Komplizen genannt. In Untersuchungshaft wird er von den anderen Insassen bespuckt und misshandelt. Er gilt als skrupellosester Triebtäter aller

Zeiten und gehöre für immer weggesperrt. Die Presse druckt sein Foto auf alle Titelseiten. Mantraartig fleht er immer wieder: »Ich bin asexuell! Ich bin kein Perverser!«, aber alle lachen ihn aus und verabscheuen »das Monster vom Flecken«, Onkel Freddie kommt frei.

Ausgerechnet Basti holt ihn aus seiner Ohnmacht zurück, der nach seiner Mutter schauen wollte, die Erik gerade ein Kühlpad auf die Stirn gelegt hat.

»Aufstehen! Was soll die Scheiße hier?«

Erik hat seit dem Frühstück nichts gegessen, trotz der Wärme nur die kleine Dose Cola light getrunken, und inzwischen ist es Abend. Jetzt liegt er auf der Neunzigerjahre-Couch und ist ganz woanders.

»Ich hab Hunger«, kriegt Erik nur raus.

»Jetzt auch noch durchfuttern hier. Wie früher, der kleine Parasit«, zischt Basti, tritt heftig gegen die Couch, stürmt hinaus und knallt die Haustür hinter sich zu.

Kurz darauf brüllt der Motor seines Pick-up-Trucks auf.

»Der meint das nicht so«, beruhigt ihn Elke.

Erik und Basti haben schon immer gestritten, wie sich eigentlich nur Brüder streiten können, wobei vor allem Basti eine offene Abscheu gegenüber Erik zeigte. Diese zwei Familien waren immer wie eine. Seit Erik denken kann.

Aber irgendwann änderte sich plötzlich alles. Er weiß nicht genau, was, aber plötzlich war Georg aus dem Flecken weggezogen, Neeles geliebter Vater, und alle hassten sich. Erik hat nie danach gefragt. Vielleicht hat er insgesamt zu wenig gefragt? Erik zweifelt an sich. Das ist kein bloßes Hinterfragen mehr, das ist Zweifel. Das macht ihm Angst. Er hat lange erfolgreich jegliche Angst vor Antworten vermeiden können, weil er die Fragen nicht gestellt hat.

Elke bringt Erik zwei Reiswaffeln mit Kräuterfrischkäse.

»Danke, Elke. Sehr lecker«, bedankt er sich mit vollem Mund.

»Sind doch nur ein paar Reiswaffeln.« Sie lacht ein wenig, setzt sich zu ihm und krault ihm den Hinterkopf.

Das fühlt sich gut an, auch wenn es für Außenstehende merkwürdig aussehen muss. Aber sie war mindestens die Hälfte seines Lebens wie eine zweite Mutter für ihn, bis sie vor fast zwanzig Jahren von einem Tag auf den anderen aus seinem Leben verschwand. Als sich Neele und Erik trennten, trennte er sich auch von Elke und Elke sich von seiner Mutter. Nur mit Georg hielt Erik Kontakt.

Er springt plötzlich auf, stellt den Teller auf den Tisch und sieht sich die Vorderseiten der Tagebücher an, auf denen die Daten stehen.

»Wonach suchst du?«, fragt Elke und schüttelt den Kopf.

»Das sind alle, oder?«

»Ich weiß es nicht. Das Letzte ist aus der Zeit, kurz bevor du weggezogen bist, danach hat sie entweder kein Tagebuch mehr geschrieben oder ein neues Versteck gefunden, das wir nicht kennen. Wieso?«

Er antwortet nicht, sondern beginnt, die Bücher auf dem Boden zu ordnen.

Elke fasst ihm von hinten an die Schultern.

»Was suchst du, Erik?«

Er legt weiter Buch an Buch, wie im Wahn.

Sie beginnt, ihn etwas kräftiger an den Schultern zu ziehen, und hat inzwischen begriffen, welchen Zeitraum er sucht.

»Ich glaube, es ist besser, wenn du erst mal nach Hause gehst.«

Elke zieht noch stärker und reißt ihn schließlich nach hinten um. Sie fällt dabei selbst hin, und jetzt liegen sie inmitten der Büchlein und schauen sich in die Augen. Sie fängt wieder an zu weinen.

»Dann bis morgen«, sagt Erik leise im Gehen.

Erik ist den Antworten, auf die Fragen, die er immer ignoriert hat, so nah wie noch nie.

Er nimmt sein Gepäck und biegt in die Hauptstraße Richtung Amselweg. Er hört es schon von Weitem: An der Bushaltestelle sitzt schon wieder die Fleckenjugend. Nur darauf wartend, dass irgendwas passiert, irgendwer vorbeikommt, den sie anpöbeln können. Das sollen sie heute mit Erik mal versuchen. Durch die basslastige Musik dringt immer wieder das Geräusch von körpereigenem Schleim, der hochgezogen und auf die Gehwegplatten gespuckt wird, und schon geht es los. Sie haben Erik entdeckt.

»Eyyyyyy, Schwuchtel, gib mal ne Kippe!«, grölt ein ihm Unbekannter, der allerdings direkt von Andilein zurückgehalten wird, obwohl der Unbekannte drei Köpfe größer ist. Wahrscheinlich auch ein Sohn von Sven. Erik hört so was wie: »Lass den mal, sonst kriegen wir Ärger mit Bruno.«

Erik ist fast enttäuscht, dass es diesmal keine Eskalation gibt, er hätte einiges zu kompensieren, sagt aber nur: »Wundervollen Abend noch, und schöne Grüße von eurem Vater.«

Er hört den Großen in seine Richtung spucken und wie er von Andilein und Alex beruhigt wird. Erik schreibt Georg eine Mail auf seinem Handy, dass er sich freuen würde, ihn am Dienstag zu sehen, bedauert, dass sie es nicht schaffen werden, eine Runde Tennis zu spielen, und biegt in den Amselweg.

34

»Wollen wir Karten spielen?«

Der Regen prasselte so laut auf das Zeltdach, dass Neele die Frage nur verstand, weil Erik gerade die Uno-Box aus dem Rucksack gefischt hatte. Ihre Eltern und Basti wollten nach der Ankunft am Bahnhof auf den Bus warten, weil das Grau des Himmels in einiger Entfernung in Schwarz überging und es nach Gewitter aussah, aber Erik und Neele hatten beschlossen, zum Campingplatz zu laufen. Sie waren lange vor den anderen da gewesen, hatten, so schnell und stabil sie konnten, das stinkende Zelt aufgebaut und Wein gekauft. Kurz nachdem sie die Flasche geöffnet hatten, indem sie mit einem Hering den Korken reindrückten, fing es an zu schütten, zuckte das Licht von Blitzen durch die Zeltplane, und Donner ließ die Luft vibrieren. Sie ließen sich davon nicht beeindrucken.

»Uno. Liebst du mich eigentlich?«, fragte Neele, nachdem sie ihn zum vierten Mal besiegt hatte.

Der Regen trommelte, und ein Donner ließ Onkel Freddies Fußzelt erzittern, weshalb Erik dachte, sie nicht richtig verstanden zu haben, und den Kopf schief legte.

»Ja oder nein?«

Er hatte sie richtig verstanden.

»Irgendwie schon. Wir kennen uns halt gut und immer. Zwei ziehen!«, antwortete er und versuchte, nicht von ihrer Frage überrascht zu sein.

»Sieben! Vier ziehen! Erst seitdem du eineinhalb Stunden bist, alter Sack!«, kam der nicht witzige Spruch, den er sich ständig anhören musste. Erik war eineinhalb Stunden früher geboren worden. Im Nachbarzimmer.

Er ignorierte den Riesengag und blieb romantisch: »Du bist halt ein Zuhause für mich.« Er zwinkerte und nahm vier Karten vom Nachziehstapel.

Neele gewann mal wieder. Das machte ihm gar nichts aus.

»Ist das auch von Storm?«, versuchte sie, ihn zu provozieren.

»Das ist von mir. Storm ist ein Pädo, den zitiere ich nicht mehr.«

»Ach, wie traurig.«

»Ich halte mich ab jetzt an Fontane.«

»Ist der weniger romantisch?«

»Manchmal. Aber in diesem Falle ist Romantik wohl angebracht.«

»Wenn du meinst.«

»Rings Blüten nur und Triebe / und Halme von Segen schwer, / dir ist, als zöge die Liebe / des Weges nebenher. Hab noch nicht so viel von ihm auswendig gelernt.«

Der Regen tröpfelte nicht mehr ganz so stark auf das Zeltdach, und die Donnerschläge wurden mit jedem Mal leiser. Sie hatten noch nie hinterfragt, warum sie sich jedes Jahr im Sommer die kalte, regnerische, windige Nordsee antaten. Inzwischen gab es Billigflieger in verlässlich wärmere Gefilde ohne Gewitter und sonstige Wetterkapriolen. Aber es gehörte einfach zu ihrem Sommer. Immerhin machten sie, seit sie zwölf waren, kein FKK mehr.

»Beantwortest du jetzt auch mal meine Frage?«

»Welche Frage?«

»Ob du mich liebst, Mann. Ja oder nein?«

»Wie kommst du überhaupt darauf?«, wollte er jetzt wissen, aber eigentlich bereute er es sofort, nachgebohrt zu haben.

Sie nahm noch einen Schluck aus der Weinflasche. »Die Frage kann man sich doch wohl mal stellen. Wir sind siebzehn, Singles und hängen die ganze Zeit miteinander rum. Dich fragen doch auch immer alle, ob wir zusammen sind.«

»Ja, aber was hat das jetzt damit zu tun, ob ich dich liebe? Du bist meine beste Freundin. Aussetzen.«

»Also, ich liebe dich. Uno«, nuschelte sie in die Weinflasche und nahm noch einen Schluck.

»Ich dich auch«, sagte er schwach. Nicht, weil er sie nicht eventuell doch liebte, sondern, weil er Angst davor hatte, was sie aus dieser Aussage machen würde und welche Erwartungen daran geknüpft waren.

Zu seiner Überraschung sagte sie erst mal nichts. Stattdessen sammelte Neele die Karten zusammen, und als sie merkten, dass der Regen nahezu aufgehört hatte und kaum noch Donnergrollen zu hören war, schlüpften sie aus dem Zelt. Erst mal heiß duschen. Neele wollte noch eine rauchen, bevor ihre Eltern kamen. Die waren zwar nicht glücklich über ihre Sucht, aber solange ihre Leistungen beim Schwimmen nicht schlechter wurden, akzeptierten sie sie. Was blieb ihnen übrig?

Erik hatte mehr Probleme damit.

»Ich hasse es, dass du deine Körper kaputtmachst mit der Scheiße«, schimpfte er und ging schon mal vor.

Sie winkte nur ab.

Weil es Unisex-Waschräume und insgesamt nur zwei Duschen gab, lagen ihre Kabinen nebeneinander. Sie duschten immer heißer, alle sechzig Sekunden einen halben Zentimeter mehr das kalte Wasser abdrehen. Das hatten sie schon als Kinder gespielt, wahlweise mit kaltem oder warmem Extrem. Es war mittlerweile kaum noch auszuhalten, und er wünschte sich, in diesem Kurz-vor-Verbrennungen-fünften-Grades-Strahl einen Moment entspannt duschen zu dürfen. Sie erlaubte es ihm. Jede Bewegung schmerzte, während er sich einseifte.

»Was machst du denn da?«, fragte sie, weil er vom Schmerz stöhnte.

»Nichts, nichts.« Er wollte nicht zugeben, dass es ihm zu heiß war.

»Spielst du etwa an dir rum?«

»ES IST ZU HEISS!«, schrie er zu laut.

Sie sagte nichts mehr, er drehte den Kaltwasserregler wieder auf. Eine Wohltat.

»Sind wir jetzt eigentlich zusammen?«, fragte sie fast zu leise in den dicken Duschdunst hinein.

Er hatte erwartet, dass das irgendwann passierte. Alle hatten schon Liebesbeziehungen, das machte man halt so. Für Erik hatte das nie zur Debatte gestanden. Er hatte ja Neele. Und jetzt wusste er nicht, was er sagen sollte. Sein Gehirn war auf fünfzig Grad erhitzt, und er merkte irgendwann, dass mindestens eine Minute vergangen war seit ihrer Frage. Ihre Dusche lief auch gar nicht mehr.

»Bist du noch da?«, fragte er gegen die Wand und drehte auch seine Dusche aus.

Keine Antwort.

»Ja.«

Doch eine Antwort.

Er entschied sich für den leichten Weg: »Was hast du gerade gefragt?«

»Nichts, vergiss es«, sagte sie im Gehen.

Erik spürte einen Kloß im Hals.

Als er zu ihrem Platz kam, waren die anderen schon da und fingen an, ihre Zelte aufzubauen. Der Regen hatte aufgehört, und der Himmel war inzwischen nicht mehr schwarz, sondern grau, wie sie es von der Nordsee gewohnt waren. Neele war nicht zu sehen. Er begrüßte flüchtig die anderen, die beteuerten, sich zu freuen, dass sie das Unwetter überlebt hatten, besah das Zelt nach Gewitterschäden, fand aber keine und öffnete den Reißverschluss. Weißweinduft mischte sich in den Fußgeruch. Neele rubbelte sich die Haare trocken.

Er war auf dem Weg von der Dusche zum Zelt beim Laden vorbeigegangen und hatte als Entschuldigung eine neue Flasche Weißwein gekauft, die er in sein Handtuch eingewickelt hatte. Jetzt hatten sie schon zwei, die sie vor ihren Eltern verstecken mussten. Noch ein halbes Jahr, dann waren sie ohnehin volljährig.

Erst Jahre später erzählte Elke einmal, dass sie eh gewusst hatten, dass die Kinder heimlich Alkohol tranken. Das hätte sie ruhig früher sagen können, da wäre ihnen einiges an Stress erspart geblieben, aber vielleicht gehörte das auch zum Erwachsenwerden dazu und schweißte einen noch mehr zusammen, wenn man gemeinsame Geheimnisse hatte.

Neele lächelte kurz, als sie seine Flasche sah, erinnerte sich dann aber daran, was gerade passiert war, und setzte wieder ihre Schmollmiene auf. Er war noch nie gut darin gewesen, Konflikte auszuhalten, er löste sie gerne so schnell wie möglich. Heute weiß er, dass ein wenig Zeit zwischen Konflikt und Lösung durchaus hilfreich sein kann.

»Hast du mich gefragt, ob wir zusammen sind?«, fragte er sie leise, damit die Erwachsenen nicht mithörten.

»Fand ich logisch«, sagte sie trocken, legte das Handtuch beiseite, und er musste zustimmen.

»Weil wir uns lieben?«

»Weil wir uns lieben.«

Neele hatte ständig neue Typen, die er meistens nicht mal kennenlernte oder von denen er erst erfuhr, wenn mal wieder Schluss war. Hätten sie von ihm gewusst, wären sie wahrscheinlich tierisch eifersüchtig gewesen. So lebte Neele in ihren Parallelwelten, die sie nur sehr selten vermischte. Und jetzt wollte sie scheinbar eine ihrer Welten auflösen. Das war Erik nicht geheuer. Er könnte ihr niemals das geben, was diese ganzen Typen ihr gaben. Das musste sie doch wissen.

Er probierte es vorsichtig. »Was ist denn der Unterschied zwischen Freundschaft und Beziehung? Du hast doch eh schon überall rumerzählt, dass wir zusammen sind. Du kannst das definieren, wie du willst, solange alles so bleibt, wie es ist.«

»Lass gut sein.«

Erik wurde wütend, weil er sich jetzt öffnete und sie sich schloss. Er entschied sich, die Wut gemäßigt rauszulassen.

»Was sagst du denn aber dann den Typen, die dich flachlegen, wenn die mitkriegen, dass du erzählst, dass wir zusammen sind? Krieg ich dann irgendwann aufs Maul von deinen Männern, oder was?« Er war doch etwas lauter geworden, als er geplant hatte, als er begriff, was er da gerade sagte.

»LASS. GUT. SEIN!« Sie wurde jetzt wirklich zu laut. Das hatten nun auch die anderen gehört.

»Alles klar bei euch da drin?« Basti rüttelte am Zelt.

Nachdem sie sich etwas beruhigt hatten, kam sie ihm zuvor.

»Die anderen Typen sind doch nur Versuche, vielleicht wird mal was Längeres draus, vielleicht nicht, aber du bist immer da, weißt du? Du bist mir wichtiger als die anderen.«

»Sag ich doch. Freundschaft ist größer als eine Paarbeziehung.«

»Aber es nervt schon, dass immer alle denken, wir sind zusammen. Wieso sind wir es nicht einfach? Dann hat die Fragerei ein Ende, unsere Mütter sind glücklich, und sonst ändert sich nichts.«

»Das kannst du nicht ernst meinen. Wir machen das doch nicht, um unsere Mütter glücklich zu machen. Und jetzt mal ehrlich: *Sonst ändert sich nichts*? Ernsthaft?«

»Na ja, vielleicht gibst du endlich zu, dass du mich heiß findest?«

Er lachte zu lange und nahm einen tiefen Schluck Wein.

»Du willst Sex?«, fragte er, als er sich wieder beruhigt hatte, weil er wusste, wie wichtig ihr das Begehrtsein war.

»Nicht, wenn du nicht bereit bist.«

»Das heißt, du willst Sex mit mir?«

»Na ja, nee, doch, das gehört doch dann dazu.«

Jetzt holte er aus und musste sich sehr zusammennehmen, weiterhin zu flüstern, weil er wieder sehr wütend wurde: »Also, was heißt denn hier, das gehört dazu? Entweder man will und hat das Verlangen oder nicht. Uns verbindet Wichtigeres als körperliche Anziehung, oder etwa nicht?«

Sie schwieg eine Weile. »*Wichtigeres* würde ich jetzt nicht sagen«, sagte sie in einem fehlgeschlagenen Versuch, witzig zu sein.

»Dir ist körperliche Anziehung also wichtiger als charakterliche?«, fragte er und war schockiert.

»Nein, aber das Zusammenspiel ist schon wichtig für eine Beziehung.«

»Ja, okay, vielleicht für eine Liebesbeziehung. Wir sind halt Freunde. Und ich habe bewusst nicht gesagt: *nur* Freunde. Noch mal: Für mich ist Freundschaft viel wichtiger und langlebiger als eine Liebesbeziehung, das müsstest du doch am besten wissen. Und wieso stört es dich überhaupt, dass alle denken, wir sind zusammen, obwohl wir es nicht sind? Scheiß doch auf die anderen. Unsere Freundschaft ist das Wichtigste für uns, aber wir müssen doch nicht, nur weil das gesellschaftlich so verlangt wird von Mann und Frau, eine Liebesbeziehung führen und miteinander schlafen, obwohl wir es nicht fühlen und glücklich sind, wie es ist!« Er merkte, wie er lallte, und vermisste seine Blue Boys, da war immer alles so schön unkompliziert.

Sie nahm einen zu großen Schluck Wein und verschluckte sich ein wenig.

»Wahrscheinlich hast du recht.«

Damit hatte er jetzt nicht gerechnet. Dennoch setzte er noch einen Satz nach, der überfällig war: »Sorry, dass ich dich nicht begehre wie die ganzen anderen Idioten.«

Erst sagte sie nichts, und er dachte, sie würde weinen, aber dann lächelte sie ihn an.

»Und warum holst du dir dann neben mir in der Dusche einen runter?«

»Ich habe nicht …«

»Jaja.«

Sie richteten das Zelt ein, und zum ersten Mal in all den Jahren legte sie ihre Taschen in die Mitte zwischen die Luftmatratzen. In diesem Urlaub kuschelten sie nicht in dieser unschuldigen Art, die Erik geliebt hatte, die nichts mehr bedeutete als: *Ich bin glücklich, dich zu kennen*. Und der Satz stammte von ihm. So kitschig war Fontane nicht.

35

Emma freut sich und wedelt wie wild mit dem Schwanz. Eriks Eltern sind nicht zu Hause, sondern wahrscheinlich – wie eigentlich jeden Sonntag – beim Tanztee bei Dagmar. Sechzehn bis einundzwanzig Uhr pure Ausgelassenheit.

Erik hat vor einigen Jahren zu Weihnachten auf Dagmar eingeredet, dass der Saal Potenzial habe, man könnte selbst die Leute aus der Stadt anziehen, große Konzerte machen mit bis zu achthundert Zuschauerinnen und Zuschauern, sie solle sich das mal vorstellen. Bei der Vorstellung wurde ihr angst und bange um ihren schönen Saal. Die vielen besoffenen Leute würden randalieren, und man hätte keinen Überblick, und sie bräuchte Personal, und logistisch hat sie gar keine Kapazitäten für so viele Getränke. Sie versprach, ihm das ganze Haus in ihrem Testament zu überschreiben, dann könne er seine Vision ja verwirklichen. Sie hatten ordentlich gelacht.

Kurz bevor er nach Wien verschwand, und nach langem Überreden, tütete Erik noch die Kooperation mit dem Seniorenheim ein. Den Tanztee gibt es heute, obwohl der Alkoholkonsum fast an die Kneipenpartys rankommt und wahrscheinlich zu einer geringeren Lebenserwartung in der Sonnenblüte führt.

Erik beschließt, seine Sachen im Amselweg abzulegen, auf ein Wasser beim Tanztee vorbeizuschauen und das zu tun, was er am besten kann: Vergangenes ausblenden, nach vorne schauen, fokussieren.

Als er aber an der Küche vorbeiläuft, spürt er wieder seinen Hunger, die zwei Waffeln waren nur ein Appetizer. Er packt den Jutebeutel auf dem Küchentisch aus und findet sein Abendbrot. Emma läuft etwas Sabber aus der Schnauze, und sie denkt wohl, sie bekäme etwas ab, aber da muss Erik sie enttäuschen: Zu Dagmar sind es keine zwei Minuten zu Fuß, das schafft er auch mit vollem Magen.

Als er bei Dagmar ankommt, schaut er erst mal durch eines der großen Fenster.

Als er in der siebten Klasse war, ist der Festsaal ein Jahr lang Interimssporthalle gewesen, weil die Grundschule umgebaut wurde. Abends trainierten regelmäßig die älteren Mädchen Turnen, weshalb die Jungs sich Gemüsekisten hinterm nahkauf ausliehen, sie stapelten und so in die Fenster gaffen konnten. Wenn die Mädels unter sich waren, trugen sie weniger als im normalen Sportunterricht, und im Winter war es draußen schon dunkel, sodass die Jungs kaum zu sehen waren. Es ging gar nicht in erster Linie um das Begaffen der Körper, sondern eher um das Geheime. Erik erinnert sich an das Kribbeln.

Jetzt braucht er keine Gemüsekisten mehr, er muss sich nur etwas strecken, um hineinsehen zu können.

Sofort erkennt er Oma mit einem herausgeputzten Mittachtziger, sie lächeln sich beseelt an. Neeles Großeltern Doris und Rüdiger scheinen sich zu streiten, ihre Bewegungen wirken nicht ganz so flüssig. Da tanzen sich seine Eltern ins Blickfeld. Sie sind die Jüngsten, aber das stört sie nicht, im Gegenteil. Schon lange hat er sie nicht beim Tanzen gesehen und ist hingerissen von ihren kontrollierten, aber geschmeidigen Bewegungen. Sie funktionieren wie eine gut geölte Maschine, und im Walzer bewegen sie sich nahezu schwebend über das Parkett. Für seinen

Vater ist das Ganze wahrscheinlich reine Mathematik. Er tanzt Formeln. Für seine Mutter ist es Ausdruck und Leidenschaft. So finden sie im Tanze zusammen und lächeln sich immer wieder an wie frisch verliebt.

Erik fühlt es warm im Herzen und beschließt, nicht reinzugehen. Der Tanz würde sofort abgebrochen werden, man würde fragen, warum er plötzlich wieder da sei, er müsste erklären, man ginge nach Hause. Es ist besser, wenn er unauffällig in sein Zimmer geht und morgen am Frühstückstisch in Ruhe erzählt.

Bevor er einschläft, bekommt er noch eine Antwort von Georg. »Das freut mich aber sehr, mein Bester. Vielleicht hat Dagmar ja auf ;)«

36

»Liebe ist eine Erfindung der Medien«, meinte Neele irgendwann nüchtern, nachdem sie wieder einmal verlassen worden war und leer geweint auf ihrem Bett mit dem Kopf auf Eriks Bauch lag. Auf ihren Armen waren kaum noch Haare zum Zupfen.

»Mit Liebe hat das nichts zu tun. Voreilig Beziehungen einzugehen und unvorsichtig sein Herz zu verschenken, das ist das Problem«, gab Erik ebenso nüchtern zurück.

»Nein, die Liebe ist das Problem.«

»Bist du sicher, dass du jeden von deinen kurzzeitigen Partnern geliebt hast?«

»Glaub schon.«

»Entweder man liebt oder nicht.«

»Ach, keine Ahnung. Es geht bei mir einfach immer schief. Die Typen drehen alle irgendwann am Rad. Ich kann mir nicht vorstellen, dass das mal wirklich klappen könnte.«

»Du bist sechzehn, das wird schon noch. Denk an die alten Dichterinnen und Dichter. Meinst du, denen wurde von den Medien des neunzehnten Jahrhunderts die Liebe eingeimpft, oder was? Romantik? Storm?«

»Nicht schon wieder Storm.«

Er rezitierte: *»Wer je gelebt in Liebesarmen, / Der kann im Leben nie verarmen; / Und müsst' er sterben fern, allein, / Er fühlte noch die sel'ge Stunde, / Wo er gelebt an ihrem Munde, / Und noch im Tode ist sie sein.«*

»Geht's noch kitschiger?«

»Ja, geht es: *Ich bin mir meiner Seele / in deiner nur bewusst, / mein Herz kann nimmer ruhen / als nur an deiner Brust! / Mein Herz kann nimmer schlagen / als nur für dich allein. / Ich bin so ganz dein eigen, / so ganz auf immer dein.* Wie viel mehr Liebe kann in Worten stecken?«

»So eine Scheiße. Das hat doch nichts mit Liebe zu tun. Er verliert ja komplett den Bezug zu sich selbst, und Liebe sollte doch nicht besitzergreifend sein.«

»Das sagt die Richtige.«

»Ich bin eine selbstbestimmte Frau!« Sie stemmte sich kurz hoch und sah ihm ins Gesicht, um direkt wieder auf seinen Bauch zu sinken.

»Aber du bist doch auch nur Sklavin des Systems. Damals ging es doch viel mehr um Leidenschaft. Da hat man sich der Liebe noch hingegeben.«

»Und ist enttäuscht worden.«

»Manchmal.«

»Immer.«

»Nur, wenn man immer erwartet, Liebe zurückzubekommen, wenn man sie gibt.«

»Man kann nicht glücklich lieben, ohne zurückgeliebt zu werden.«

»Doch. Lieben ist etwas sehr Schönes.«

»Geliebt zu werden ist aber noch schöner.«

»Alles eine Frage des Selbstwerts.«

»Schwachsinn, du hast eine Fantasie, du hast doch keine Ahnung!« Sie boxte seinen Oberschenkel.

»Aua! Ich glaube, ich habe von der Liebe mehr Ahnung als du.«

»Gewagte These, mein Freundchen.«

Er setzte sich auf, sodass sie auch eine neue Position finden musste, sie entschied sich für den Schneidersitz ihm gegenüber.

Erik legte seine Hände auf ihre Knie und blickte ihr tief in die Augen. »Neele. Ich habe zwei Fragen. Erstens: Glaubst du, dass dich die Typen wirklich alle lieben, ich meine echte Liebe, oder denkst du, es ist oft einfach nur schlichtes körperliches Begehren? Und zweitens, und vielleicht wiederhole ich mich: Liebst du diese Männer aus tiefstem Herzen, oder liebst du es nur, geliebt beziehungsweise begehrt zu werden?« Er drückte ihre Knie ein wenig. »Oh, und noch eine dritte Frage: Würdest du echte Liebe überhaupt annehmen können, oder würdest du dich fragen, wie man dich überhaupt lieben kann, weil du dich selbst nicht liebst und wertschätzt?«

»Wie kommst du denn darauf?«

»Weil du dir nicht viel wert sein kannst, wenn du dich ständig wie eine billige Ware an andere verschenkst.«

Er nahm seine Hände von ihren Knien und legte sie auf seine eigenen.

Nach einer kurzen Pause blies sie laut Luft durch ihre Lippen. »Jetzt ist aber mal gut, mein kleiner Herr Küchenpsychologe«, sagte sie und kuschelte sich auf seine Beine.

»Keine Antworten?«, fragte er noch.

»Gib sie dir selbst. Und jetzt Themenwechsel!«

Sie warf blind ein Kissen Richtung von Eriks Gesicht, traf aber nur das Pokalregal, aus dem zwei Trophäen auf den Boden polterten, wo sie erst mal liegen blieben.

37

Ein Schrei weckt Erik am Montagmorgen, und ein Wäschekorb schießt auf ihn zu. Er kann ihn gerade noch abwehren, sodass dieser gegen die Posterwand kracht.

»Erik!«, ruft seine Mutter.

»Mutter!«, ruft Erik, und sie lachen beide. Emma kommt angelaufen und bellt. »Ich bleibe wohl noch ein paar Tage.«

»Wie schön, mein Schatz! Auch wenn der Grund natürlich ein schönerer sein könnte. Ich habe gestern Doris beim Tanztee getroffen, aber sie war etwas neben der Spur. Verständlich. Sie hat etwas von Tagebüchern erzählt, die Elke gefunden hat?«

»Elke hat mich gebeten, ihr beim Durchgucken zu helfen, und es klang dringend.«

»Lieb von dir. Sie will zwar nichts von mir wissen, aber biete ihr ruhig trotzdem meine Hilfe an, ja? Ich hab ihr nicht mal eine Kondolenzkarte geschickt, hätte sie eh nicht geöffnet. Schon blöde gelaufen alles.«

»Was ›alles‹?«, diese Frage war seiner Schläfrigkeit geschuldet, sonst wäre sie ihm nie über die Lippen gekommen.

»Unser Streit.« Gut reagiert, Mutter.

Er wird seiner Mutter nicht erzählen, dass Freddie verhaftet worden ist. Das ist schlichtweg nicht seine Aufgabe. Er wird es niemandem erzählen.

Sein Vater ist schon in der Schule, seine Mutter gibt in eineinhalb Stunden einen Yogakurs für Schwangere. Er geht erst mal laufen.

Als er danach duscht, stößt sie die Tür zum Bad auf und brüllt: »Holst du bitte noch Milch, wenn du fertig bist?«

»Jo!«, brüllt Erik zurück.

An der Obstauslage im nahkauf trifft er Marek.

In ihrer Jugend war der eine Legende. Nicht nur Fußballkapitän der FC-Junioren, sondern auch der einzige Grashändler im Flecken. Es fühlte sich fast großstädtisch an, dass es überhaupt einen gab. Und er verkaufte *allen* etwas. Ob sie es wollten oder nicht. Mit achtzehn musste er dann tatsächlich für mehrere Monate in den Jugendknast, auch Erik musste damals aussagen. Hoffentlich nimmt er ihm das nicht übel.

Sie haben sich seitdem nicht mehr gesehen, erkennen sich aber sofort.

»Mööönsch, Erik, alter Penner, was machst *du* denn hier?«

»Urlaub.« Er will nicht über die Beerdigung reden.

»Hahaha. Urlaub im Flecken, so siehst du aus. Haste schon gehört, dass Neele …«

»Hab ich …«

»Oh, sorry, klar … Ihr wart ja sehr dicke …«

»Ja, nee, schon lange nicht mehr. Alles gut. Und bei dir?«

Er bereut die Frage schon während des Stellens.

»Ja, alles cool, ne? Ich arbeite im Baumarkt in der Stadt. Sehr entspannt. Man läuft zwischen den Regalen rum und versucht, möglichst nicht ins Blickfeld von Kunden zu kommen. Falls doch mal einer fragt, antwortet man irgendeinen Schwachsinn, den niemand versteht, zeigt in irgendeine Richtung und geht wieder in Deckung. Zehn Euro die Stunde, da kann man nicht meckern.«

»Nö, Hauptsache man kommt klar, sag ich immer.«

Und jetzt will Erik ihn doch noch etwas anderes fragen.

Legende war Marek damals nämlich noch aus einem weiteren Grund: Er hatte den Ruf, schon mit sehr vielen Frauen geschlafen zu haben. Man sagte, er wisse einfach, welche Knöpfe er drücken müsse, er finde die richtigen Worte, die nicht zu aufdringlich, aber auch nicht desinteressiert klängen, er sei höflich, zärtlich und wirke in keinem Moment notgeil. Es hieß, er würde Frauen die Möglichkeit geben, die ersten Schritte zu tun, und sie im Glauben lassen, jederzeit die Kontrolle über die Situation zu haben, sich aber dennoch auf eine angenehme Weise begehrt fühlen zu können. Wenn es daran gehe, aus der Bar, der Disco oder wo auch immer er seine *Kochanje*, das heißt *Schätzchen* auf Polnisch, kennenlernte, in die Zweisamkeit zu wechseln, würde er ihr zeigen, dass er sie wertschätze und es langsam angehen wolle. Die Kochanje würden ihn küssen, er würde sie schüchtern anlächeln. Er zögere dann genau in dem Maße, dass sie ihm glaubten, dass er kein Aufreißer sein könne, und wollten ihn dann umso mehr. In der Zweisamkeit angekommen fielen sie, ohne lang zu fackeln, über ihn her. Allein das Vorspiel dauere die halbe Nacht, sagte man.

Viele wollten tatsächlich ab der ersten Minute in seiner Aura mit ihm schlafen. Auch manche Jungs, die das nie zugegeben hätten, wie Bruno einmal gestand. Entweder sprachen die Frauen tatsächlich so über Marek, oder er wusste einfach, wie man geschickt Gerüchte streute.

»Erik? Bist du noch da?«

Da hat er sich wohl etwas in Gedanken verloren und braune Stellen in die Banane gedrückt.

»Äh, ja, sorry, wenig geschlafen, du weißt schon …« Er zwinkert ihm zu und muss über sich selbst schmunzeln. Als ob Marek ihm abnehmen würde, dass er eine heiße Nacht im Jugendzimmer im Haus seiner Eltern hinter sich hat.

»Erik, du alte Sau, du.«

Vielleicht doch.
»Und, wie ist es bei dir mit den Kochanje?«
»Ja, läuft. Wie immer.«
»Hast dich mal auf eine festgelegt?«
»Neee, warum eine, wenn man *alle* haben kann, oder?« Er boxt Erik zu fest an die Schulter.
»Jahaha, da sagste was.«
»Ich muss langsam los auf Arbeit, aber lass mal nachher treffen, ja? Hier ist meine Karte.«
Marek gibt ihm eine Visitenkarte, die in einem dieser Automaten gedruckt worden ist, die in den Neunzigern in jedem Einkaufszentrum standen. Wer was auf sich hielt, ließ sich hier zusammen mit einem individuell ausgewählten Clipart-Bildchen seine Kontaktdaten auf Pappstücke drucken und verteilte sie an jede und jeden. Er war sich sicher, eine von genau diesen Karten schon zu Schulzeiten mal von Marek bekommen zu haben. Adresse war noch die alte, Handynummer und Mailadresse hatte er mit blauem Kuli auf die Rückseite geschrieben.
»Alles klar, heute ist eher schlecht, aber ich meld mich«, belügt er Marek, der Richtung Kasse geht.
Erik guckt noch mal durch den Laden, der inzwischen ein absurdes Sortiment an Gebrauchsartikeln und Lebensmitteln anbietet.
Ihm kommt plötzlich eine hervorragende Werbespotidee. Mit Marek in der Hauptrolle.
Eine Kundin mit Fachfragen zum Thema Schrauben und Dübel in einem Baumarkt: »Schuldigung?«
Marek zuckt zusammen. Er hat es heute zwei Stunden lang geschafft, nicht angesprochen zu werden, jetzt ist es leider passiert. »Ja? Wie kann ich Ihnen helfen?«
Ohne ihn anzusehen legt das Schätzchen los: »Ich brauche eine Drei-Millimeter-Schraube, die in ein Drei-Millimeter-Dübelge-

winde passt, weil ich in die Fuge bohren muss, weil ich die Fliesen nicht zerstören will, ist ja klar. Was empfehlen Sie mir da?«

Erst jetzt sieht sie vom Schraubenregal auf und erwartet Fachkundigkeit.

»Ganz ruhig, junge Frau. Ich kann Ihnen helfen. Machen Sie sich keine Sorgen. Eine klitzekleine Gegenfrage: Haben Sie heute Abend schon was vor?«

Hat sie zwar nicht, sagt aber: »Ja, habe ich, können Sie mir nun helfen oder nicht?«

»Natürlich, ich habe die passende Schraube zu Ihrem Dübel.« Marek zeigt all sein Können. »Nehmen Sie doch die Dreier. Wenn Sie einen Dreierdübel haben, sind Sie auf der sicheren Seite!«

»Aber hält die auch einen Marmorspiegelschrank?«

»Nein, da muss es etwas länger sein, aber da kann ich aushelfen.«

»Vergessen Sie's«, sagt sie und dreht sich schon weg.

»Ich baue Ihnen den Schrank heute Abend an. Mit nur einer einzigen, langen Schraube.«

Da dreht sie sich noch mal um und boxt ihm gewaltig ins Gesicht. Standbild. Voiceover: »Keine Lust mehr auf schlechte Beratung? Bei uns werden Sie kompetent bedient! Dingsbums-Baumärkte. Auch in Ihrer Nähe!«

Stark! Er macht später das Konzept fertig und schickt es an die einschlägigen Baumarktketten.

Damals hat Erik eine gewisse Faszination für Marek gehabt. Wie alle Jungs. Aber anders. Alle wollten so sein wie er. Erik nicht. Er hat nie eine Frau getroffen, die wirklich mit Marek geschlafen hatte. Neele auch nicht. Soweit er weiß.

Seit gestern weiß er nicht mehr, was er weiß.

Erik bezahlt bei Sven die zerdrückte Banane und die Milch, die er seiner Mutter holen sollte.

»Patrick ist übrigens ein bisschen sauer auf dich, dass du gepetzt hast wegen Alex«, sagt Sven, als er ihm das Wechselgeld gibt.

»Da musste ich nicht viel petzen. Hat doch jeder gesehen, dass die im Klo verschwunden sind. Ich bin immer für Transparenz.«

»Geh ihm lieber aus dem Weg.«

»Und für dich ist das okay mit deiner Tochter?«

»Die ist für sich selbst verantwortlich, kann machen, was sie will.«

Sie verabschieden sich. Lange hält er es nicht mehr im Flecken aus. Es wird auch immer gefährlicher für ihn.

Er checkt sein Handy, aber kein Anruf, auch nicht von Merle und Paula, aber den erwartet er sowieso erst später.

Er joggt zurück in den Amselweg, das Krematorium riecht heute besonders streng, seine Mutter wuselt im Yogaraum umher und reicht ihm eine Tasse Kaffee, in die Erik einen Schluck Milch schüttet.

»Ich hab um elf einen Call.«

»Einen was?«

»Einen Telefontermin mit einem potenziellen Kunden für die Agentur.«

»Na, dann kannste ja noch die Dreiviertelstunde Yoga mitmachen.«

»Mit den Schwangeren? Och nee, ich war doch gerade laufen und hab noch nicht gefrühstückt.«

Seine Mutter blinzelt ihn bittend an.

»Ich zieh mich um«, sagt er und findet ein herrliches Achtzigerjahre-Outfit im Kleiderschrank seines Vaters.

Kurz danach verrenkt er sich zwischen fünf kugelbäuchigen Baldmüttern, zwei von ihnen sind alte Bekannte: Anna, Patricks Freundin – beziehungsweise seit der Aktion am Samstag: Ex-Freundin und angehende alleinerziehende Mutter –, und Pippi, die er aus Schulzeiten kennt. Die anderen drei sind aus der Stadt gerade ins Neubaugebiet des Fleckens gezogen, wo auch Basti mit seiner Familie gebaut hat.

Normalerweise sind die Leute aus dem Flecken sehr misstrauisch gegenüber Zugezogenen, und im Neubaugebiet, das nur aus einer Straße besteht, die tatsächlich *Neubaugebiet* heißt, stehen fünf Häuser für fünf echte Fleckenfamilien auf der einen Seite und sieben Häuser auf der anderen, in denen Zugezogene wohnen. Im Yogakurs wird Integration betrieben. Das ist doch schön.

Er würde gerne fragen, wer schwanger ist, weil man das so von einer Frau erwartet, und wer wirklich Kinder möchte, aber das verkneift er sich. Außerdem würde er gerne wissen, ob es wirklich glücklich macht, mit dem Schatz ein Haus zu bauen und eine Familie zu gründen. Noch dazu im Flecken. Auch das sagt er nicht laut, unterstellt ihnen aber, dass keine sich je gefragt hat, ob sie wirklich wollte, was sie jetzt hat. Das weiß er natürlich nicht. Vielleicht sind sie ja auch superhappy.

Statt über diese interessanten Fragen zu reden, geht es nach dem Yoga um Amniozentese und Chorionzottenbiopsie. Erik ist so erstaunt über die souveräne Verwendung von medizinischen Fachbegriffen, dass er fast die Zeit vergisst. Eine kurze Frage hat er aber dann doch. Wer von den Damen denn schon verheiratet sei. Alle. Außer Patricks Ex, die anfängt zu weinen.

Erik muss leider los, sieht, dass Jassin es schon dreimal versucht hat, und ruft zurück.

38

Mit fünfzehn hat Erik jede Woche zweimal Zeitungen ausgetragen und konnte sich an seinem sechzehnten Geburtstag ein Moped schenken. Von seinen Eltern bekam er das Geld für den Führerschein und war stolz wie Oskar auf seine neue Freiheit. Er holte jetzt Neele oft vom Schwimmtraining ab. Sie trainierte vier- bis fünfmal die Woche und hatte sogar schon internationale Wettbewerbe gewonnen.

An diesem Tag hatte mal wieder einer ihrer Liebhaber mit ihr Schluss gemacht. Ihr Gesicht war krebsrot, als sie aus der Schwimmhalle kam. Sie steckte sich eine Zigarette an.

»Seit wann rauchst du eigentlich?«

»Ach, nur manchmal«, sagte sie betont beiläufig. »Unter der Dusche zu heulen ist voll gut, da kriegen die anderen nichts mit. Musst du auch mal ausprobieren.«

»Ich heule *nie*.« Er warf sich theatralisch in die Brust.

»Klar, *du* bist unverwundbar.«

»Weil ich realistische Erwartungen an meine Mitmenschen habe«, sagte er, um den emotional Überlegenen zu mimen.

»Laber nicht. Ich bin megasauer, pass auf, was du sagst, ja?«

Sie nahm dabei sein Kinn sanft in die Hand, und er roch die Zigarette.

»Ich hätte den Sprit in die Stadt auch nicht verfahren müssen. Soll ich alleine zurückfahren?«

Er ließ den brüllend lauten Motor an. Die Unterhaltung passte sich automatisch dem Lärmpegel an.

»Dir ist klar, dass Rauchen sehr scheiße ist, ja?«

Er kam sich vor wie ihr Vater, wobei Georg bessere Worte gefunden hätte. Seine Predigten waren legendär. Sowohl von der Kanzel als auch im Privaten.

»Jetzt gib mir den Helm und halt die Fresse«, brüllte sie und warf die Zigarette weg.

Er gab ihr seinen zweiten Helm und schnalzte mit der Zunge.

»Der Ton gefällt mir gar nicht«, rief er.

»Er hat mich betrogen! Mit Dana!«, schrie sie, während sie sich den Helm aufschnallte.

»Nicht mit meiner Ex!«, schrie er übertrieben und verkniff sich ein Lachen.

»Ihr habt *ein Mal* geknutscht. Vor zwei Jahren. *Ex*, ich lach mich tot. Dana, die Schlampe!«

»So ein Flittchen!«, unterstützte er sie zu ironisch.

»Nimm das mal ernst jetzt, ja?«

Sie setzte sich hinter ihn auf das Moped.

»Können wir bei Indiano ne Pizza essen? Ich brauch das jetzt«, fragte sie so laut, dass er sie in der Beschleunigung gerade so verstehen konnte, und schlang ihre Arme um seinen Bauch. Auf der Fahrt zu sprechen war wegen des knatternden Motors unmöglich.

In der Pizzeria begrüßte Himal sie überschwänglich, Salo winkte von weiter hinten.

»Na, ihr zwei? Was darf ich euch in den Ofen schieben?«

»Na, so weit sind wir aber noch nicht, oder?«, scherzte Neele ohne zu lachen.

Himal verstand nicht, was sie meinte, lächelte aber freundlich.

»Eine Vier Jahreszeiten für mich, bitte«, sagte Erik.

»Margherita für mich, aber mit Büffelmozzarella.«

»Selbstverständlich, kommt sofort! Setzt euch doch.«

Sie setzten sich nebeneinander auf die Terrasse vor dem Haus und sahen den nicht enden wollenden Lindwürmern an Lkw zu, die nach rechts und links die Hauptstraße entlangrollten. Sie waren die einzigen Gäste.

Neele fing wieder an zu weinen und lehnte ihren Kopf an seine Schulter.

»Warum tust du dir das immer wieder an?«, fragte er.

»Du verstehst das nicht.«

»Deshalb *frag* ich ja.«

»Lass gut sein.«

»Nein, ich will es wissen!«

»Ich bin süchtig nach dem Verlangen.«

»Bitte?«

»Siehst du, du verstehst das nicht.«

»Erklär's mir.«

»Wenn dir ein Mann das Gefühl gibt, dass er dich verehrt, alles dafür tun würde, um bei dir zu sein und dich verwöhnen zu dürfen.«

»Verwöhnen?«

»Boah, frag mich noch mal, wenn du erwachsen geworden bist, Kind.«

Sie drehte sich weg und hob ihren Kopf von seiner Schulter.

»Bitte erkläre es mir, vielleicht macht mich das ja erwachsener.«

Er redete ganz ruhig und erhoffte sich wirklich eine Erkenntnis. Vielleicht sogar für sie. Wobei er erstaunt war über ihre Reflektiertheit. Denn von außen betrachtet war es wirklich absurd, dass sie immer und immer wieder dieselben Fehler machte. Sie war, seit sie dreizehn war, nie länger als sieben Wochen solo gewesen. Manchmal hatte sie auch Fernbeziehungen mit teilweise viel älteren Männern, die sie bei irgendwelchen Schwimmwettbewerben kennenlernte.

Er startete noch mal neu: »Warum gehst du immer wieder Beziehungen ein, obwohl du jedes Mal verletzt wirst? Wie ist denn da das Kosten-Nutzen-Verhältnis? Ist diese kurze Zeit der Zweisamkeit so wertvoll, dass sie die lange Phase des Schmerzes aufwiegt?«

»Ja«, sagte sie nur und blickte Richtung Küche.

Erik ließ nicht locker. »Der Mann gibt dir also das Gefühl, etwas wert zu sein? Richtig?«

»Boah, dauert das lange heute.«

Sie streichelte sich den flachen Bauch und sah weiter Richtung Küchentür.

»Ich finde eher, du machst dich wertlos, wenn du dich ständig wem anders hingibst. Du bist sechzehn, mit wie vielen Männern hast du geschlafen? Ziehst du so viel Selbstbewusstsein daraus, dass die Männer dich begehren, dass die darauffolgende Verletzung in dem Moment egal wird? Das interessiert mich wirklich. Und denkst du jedes Mal, wenn du neu in eine Beziehung schlitterst, dass das jetzt *wirklich* was für länger sein könnte? Du hast recht«, Erik redete sich in Rage, »ich verstehe es *wirklich* nicht. Wenn ich eine Beziehung eingehen würde, dann nur, wenn ich denke, dass es für *immer* halten könnte.«

»Aber das muss man doch ausprobieren.«

»Dann trifft man sich halt monatelang und lernt sich kennen, ohne sich zu sehr reinzusteigern und sich verletzbar zu machen«, schlug Erik vor.

»Das funktioniert so nicht.«

»Eine Beziehung als Versuch, *das* funktioniert nicht.«

»Wieso nicht?«, fragte sie, ohne die Antwort wirklich hören zu wollen.

»Weil es immer zu schnell geht, man sich in voreilige Gefühle verrennt und weil man zweifelt, ständig prüft, nie im Moment sein kann, wenn du weißt, was ich meine.«

»Sehe ich anders. Man arbeitet auf den Moment hin, in dem man denkt: Prüfung bestanden, und dann kann man sich entspannt zurücklehnen.«

»Bis es wieder schmerzhaft auseinandergeht.«

»Meistens.«

»In deinem Fall immer.«

Sie schwieg einen Moment. Dann fiel ihr etwas ein: »Du unterschätzt Versöhnungssex. Also, nicht den Sex *nach* der Versöhnung, sondern den wütenden Sex, der zur Versöhnung wird. Oft geht es auch auseinander und dann direkt wieder zusammen. Um sechs Uhr hasst du den Menschen abgrundtief, willst nie wieder nur ein Wort von ihm hören, und um halb sieben willst du ihn nie wieder loslassen.«

»Es ist mir unbegreiflich. Wirklich. Das ist doch weit weg von jeglichem gesunden Menschenverstand. Wie geht das?«

»Die Macht des Begehrtwerdens. Oft fühlt sich alles taub an, aber in solchen Momenten fühle ich mich. Die Blicke, die dir ein Mann zuwirft, wenn er sich nach dir verzehrt.«

»Aber am Ende geht es doch *nie* gut aus.«

»Nur, wenn mir irgendwas mal nicht schmeckt, höre ich doch nicht ganz auf zu essen.«

»Dann würdest du sterben.«

»Ohne Bestätigung vielleicht auch?«

»Echt jetzt? Du verschenkst dich ständig an irgendwelche dahergelaufenen Typen.« Er wurde etwas lauter. »Reichen dir nicht deine Schwimmmedaillen, reicht es dir nicht, dass ich immer für dich da bin? Was kann ich *sonst* noch tun?«

Sie schwieg.

Er begriff in dem Moment, was ihn eigentlich so ärgerte, und schwieg ebenso, weil es ihn kurz aus der Bahn warf. Er fing sich schnell, weil ihm etwas einfiel.

»Du weißt doch, was ein Kuss bekennt? / Sonst hör du auf zu küssen! / Ich dächt', er sei ein Sakrament, / das alle Völker wissen.«

»Was soll das denn jetzt?«

»Theodor Storm. Hast du wieder in Deutsch geschlafen? Fand ich gut, hab ich auswendig gelernt.«

»Sonst hast du nichts zu tun?«

»Hör zu!«

»Geht das noch weiter? Das ist doch kitschig.«

»Ja. Und wahr. Nur noch die letzte Strophe. Hör zu. *Die Lieb' ist wie ein Wiegenlied, / es lullt dich lieblich ein. / Doch schläfst du kaum, so schweigt das Lied, / und du erwachst allein.*«

»Eure Pizzen!« Perfektes Timing, Salo. »Zu trinken hab ich vergessen zu fragen.«

»Ein Peroni, bitte«, sagte Erik.

»Ich brauch nen Schnaps.« Neele lachte.

»Das darf ich leider nicht, du bist noch keine achtzehn, weißt du?«

»Ach komm, Salo.«

»Ich bring dir eine Cola«, sagte er und verschwand.

Sie fingen an zu essen und verbrannten sich die Zungen am Käse.

»Tauschen wir ein Stück?«, fragte Neele mit vollem Mund.

Es dauerte einen kurzen Moment, bis Erik aufgekaut hatte: »Das ist bei einer Quattro Stagioni nicht so einfach. Es gibt vier verschiedene Ecken mit verschiedenen Belägen. Außerdem mag ich keinen Büffelmozzarella. Ich will also gar kein Stück von dir.«

»Mach es doch nicht wieder so kompliziert.«

Er schnitt ihr wortlos je ein kleines Stück aus jeder Ecke.

»Ich mag keine Pilze«, schimpfte sie.

»Seit wann denn *das*? Dann gib mir halt den Herbst zurück!«

»Bitte«, sagte Salo mit einem Augenzwinkern, als er ihnen die Getränke brachte.

»Salo, du Schlingel!«, rief sie ihm hinterher. Ihre Cola roch deutlich nach Wodka.

»Salo zum Beispiel zieht all sein Selbstwertgefühl aus seiner Religion, der braucht keinen Sex, um sich wertvoll zu fühlen.«

»Und woher ziehst *du* deinen Selbstwert?«

»Er ist einfach da. Ich finde mich einfach gut.«
»Überhebliches Arschloch.«
Beide lachten, aber die Frage blieb offen.

39

Um drei Minuten vor elf erscheint Jassins Gesicht auf Eriks Handybildschirm. Erik hat sich in den Wintergarten gesetzt und streichelt Emma.

»Hättest du nicht etwas früher anrufen oder einfach mal rangehen können? Reachability! Du bist doch sonst nicht so.«

»Hatte mit einer Chorionzottenbiopsie zu tun.«

»What? Egal. Das ist wichtig jetzt. Christos sitzt schon im Conferenceroom. Du hast die Eckdaten auf dem Schirm? Outdoorausstattung, vor allem innovative Zelte. Wir reden Englisch, weil die Firma aus Griechenland kommt. Ich leite das Meeting, okay? Hab die Presentation auch hier. Bist du focussed?«

Erik ist überhaupt nicht focussed und fühlt sich völlig überfahren. Aber er ist gut darin, von einem Moment auf den anderen konzentriert zu arbeiten. Wenn er will, kann er sehr professionell sein, das weiß Jassin auch.

»Jawohl, Sir. Kann losgehen«, sagt Erik wie zu einem Feldwebel.

Jassin seufzt.

Das Meeting läuft bestens. Allerdings nennt er Christos wiederholt Christoph. Erik erzählt ausführlich von seinen Campingurlauben mit Neele und erwähnt sogar den »Feetsmell« von Onkel Freddies Bundeswehrzelt. Jassin bremst ihn mehrfach, korrigiert ihn jedes Mal und ist danach stinksauer.

»Hast du am Freitag beim Briefing geschlafen? Ich hab dir doch alles erklärt!« Er schüttelt hörbar den Kopf, als Christos weg ist.

»Eine persönliche Note ist doch nicht verkehrt, jetzt weiß er, dass ich mit dem Thema was anfangen kann.«

»Wegen irgendwelcher Liebesgeschichten von vor zwanzig Jahren?«

»Ich finde, ich bin durchaus sachlich geblieben, und er fand meine Idee mit den leicht bekleideten Frauen doch gut.«

»Das steht doch nirgends im Concept!«

»Also, wenn er absagt, nur weil jemand Bezug zu seiner Branche hat, dann soll er doch.«

Jassin schreit fast, und das tut er nie: »ICH BIN SEIT MONATEN AN DENEN DRAN. IST DAS DEIN FUCKING ERNST?«

Erik entschuldigt sich, obwohl er findet, dass er nichts falsch gemacht hat, im Gegenteil. Aber es ist gerade besser so.

Jassin braucht ein paar Momente und atmet schwer.

»Tut mir auch leid. Du machst gerade eine schwere Zeit durch. Ich hab gar nicht gefragt, wie es dir geht.«

Erik ist erstaunt von Jassins plötzlicher Empathie.

»Ach, geht schon, danke.«

»DANN KANNST DU AUCH NACH WIEN KOMMEN!«, schreit Jassin jetzt wirklich ins Telefon.

»Es ist etwas komplizierter. Hier sind einige Leute, die mich gerade dringend brauchen.«

»Wir brauchen dich auch, obwohl …«

Er tut so, als würde er überlegen. »Nein, wait a sec, eigentlich nicht, wir haben das Office nämlich gestern so gut wie fertig gemacht.« Er schmiert ihm die Worte wie zähen Kochkäse aufs Brot und macht dann eine Kunstpause. »Ohne dich. Du schuldest Kaleb und Claudi ein Dinner. Mit allem Schnickschnack.«

Elke ruft an, er drückt sie weg.

»Passt. Ich komme frühestens Mittwoch hier weg, denke ich.«

Er hört nur Jassins Atem.

»Ich bin euch sehr dankbar, wirklich. Aber ich habe mir nicht ausgesucht, dass eine alte Freundin stirbt«, zieht Erik doch noch diese Karte.

»Wie lange stirbt sie denn noch?« Doch Jassin fügt sofort an: »Sorry, sorry, sorry, Erik. Es ist nur zu viel alles gerade. Tut mir leid.«

»Alles gut, ich wäre doch *auch* lieber in Wien. Sag Bescheid, wenn Christoph sich meldet.«

»CHRISTOS!«, schreit Jassin.

»Ich hab doch Christosssss gesagt, die Verbindung ist wahrscheinlich schlecht. Ich versuche, Donnerstag im Büro zu sein.«

Er hört bei Jassin eine Tür zufallen, Bente schiebt sich ins Bild und küsst Jassin zu lange auf den Mund.

»Servus, Erik!«, grüßt sie in die Kamera und verschwindet wieder.

»Servus und bye«, verabschiedet sich Jassin und legt auf.

Erik atmet durch und knuddelt Emma noch mal besonders intensiv. Es stresst ihn leicht, wenn Menschen gestresst sind. Doch das hat er meist gut im Griff. Er hat in den letzten Jahren hart an seiner Gelassenheit gearbeitet. Seine Mutter hat ihm geholfen, mit wöchentlich neuen Yoga- und Meditationsübungen.

Jassin tut ihm leid. Wie kann man nur immer so unter Druck stehen?

Er ertappt sich dabei, wie ihm das Wort *untervögelt* einfällt. Ein bemerkenswerter Ausdruck. Menschen seien dann unausgeglichen, reizbar und unaufmerksam. Der Orgasmus als neuronales Feuerwerk ist der Schlüssel dazu, den Zustand aufzulösen. Wie ist das biologisch zu erklären? Ein Orgasmus schüttet Endorphine aus, entspannt danach alle Muskeln, ja, aber doch nur kurzzeitig. Er selbst arbeitet lieber an langfristigen Lösungen gegen Verspannungen.

Er ruft Elke jetzt nicht zurück, er ist ja gleich bei ihr.

Sein Handy vibriert. Oma schickt fünf lustige *ALF*-GIFs. Er schickt einen Tränen-lach- und einen Kusssmiley zurück.

Er denkt an Merle und Paula und fragt sich, wann sie sich endlich melden.

40

Bruno und Salo hatten zu einer von den Eltern strengstens bewachten Party in die Pizzeria eingeladen, weil sie ihr erstes gemeinsam programmiertes Computerspiel verkauft hatten. Nicht für wahnsinnig viel Geld, aber für Sechzehnjährige ein Vermögen. Erik war sehr stolz auf die beiden und freute sich, dass sie endlich wieder mehr Zeit für ihn haben würden, denn in den letzten Monaten hatte er oft nur still lesend danebengesessen, während sie wie wild an ihren Computern arbeiteten.

Jetzt durfte gefeiert werden. Der prasselnde Novemberregen trübte die Stimmung keineswegs. Der halbe Flecken half bei den Vorbereitungen. Alle Blue Boys waren da und dachten sich lustige Partyspiele aus, Dagmar hatte DJ Random und die *Bravo Hits* mitgebracht. Benisha und Sarah hatten angekündigt, das Restaurant mit Achtzigerjahre-Spielfiguren aus Pappe zu schmücken und ein Catering der Extraklasse beizusteuern. Natürlich wollte Bruno heimlich für Bier sorgen. Selbst Brunos Eltern halfen bei den Vorbereitungen. Sie waren wahrscheinlich verwirrt, dass das »sinnlose Gedaddel« tatsächlich Geld gebracht haben sollte. Nur Neele half nicht mit.

Als Erik sie kurz vor Partybeginn abholen wollte und klitschnass durch den Garten ins Esszimmer kam, hörte er aus dem Wohnzimmer, wie Georg und Basti mit Klavier und Gitarre Beatles-Lieder spielten. In der Küche rumpelte etwas.

Elke kam ihm aus dem Bad entgegen: »Hallo, Erik, wie siehst du denn aus, du Armer.«

Sie verschwand wieder im Bad, brachte ein Handtuch mit, rubbelte Erik die Haare trocken und gab ihm etwas zum Anziehen von Onkel Freddie.

»Wo hast du denn Neele gelassen?«, fragte sie durch die Badtür, während er sich umzog.

»Ich wollte sie doch gerade abholen?«, fragte er verwirrt und kam aus dem Bad.

»Sie hat gestern Mittag gesagt, sie geht zu *dir.* Sie ist ja auch schon oft über Nacht bei dir geblieben, ohne Bescheid zu sagen.«

Nein, eigentlich nicht so oft, hätte Erik fast gesagt, entschied sich aber für: »Hm.«

»Ist ja auch schön. Ihr seid ja auch schon so lange zusammen, und ich vertraue dir zu hundert Prozent, das weißt du.«

Zusammen?, hätte Erik fast gefragt, entschied sich aber erneut für: »Hm.«

Auch seine Mutter versuchte ständig, ihn auszuquetschen, und wollte wissen, was zwischen Neele und ihm lief. Wahrscheinlich dachte sie, er wolle ihre Beziehung nicht zugeben oder ein Geheimnis draus machen.

»Sie ist halt in einem schwierigen Alter«, sagte Erik.

»Hm«, sagte jetzt Elke. »Habt ihr euch gestritten?«

»Nein, ich wollte sie ja gerade für die Party von Salo und Bruno abholen«, wiederholte Erik.

»Also alles gut bei euch?«

Elke musterte Erik, der nicht so richtig wusste, wie er weiterkommen sollte. Höchstwahrscheinlich war Neele bei einem Liebhaber.

»Vielleicht ist sie bei Hanna?«, fragte er.

»Eine Hanna kenn ich gar nicht.«

»Ist auch unwahrscheinlich.« Er überlegte. »Und bei Judith vom Schwimmverein?« Ebenfalls absurd. Er versuchte, Zeit zu schinden, bis ihm einfiel, wie er die Situation lösen könnte.

»Ich ruf sie mal an.« Sie sah auf eine Liste am Korkbrett und wählte eine Nummer, aber Neele war auch nicht bei Judith.

»Wir sind nicht mehr zusammen«, platzte Erik mit der Wahrheit raus – oder zumindest mit einer Art halber Wahrheit. Das hier konnte er nicht durchziehen, da war er nicht der Mensch für.

Elkes Gesicht verdunkelte sich. »Warum hast du das nicht gleich gesagt?« Sie musste sich setzen. »Hat sie einen neuen Freund? Mir erzählt sie ja nichts mehr.«

»Wann hatte sie denn *keinen* Freund in den letzten Jahren?«, rutschte es ihm raus, jetzt war es eh egal.

»Ist das so?« Elke war wirklich erschrocken und sah ihm direkt in die Augen.

»Ich übertreibe«, versuchte er beizudrehen.

Onkel Freddie kam schmatzend aus der Küche.

»Moin, Erik, alte Hütte, siehst ja todschick aus. Alles klar?«, fragte er mit vollem Mund.

»Moin, Freddie, geht so, Neele ist halt weg.«

»Wie, weg? Die kommt wieder, macht euch mal nicht ins Hemd.« Freddie verschwand in die obere Etage, in seinen eigenen Wohnbereich.

»Wie kannst du da so sicher sein?«, rief Elke, inzwischen schluchzend, ihrem Bruder hinterher.

»Also, ich glaube, sie ist momentan mit einem Karsten zusammen, der wohnt aber in der Stadt«, erzählte Erik, was er wusste. Er wollte schon lange nicht mehr alle Details von ihren Typen wissen.

»Weißt du, wo genau?«, fragte Elke aufgeregt.

»Nein, sie hat mich einmal von ihm aus angerufen, da hab ich ziemlich laut Kirchenglocken gehört.«

»Karsten?«, kam es von oben. »Ich glaube, ich weiß, wer das ist.«

Freddie kam die Treppe runter, nahm sich eine Regenjacke, gab Erik seinen Friesennerz, warf auch Elke ihre Jacke hin und sagte: »Los!«

Im Auto erzählte Onkel Freddie, dass ein alter Schulkollege, Jochen, einen Sohn hatte, Karsten, der war aber schon fünfundzwanzig, und irgendwann hatten sich Freddie, Jochen, Karsten und Neele mal auf dem Markt getroffen, und er hatte direkt bemerkt, dass geflirtet wurde.

»Wir fahren zu Jochen, dem gehört die Autowerkstatt an der Ausfallstraße«, sagte er und fuhr viel zu schnell aus dem Flecken.

In der Werkstatt war schon Feierabend und niemand mehr da.

»Weißt du, wo Jochen wohnt?«, fragte Elke Onkel Freddie.

»Keine Ahnung. Scheiße«, fluchte Freddie, und der Regen tropfte von seiner Kapuze.

Erik betrachtete die Werkzeugteile und die gerahmten Fotos im Schaufenster. Auf allen war ein breiter junger Mann mit zurückgegelten blonden Haaren mit seinem aufgemotzten Schlitten zu sehen.

»Ist das Jochen?« Erik zeigte auf das Fenster, obwohl er schon wusste, wer das war.

Freddie kam angetrabt.

»Das ist *Karsten*!«

»Okay, wir müssen also eine Kirche finden und an dem Haus klingeln, vor dem diese Prollokarre steht. Easy.«

Erik kam sich vor wie ein Detektiv, freute sich diebisch darüber, dass sich das Hören der *Drei Fragezeichen* jetzt auszahlen würde, und hinterfragte gar nicht, ob sie sich zu Recht Sorgen machten. Immerhin hatte Neele schon oft ältere Typen gehabt. Offenbar hatte sie ihrer Mutter und Onkel Freddie von keinem erzählt. Stattdessen hatten die die ganze Zeit gedacht, sie sei mit *ihm* zusammen. Wie lange wohl schon?

Sie hielten an einem Stadtplan und fanden fünf große Kirchen. Nach zwei Stunden erfolgloser Suche bog Onkel Freddie wieder Richtung Flecken ab. Sie fuhren an der Pizzeria vorbei, und durch die Regenschlieren der Windschutzscheibe sahen sie plötzlich den gesuchten Sportwagen, aus dem in diesem Moment Neele stieg.

Mit quietschenden Reifen hielt Freddie neben Karsten, sprang aus dem Auto und zog den Casanova aus seinem Wagen. Nach drei unerwiderten Faustschlägen setzte Onkel Freddie Karsten wie einen nassen Sack wieder auf seinen beigefarbenen Ledersitz, der ein paar Blutspritzer abbekommen hatte. Die anderen waren trotz des Regens ausgestiegen und starrten wie gelähmt auf die Szene.

Neele lief zu Erik, klammerte sich Hilfe suchend an ihn und sah ihn kurz irritiert an, weil er Onkel Freddies Kleidung trug. Sie roch stark nach Zigarette.

»Halt dich fern von Neele, und Grüße an deinen Vater. Der hat sich ja ein schönes Früchtchen rangezogen«, schimpfte Freddie.

Karsten sagte nichts und musste erst mal wieder zu sich kommen. Von Onkel Freddie hatte das niemand erwartet. Er war zwar groß, aber gewalttätig war er noch nie geworden.

»War das nicht etwas übertrieben?«, fragte Elke, nachdem Karsten mit qualmenden Reifen davongerauscht war.

»Er hätte es doch nicht anders verstanden. Mal ein bisschen Dankbarkeit, bitte?«, gab Onkel Freddie verständnislos zurück.

Seine Handknöchel bluteten. Inzwischen hatten auch einige Partygäste mitbekommen, was draußen vor sich ging. Himal brachte einen Verband und bat alle hinein, aber sie winkten ab.

»Was hast du mit dem Typen gemacht?«, schrie Elke ihre Tochter an und umarmte sie, obwohl Neele Erik nicht losließ.

»Nichts. Vergiss es.« Neele bibberte.

»Das vergesse ich so schnell nicht, Fräulein!«, zischte Elke und zog sie zu sich und in den Wagen.

Neele hatte nach Karsten einige Wochen keinen Freund. Jedenfalls erzählte sie von keinem.

Bruno kam auf Erik zu.

»Geiler Style, Alter, was war denn los?«

»Erzähl ich dir später, alles gut, lasst uns feiern!« Erik schob Bruno in die trockene Pizzeria.

41

Eriks Mutter gibt schon ihren zweiten Yogakurs an diesem Montagmorgen. Diesmal für Seniorinnen. Erik hört sie stöhnen und verlässt das Haus Richtung Elke. Beim Türschließen streift er den Holzrahmen und zieht sich einen dicken Splitter ein. Es blutet überraschend stark. Er nimmt seinen blutenden Finger in den Mund, versichert sich aber vorher, dass ihn niemand dabei sieht. Es ist eh niemand auf der Straße. Nur ein Leichenwagen fährt Richtung Friedhof. Der Rauch vom Krematorium zieht einen dunklen Schleier über den ansonsten makellos blauen Himmel.

Er spaziert bei Dagmar vorbei, in ihrer Wohnung über der Gaststätte steht ein Fenster offen. Eine weiße Gardine weht nach draußen. Er würde jetzt gerne kurz mit ihr smalltalken. Aber er war noch nie in ihrer Wohnung und ist ja auch nur einer von vielen *Patienten*. Er überlegt, ob er ihr jemals bei Tageslicht begegnet ist, und schaut beim Vorbeilaufen nach oben, am Finger lutschend, aber statt Dagmars Blick zu begegnen, übersieht er einen Hundehaufen.

Er bemerkt Dana erst, nachdem er bereits laut geflucht hat.

»Läuft bei dir, was?« Dana lacht vom Fahrrad herab.

Bitte fahr einfach vorbei, wünscht sich Erik, aber sie bleibt stehen mit ihren Fahrradkörben vorne und hinten voller Stiefmütterchen.

»Bringt Glück!« Erik grinst unglücklich und schabt auf Dagmars staubigem Parkplatz den Kot von seinen Sohlen.

»Bist ja immer noch da.«

»Urlaub«, sagt Erik nur.

»Im Flecken? Ja, genau. Der Flecken ist doch unter deinem Niveau, dachte ich.«

»Man kann sich seine Heimat nicht aussuchen, oder?«, geht Erik auf Konfrontation.

»Wo wohnst du noch mal?«, fragt Dana.

»Wien.«

»Wien ist doch voll das Drecksloch. Mirko war da auf Montage und fand es voll kacke.«

»Dann war er vielleicht in den falschen Ecken. Hat er die Hofreitschule gesehen oder den Stephansdom?«

Er fragt sich, warum er hier jetzt wirklich dieses Gespräch führen muss.

»Keine Ahnung. Wien ist jedenfalls kacke.«

»Weil du *eine Meinung* kennst? Ich hab doch gesagt, Wien ist nicht kacke, dann müsstest du doch jetzt ein neutrales Bild von der Stadt haben, eine Meinung positiv, eine negativ, rein logisch gesehen.«

»Du bist ja immer noch so ein überhebliches Arschloch wie früher«, sagt sie und schwingt sich wieder aufs Rad.

»Noch schlimmer als früher«, ruft er ihr hinterher.

Hoffentlich läuft er nicht noch Mirko über den Weg, sonst rächt der noch seine Freundin und haut Erik eine rein. Er sollte Bruno als Bodyguard engagieren. Ihm fällt auf, dass Bruno ja noch gar nicht weiß, dass er wieder zurück ist, und beschließt, kurz bei ihm vorbeizugehen. Kurze Wege. Das ist das einzig Gute am Flecken.

Bruno ist nicht zu Hause, deshalb holt er sein Handy raus und sieht, dass Elke es schon wieder versucht hat. Dreimal. Er lässt sich nicht stressen, er kommt ja gleich. Er drückt auf Brunos Nummer.

»Ich stehe vor deiner Tür?«

»Soll das eine Drohung sein?« Bruno lacht.

»Wo bist du?«

»Das sollte ich dich fragen.«

»Hab ich doch gesagt. Vor deiner Tür.«

»Hä?«

»Ich bin zurückgekommen, lange Geschichte, hast du einen Moment?«

Hat er. Erik erzählt ihm von den Tagebüchern und dass er Elke hilft. Onkel Freddies Verhaftung verschweigt er.

»Treffen wir uns noch?«

»Ja, sicher, ich lieg noch im Bett bei Gudrun. Die ist aber seit um sechs arbeiten.«

»Du hast ein Leben. Es ist fast eins.«

Da fällt ihm ein, er könnte doch noch zu Hause Mittag essen. Er sieht Patrick im Auto vorbeifahren und dreht sich schnell Richtung Haus, damit der ihn nicht erkennt.

»Komm rum«, sagt Bruno.

»Ich komm doch jetzt nicht zu Gudrun … Die wohnt doch auch gar nicht im Flecken.« Erik fühlt sich überrumpelt.

»Du hast doch dein Moped.«

Erik überlegt kurz, aber dann erinnert er sich, warum er überhaupt zurückgekommen ist.

»Ich muss doch zu Elke.«

Das Moped kann er allerdings tatsächlich mal rausholen.

»Jaja, Spaß. Kommst du heute Abend mit zum Spieleabend in die Sonnenblüte?«

»Unbedingt! Sehr gern.« Erik fühlt echte Freude.

»Bestens. Dann sehen wir uns später bei den Alten. Bussi!«

»Bussi!«, erwidert Erik und muss grinsen.

Langsam spaziert er zurück in den Amselweg und schreibt seiner Mutter eine SMS: »Ich bin in zwei Minuten zum Mittag da.«

Aber es ist noch kein Essen fertig, als er zwei Minuten später ankommt. Seine Mutter sitzt mit einem Tee im Wintergarten, die Küche ist kalt.

»Ich war noch gar nicht bei Elke, hab Leute getroffen und mich verquatscht«, sagt er.

»Okay. Ich komme gleich«, sagt sie, ohne ihn anzusehen.

»Kochen wir was zusammen?«, fragt er etwas enttäuscht.

Sie murmelt etwas, vermutlich eine Zustimmung.

Erik geht schon mal in die Küche und schaut, was da ist.

»Elke hat angerufen.« Seine Mutter steht plötzlich in der Tür. »Das erste Mal seit fast zwanzig Jahren. Ich hab ihre Nummer im Display gesehen, ich hab gezögert, aber als ich abgenommen hab, hat sie nichts gesagt, ich konnte sie nur atmen hören.«

»Ach, sorry, ja, ich ruf sie kurz an.«

»Ich hab ihr noch gesagt, dass sie Bescheid sagen soll, falls sie mich braucht, aber ich glaube, da hatte sie schon aufgelegt.«

Erik wünscht sich, dass seine Mutter mitkommt. Er findet, Elke könnte mal fünfe gerade sein lassen. Er fühlt sich auch nicht verpflichtet, Elke zu helfen, es ist ein reiner Gefallen, immerhin hat sie ihn ja gestern quasi rausgeschmissen. Er hat kein schlechtes Gewissen.

»Ich mache Buchweizenpfannkuchen, ja?«, sagt seine Mutter.

»Unbedingt!«

»Muss schnell gehen, hab in einer halben Stunde den nächsten Kurs.«

»Läuft bei dir.«

Erik wählt auf dem Festnetztelefon im Flur die Nummer, die er nach all den Jahren immer noch auswendig kann, weil er sie in seinem früheren Leben Tausende Male gewählt hat.

Elke geht sofort ran. »Erik?«

»Ja, sorry, Elke. Ich hatte noch einen Call heute früh.«

»Einen was?«

»Telefontermin.«
»Kommst du?«
»Mama macht gerade noch Pfannkuchen.«
»Lecker.«
»Ich bring dir welche mit.«
»Ach, lass mal, ich kriege eh nichts runter, seit …«
»Doch, doch«, unterbricht er sie. »Ich bringe dir welche mit, dann bekommst du sicher Appetit.«
»Du bist so lieb, danke, bis gleich.«
Er geht zurück in die Küche, der erste Pfannkuchen brutzelt schon.
»Kannst du für Elke ein paar mehr machen?«, bittet er seine Mutter.
Sie murmelt schon wieder etwas. Vielleicht so was wie: »Das ist so lieb von dir. Dich haben wir toll erzogen.« Aber es klingt eher wie: »Das ist doch zum Mäusemelken.«
Sie umarmt ihn und greift in der Bewegung nach der Fernbedienung. *Bares für Rares.*
Er kann sich aber nicht gut darauf konzentrieren. Irgendwas beschäftigt seine Mutter. Aber dann kann sie es ihm ja sagen. Heute Morgen war sie noch bestens gelaunt. Na ja.
Ein Schrank von 1780. Intarsien. Nussbaum. Träumchen.
Das kurze Essen verläuft ungewohnt wortkarg. Seine Mutter isst, wendet gleichzeitig die letzten Pfannkuchen und packt sie in eine große Tupperdose. Einer fällt ihr runter. Den holt sich sofort Emma, aber sie lässt ihn nach zweimal Kauen wieder fallen und leckt sich lieber die Würmer.
Jetzt muss Erik wirklich los.

42

Es war gang und gäbe, dass man sich konfirmieren ließ, sich also vor Gott zum christlichen Glauben bekannte. Ganz nebenbei lockten auch vierstellige Geldbeträge, Inlineskates und G-Shock-Uhren. Aber in erster Linie war das natürlich ein höchst spiritueller Vorgang, schließlich markiert die Segnung den Übertritt ins kirchliche Erwachsenenalter, und das zu Beginn der Pubertät, in der man derart triebgesteuert ist, dass man an nichts anderes denken kann als an Sex.

Erik saß also ein Jahr lang einmal die Woche mit anderen Blühern, wie Brunos Mutter sie immer nannte, was angesichts ihrer eitrigen Pickel ein eher unangenehmes Bild war, im Gemeindehaus und lernte die Lehren Gottes. Kein Sex vor der Ehe war ein Thema, über das fast alle herzlich lachten, das Bruno und Erik aber tatsächlich interessant fanden. In Brunos Augen war es sehr romantisch, wenn man erst in der Hochzeitsnacht mit der Frau schlief, die man liebte. Und wenn sie so lange auf einen wartete, sei sie auch auf jeden Fall die Richtige. Sie fanden gute Argumente: Man esse ja auch keine grünen Tomaten. Die Liebe müsse ja auch erst mal reifen, damit es im Bett dann gut sei. Die Ehe markiere dann die angemessene Reife der Liebe.

Erik war dementsprechend enttäuscht, als Bruno schon eineinhalb Jahre später, mit fünfzehn, keine Jungfrau mehr war. Der argumentierte jetzt, dass an ein bisschen Spaß nichts auszusetzen sei und nirgends in der Bibel etwas von einem Verbot stehe, und zitierte zu Eriks Erstaunen auswendig aus dem biblischen Hohelied: »*Verzaubert hast du mich, Geliebte, meine Braut! Ein Blick aus deinen Augen, und ich war gebannt. Sag, birgt er einen Zauber, an deinem Hals der Schmuck? Wie glücklich du mich machst mit deiner Zärtlichkeit! Mein Mädchen, meine Braut, ich bin von deiner Liebe berauschter als von Wein. Du duftest süßer noch als jeder Salbenduft. Wie Honig ist dein Mund, mein Schatz, wenn du mich küsst, und unter deiner Zunge ist süße Honigmilch. Die Kleider, die du trägst, sie duften wie der Wald hoch auf dem Libanon.*« Er machte eine kunstvolle Pause, hielt die Handfläche Richtung Erik und zeigte ihm so, dass der das erst mal sacken lassen solle.

»Pure Leidenschaft! Da sag noch mal, dass die Bibel Sex nur zur Fortpflanzung während der Ehe erlaubt.«

»Aber du hast doch selbst zitiert, dass er von seiner *Braut* spricht!«

»Lieber Erik, die Ehe war zu Bibelzeiten doch nur ein wirtschaftlicher Zweckbund, damit die Frau finanziell abgesichert war und der Mann jemanden für die Hausarbeit und das Kinderkriegen hatte. Das kannst du doch nicht mehr vergleichen mit heute, wo es immer heißt, man holt sich die Erlaubnis von Gott für die Ehe und so eine Scheiße. Das waren ganz andere Zeiten damals. Es gehörte zum Beispiel zum guten Ton, dass die Männer nur Jungfrauen heirateten. Die Frau gehörte dann dem Mann, und der durfte mit ihr machen, was er wollte. Es gab auch noch keine offiziellen Liebesbeziehungen außerhalb der Ehe, und wenn, dann waren sie unmoralisch. Willst du, dass das wieder so wird, ja?«

Erik machte nur: »Pfff!«, war aber beeindruckt. Er brauchte ein paar Tage, um geeignete Textstellen zu finden, die bewiesen, dass man sich zumindest sexuell zügeln sollte.

Sie trafen sich zum Schlagabtausch nach der Schule auf dem Spielplatz und setzten sich auf die zwei Schaukeln.

Erik hatte eine Bibel mit einigen neongrünen Post-its dabei und begann: »*Sexuelle Unmoral und jede Art Unreinheit oder Gier sollen unter euch nicht einmal erwähnt werden.* Epheser 5,3.«

»Ist klar. Deshalb war es im alten Orient, in dem die Geschichten der Bibel spielen, auch erlaubt, mehrere Frauen zu haben … Anspruch und Wirklichkeit, mein Freund«, erwiderte Bruno souverän.

Erik zögerte kurz und glaubte, eine passende Erwiderung gefunden zu haben: »*Das Ehebett soll unbeschmutzt sein, denn Gott wird Menschen, die sexuell unmoralisch handeln, sowie Ehebrecher, verurteilen.* Hebräer 13,4.«

»Klar, Fremdgehen ist ja heute noch scheiße. Aber was heißt *sexuell unmoralisch* genau?«, fragte Bruno.

»Warte.« Erik blätterte. »So. *Gebt euch nicht gieriger, hemmungsloser sexueller Leidenschaft hin, wie sie die Völker haben, die Gott nicht kennen.* Thessalonicher 4,5. Zügellosigkeit ist also sexuell unmoralisch.« Erik gefiel seine Antwort, deshalb legte er noch ein Zitat nach: »Hier: *Flieht vor sexueller Unmoral! Jede andere Sünde, die ein Mensch begeht, ist außerhalb seines Körpers, wer aber sexuelle Unmoral treibt, sündigt gegen seinen eigenen Körper.* Korinther 6,18.«

Erik fand, das klang kraftvoll, war aber auch gespannt auf die Antwort.

Bruno nahm sich jetzt ganz ruhig die Bibel, erblätterte zielgerichtet eine Seite und las vor: »*Wenn jemand eine Jungfrau betört, die nicht verlobt ist, und liegt bei ihr, muss er sie sich gegen das Heiratsgeld zur Frau erwerben.* 2. Buch Mose 22,15. Das bedeutet ja wohl, dass man unverheiratet miteinander schlafen darf. Man soll dann zwar auch direkt heiraten, aber das ist ja echt nicht mehr zeitgemäß.«

Erik nahm die Bibel zurück, sah Bruno von unten her an, blätterte und las: »*Wenn sie sich aber nicht enthalten können, so sollen sie heiraten, denn es ist besser zu heiraten, als vor Verlangen zu brennen.* Korinther 7,8 und 9. Das heißt ja wohl, man soll, wenn man sexuelles Verlangen hat, erst mal heiraten und sich nicht einfach dem Trieb ergeben.«

Er merkte selbst, dass er gegen Bruno nicht wirklich ankam, der hatte die Bibel einfach in die Wiege gelegt bekommen, wenn er auch inzwischen eine gesunde Distanz zu ihr gefunden hatte.

Erik versuchte es versöhnlich: »Kann nicht jeder für sich selbst entscheiden, wann er mit wem schläft? Wenn die Partnerin oder der Partner es auch möchte natürlich. Ich finde ja auch nur die Idee schön, dass man sich in den Charakter verliebt und erst in der Hochzeitsnacht miteinander schläft, weil Sex nicht so wichtig ist.«

Bruno zog die Augenbrauen hoch und musterte Erik. Er tat so, als müsste er sich zusammenreißen, und fügte dann so ruhig und ernst wie zuvor an: »Was ist denn die Hochzeit in unserer heutigen Zeit? Eine Steuervergünstigung.«

»Na ja, und das Versprechen, immer beieinanderzubleiben.«

»Und kennst du die Scheidungszahlen? Ist es nicht noch romantischer, ohne die Fessel der Ehe zusammen zu sein und zu denken, es könnte für immer sein? Dazu braucht es doch keine Hochzeit.«

Erik stand mit dem Rücken zur Wand, Bruno hatte recht, trotzdem probierte er noch einen Konter: »Aber vielleicht ist man blind vor Trieben und Verlangen, weil die Partnerin so hot ist, und übersieht ihren unhotten Charakter?«

»Ich finde, es ist gleich wichtig, dass man sich sowohl außerhalb als auch innerhalb des Bettes versteht.«

»Du bist fünfzehn und hattest zweimal Sex, jetzt tu mal nicht so.«

Bruno spielte ein überhebliches Lachen, legte Erik seine Hand auf die Schulter und sah ihm ins Gesicht. »Hör auf meine Worte, mein Freund, hör auf meine Worte!«

Erik blätterte noch einmal in der Bibel und fand sein letztes Post-it: »*Denn die, die ihr Leben von ihrer sündigen Natur bestimmen lassen, konzentrieren sich auf das, was ihre sündige Natur will, die aber ihr Leben vom Geist bestimmen lassen, auf das, was der Geist will. Denn sich auf die sündige Natur zu konzentrieren, bedeutet Tod, doch sich auf den Geist zu konzentrieren, bedeutet Leben und Frieden*. Römer 8,5 und 6.«

»Jaja, *Sex bedeutet Tod*, genau. Und woher kommen die Kinder?«

»Ich will halt keinen Sex vor der Ehe«, sagte Erik trotzig.

»Es sei dir gegönnt.« Bruno lachte und zog ihn von der Schaukel.

43

Erik schaut, bevor er zu Elke geht, noch kurz in der Garage nach seinem Moped. Verdreckt steht es in der hintersten Ecke. Er räumt ein paar Kisten von der Plane und enthüllt die Hercules Optima 3. Er sieht sie erst richtig, als sich der Staub gelegt hat. Das Grün funkelt noch wie früher. Was für eine herrliche Maschine. Heute würde man wahrscheinlich entsetzt mit dem Finger auf den Umweltsünder zeigen, der da auf dem knatternden Gefährt hockt. Das verlangt doch nach einem Versuch. Er schiebt das Moped aus der Garage und tritt das Pedal. Es passiert nichts. Wahrscheinlich kein Benzin. Er beschließt, auf dem Rückweg bei der Tankstelle einen Kanister mitzunehmen, und stellt die Hercules erst mal wieder in die Ecke.

Er muss sich jetzt beeilen, ist schon viel zu spät. Elke hatte am Vormittag mit ihm gerechnet, und es ist fast drei. Er will das alte Fahrrad von seinem Vater nehmen. Es hat einen Platten. Erik sucht im Garagenschrank nach einer Luftpumpe, findet aber keine. Allerdings hat der Schrank auch wirklich sehr viele Schubladen, die er nach und nach auf- und wieder zuschiebt. Nach drei Vierteln fällt ihm auf, dass die Schubladen viel zu klein sind für eine Luftpumpe. Er wirft einen Blick auf das Rad seiner Mutter. Tatsächlich, da klemmt eine. Er pumpt und pumpt und zieht seine Jacke aus. Viel zu warm. Er könnte auch das Rad seiner Mutter nehmen, aber vielleicht braucht sie es später noch.

Sein Vater fährt so gut wie nie mit dem Rad. Die Reifen sind endlich einigermaßen hart, und er schwingt sich drauf. Jetzt hält ihn nichts mehr auf.

Sein Handy vibriert. Er steigt wieder vom Rad. Es ist Merle. Endlich.

Merle und Paula sind ein Paar und beide absolut gleichwertig und jetzt schon seit elf Jahren seine besten Freundinnen. Das ist ein Geschenk. Bei den beiden fühlt er sich komplett verstanden. Sie haben noch nie gefragt, warum er denn keine Beziehung führe, ob er denn nicht mal mit der und der ausgehen möchte, ob er denn so viel Angst vor Sex habe. Sie kennen die Antworten, weil sie ihn kennen. Nie haben sie gesagt, er würde etwas verpassen, das sei doch die schönste Nebensache der Welt. Sie nehmen ihn einhundert Prozent so, wie er sein möchte, und das schätzt er ungemein. Noch nie gab es Streit zwischen den dreien, und auch von einem Streit in ihrer Paarbeziehung weiß Erik nichts. Es scheint, als wüssten sie genau, was sie voneinander zu erwarten haben und was nicht. Merle und Paula sind zwar seit fünfzehn Jahren glücklich zusammen und seit zehn Jahren verheiratet, aber sie versuchen ihm trotzdem nicht zu verkaufen, dass es das Wichtigste und Schönste auf der Welt ist, eine gesunde Liebesbeziehung zu führen. Wenn man mit Mitte dreißig nicht in einer Partnerschaft ist, wird man beäugt. Ist er etwa schwul und traut sich nicht, sich zu outen? Für Beziehungsverweigerer gibt es keine Lobby. Nichts meidet Erik mehr als Abhängigkeit, und er kann es nicht verstehen, warum die Menschen sie so sehr suchen. Von Suchtmitteln, Trieben, Göttern oder Menschen, aber bei Merle und Paula ist es anders. Sie haben ihn noch nie enttäuscht.

»Merleschatz, was ist los bei euch?«, begrüßt er sie.

»Wir haben's getan.«

Erik hat sofort den Hit von Echt im Ohr.

»Du hast den Hit von Echt im Ohr, oder?«, fragt Merle.

Erik grinst und setzt sich erst mal auf die Stufe vor der Haustür mit dem Holzrahmen.

»Es sieht so aus, als hätte es geklappt, genau wissen wir das erst die nächsten Tage, die Chancen liegen bei zwanzig Prozent. Falls es nichts geworden ist, probieren wir es halt wieder.«

Erik sagt immer noch nichts.

»Erik, bist du dran? Schlechtes Netz im Flecken?«

»Ich bin dran, ich bin dran«, sagt Erik schnell, aber er ist sprachlos.

»Wir halten dich natürlich auf dem Laufenden.«

»Ja, klar, also bitte, unbedingt. Ich freue mich.«

»Wir uns erst! Wie geht's dir denn? Hab Jassin getroffen, er hat erzählt, dass du länger bleibst. Alles in Ordnung?«

»Ist Paula da?«, fragt Erik.

»Ja.«

Man hört, wie sie vom Hörer weg nach Paula ruft und kurz darauf Schritte.

»Erik«, sagt sie zu Paula.

»Hi, Spatzi«, singt Paula in den Hörer, und Erik erzählt ihnen alles. Auch von Onkel Freddie. Zwischendurch ruft Elke dreimal an, er hört einmal auch das Klingeln des Festnetztelefons durch die Haustür, aber seine Mutter ist Gott sei Dank im Kurs.

»Das ist so gut, dass du der Elke hilfst. Lies jedes einzelne Wort und hilf ihr, ihre Tochter zu verstehen und warum sie sich …«

»Mach ich«, unterbricht er sie. »Ich muss los. Danke euch, das tat gut. Baba.«

»Baba, Hübscher.«

44

»Ich bin schwanger«, flüsterte sie ihm ins Ohr, während sie im Musikunterricht ein Schlagzeug aufbauten.

Erik fiel fast ein Becken aufs Linoleum.

»Wie kann *das* denn sein?«

»Sex?«, fragte sie leise.

»Sex?« Er hörte auf, das Becken anzuschrauben.

»Wenn ich schwanger bin, hatte ich wohl Sex.«

Sie klemmte das Fußpedal an die Bassdrum, während er sich auf einen Hocker setzte und sie anstarrte.

»Du bist fünfzehn.«

»Und? Jason ist schon achtzehn.«

Erik schüttelte den Kopf und riss die Augen auf.

»Denkst du, das macht es besser?«, fragte er so laut, dass Salo und Bruno zu ihnen herüberschauten, die zwei Meter weiter einen Gitarrenverstärker einrichteten.

»Streitet ihr etwa?«, wunderte sich Bruno.

»Niemals«, antwortete Neele.

»Wie kannst du so ruhig bleiben?«, flüsterte Erik wieder.

»Ich bin nicht ruhig.«

»Du kannst doch jetzt kein Kind kriegen.«

»Natürlich nicht, was denkst *du* denn?«

»Hast du einen Test gemacht, oder was?«

»Meine Regel ist überfällig.«

»Das heißt doch noch nichts, oder?« Kurz war Erik erleichtert.

»Ich spüre das aber.« Sie sah ihn an und steckte das zweite Becken auf das Gestänge.

»Macht der feine Herr auch mal mit?«, rügte ihn die Lehrerin aus der anderen Ecke des Raumes, weil Erik immer noch auf dem Hocker saß und Neele arbeiten ließ.

»Genau, hilf der schwangeren Frau.« Neele lachte leise.

»Wie kannst du da Scherze machen?«

»Ich lass es halt wegmachen, das ist doch heutzutage ein Standardeingriff.«

Erik schüttelte nur mit dem Kopf.

Als sie nach der Schule im Bus in den Flecken saßen, weinte sie doch.

»Jason weiß es noch nicht.«

»Wenn du es wegmachen lässt, musst du es ihm ja auch nicht sagen«, meinte Erik.

Sie legte ihren Kopf auf seine Schulter und schluchzte leise, damit die anderen es nicht mitbekamen. Sie sahen aber sicher, wie sie sich die Armhärchen zupfte.

»Lass uns erst mal einen Test machen, ja?«

Sie nickte nur. Er schlief in dieser Nacht bei ihr.

Am nächsten Morgen fuhren sie einen Bus früher in die Stadt. Im Flecken gab es keine Apotheke. Auf der Schultoilette pinkelte sie auf den Streifen und ließ ihn dann mit in die Kabine, es war ja noch kaum jemand in der Schule.

Er streichelte ihren Nacken unter dem strengen Dutt, während sie auf die weiße Testfläche starrten. Ein Strich. Eindeutig. Ein Strich. Nur einer. Immer noch. Kein zweiter. Nicht schwanger. Sie umarmten sich und sperrten die Kabinentür auf.

In dem Moment kamen Dana und Natalie in die Toilette. »Alles klar.« Sie zwinkerten. »Knickknack vorm Unterricht, was?«

»Brauch ich morgens einfach, sonst werd ich nicht wach«, antwortete Neele trocken.

Erik lachte vor Scham.

»Aber leider *nicht* schwanger.« Sie wedelte mit dem Test und schmiss ihn in den Mülleimer unter einem der Waschbecken.

Die Mädchen waren mundtot und fingen an, sich zu schminken.

Das Gerücht, dass Erik und Neele ein Paar waren, hielt sich bis zu seinem Wegzug, es hatte aber ohnehin schon vor diesem Morgen bestanden.

Mit Jason war eine Woche später wieder Schluss.

45

Er schmeißt das Fahrrad in den Vorgarten, wie er es früher schon immer getan hat, rennt ums Haus und durch die Gartentür.

»Es tut mir so leid, Elke, ich musste beruflich ein paar Sachen klären, gerade neue Agentur gegründet, neues Büro, alle sind sauer auf mich.«

Elke reagiert gar nicht, sondern liest weiter im Schneidersitz in einem von Neeles Büchlein.

»Elke?«

Er geht langsam auf sie zu und versucht, auf keines der Tagebücher zu treten, die auf dem Wohnzimmerboden verteilt sind. Eriks begonnene Ordnung von gestern existiert nicht mehr. Erst als er ihre Schulter berührt, schreckt sie auf.

»Mein armes Kind. Wie konnte ich nicht merken, dass sie Hilfe braucht?« Sie schluchzt.

Erst jetzt sieht er, dass sie weint. Er beugt sich runter und nimmt sie in den Arm.

»WIESO KOMMST DU ERST JETZT?«, schreit sie ihn an.

Er lässt sie los und stolpert rückwärts auf die rote Neunzigerjahre-Couch.

»Tut mir wirklich leid, ging nicht früher.«

»Wolltest du nicht Pfannkuchen mitbringen?«

Er hat die Pfannkuchen vergessen.

»Draußen im Fahrradkorb«, lügt er und stürzt wieder aus dem Haus.

Wenn er sich richtig beeilt, ist er in fünf Minuten wieder hier. Vielleicht merkt Elke in ihrem Zustand gar nicht, dass das länger ist, als man normalerweise brauchen würde. Er radelt wie bekloppt, an der Haltestelle grüßt ihn Andilein, Erik grüßt nicht zurück. Im Amselweg will seine Mutter gerade mit dem Fahrrad los.

»Du hast die Pfannkuchen vergessen, die hab ich jetzt meinem Kurs gegeben, ich hoffe, das war okay?«

Erik dreht direkt um, ohne abzusteigen.

»Scheiße. Egal!«, ruft er noch und kann seiner Mutter nicht mehr antworten, die ihn noch fragt, ob er was vom Lidl braucht.

Als er wieder zu Elke kommt, tischt er ihr eine hanebüchene Geschichte auf von einem Dieb, dem er noch hinterhergerannt sei, deshalb sei er so aus der Puste. Was sie denn so zum Kochen dahabe. Elke scheint die Geschichte überhaupt nicht wahrzunehmen.

Minuten später steht er am Herd und kocht Nudeln mit Tomatensoße.

Plötzlich steht Elke hinter ihm.

»Frederik hat alles gestanden.«

Erik erschrickt. »Das ist erst mal gut, oder?«, fragt er.

»Du musst nicht aussagen.«

Erik hatte schon wieder vergessen, dass das auch noch zur Debatte stand. »Da bin ich erleichtert. Ich erinnere mich sowieso kaum an unsere Jugend. Und die letzten zwanzig Jahre …«

»Du weißt nicht viel von dem, was hier los war, seit ihr keinen Kontakt mehr hattet, oder?«

»Nichts. Wir brauchten diesen klaren Cut.«

»Willst du es wissen?«, fragt sie und setzt sich direkt hinter ihn auf den Hocker, den sie braucht, um an die oberen Regalfächer zu kommen. Was Onkel Freddie an Höhe mehr als andere hat, hat sie weniger.

»Grob«, murmelt er ehrlich.

Erik trennt eine Zwiebel von ihrer Haut.

»Verstehe«, sagt Elke leise.

Erik dreht sich zu ihr. »Versteh das bitte nicht falsch. Du weißt, wir waren sehr eng, aber damals gab es keine andere Möglichkeit. Wir hatten uns in eine Sackgasse manövriert, der einzige Weg da raus war der komplette Bruch, und das hat mir sehr gutgetan.«

Er holt ein Messer aus der Schublade, in der schon immer die Messer waren.

»Neele nicht. Überhaupt nicht.«

»Ich bin mir nicht sicher, ob ich das hören will«, sagt Erik, obwohl er sich sicher ist, dass er es nicht hören will. Er beginnt, die Zwiebel zu würfeln.

»Ich gebe dir keine Schuld, Erik. Niemand konnte sie retten. Ich mach es kurz. Sie hat sich wochenlang eingesperrt, nachdem Georg ausgezogen war, sie war immer schon eher ein Papakind, und das traf sie sehr. Aber wenigstens ging sie noch zum Schwimmtraining und ab und zu an die frische Luft. Nachdem sie aus Helsinki wiedergekommen war, kam sie nur noch raus, wenn wir schliefen, um sich ein paar Scheiben Brot zu machen. Das ging knapp sechs Wochen so. Ich kam nicht an sie ran, saß manchmal stundenlang vor ihrer Tür. Am Ostersonntag waren Basti und Tanja zum Mittag da, Frederik war wieder auf Kreuzfahrt, da hörten wir ihre Tür, und sie setzte sich zu uns, als wäre nichts gewesen«, erzählt sie wie auswendig gelernt und völlig ausdruckslos. »Sie aß die vierfache Portion. Kurze Zeit später fing sie ihr drittes Ausbildungsjahr bei deiner Oma im Altenheim an, sechs Wochen später stellte sie uns einen Ivan vor, den sie acht Wochen später ohne große Feier heiratete. Ivan zog erst mal oben ein, wir haben ja genug Platz, ich sah die beiden aber kaum. Noch vor Oktober, einige Tage bevor Frederik wiederkam, zogen sie in die Stadt. Das ergibt jetzt auch einen Sinn.«

Sie fängt wieder an zu weinen. Eriks Augen werden ebenfalls feucht, aber wegen der Zwiebel, die er jetzt in die Pfanne schiebt, wo sie anfängt zu brutzeln.

»Und was war mit dem Schwimmtraining?« Erik merkt selbst, wie er völlig am Thema vorbeifragt.

»Hatte sie komplett aufgehört, von einem Tag auf den anderen«, antwortet Elke aber dennoch und fängt sich wieder.

Vielleicht sind irrelevante Fragen zwischendurch ganz gut, um die Stimmung wieder zu neutralisieren.

»Eineinhalb Jahre lang bekam ich sie kaum zu Gesicht, Basti hat sie nur ein einziges Mal gesehen in dieser Zeit, obwohl sie jeden Tag im Flecken war. Sie arbeitete ja noch im Altenheim. Dann feierten Neele und Ivan Weihnachten bei uns, aber die Stimmung war gereizt, es ging um Georg, bis Neele mich anschrie, ich sei schuld, dass ihr Papa weg sei. Danach hörte ich vier Jahre nichts von ihr. Kein Wort, kein Brief, kein Foto, nichts. Deine Oma hat mir gesagt, sie hat von einem Tag auf den anderen gekündigt, ohne Gründe zu nennen.«

Sie steht auf und geht ins Bad, wo Erik sie schnäuzen hört, während er die passierten Tomaten in die Pfanne gießt. Sie wirkt minimal aufgeräumter, als sie sich wieder auf den Hocker setzt.

»Basti und Tanja fingen in der Zeit an, im Neubaugebiet zu bauen, und der Vorarbeiter der Baufirma erzählte irgendwann von seinem Bruder Ivan, der hier im Flecken seine Frau kennengelernt habe und mit ihr nach Russland gegangen sei, um die kranken Eltern zu pflegen.«

»Nicht dein Ernst«, unterbricht Erik jetzt zum ersten Mal, weil ihm das zu ausgedacht klingt.

»Ganz im Ernst, Erik.«

Er würzt die Tomatensoße und rührt die Nudeln um.

»Basti konnte es auch nicht glauben und zwang den Arbeiter unter Androhung von Gewalt, ihm die Telefonnummer seiner

Eltern zu geben. Wir riefen zusammen die Nummer an, das Gespräch hat uns damals sechzig Euro gekostet, aber das war es allemal wert. Es ging erst Ivans Vater ran, wir sagten nur: ›Neele, Neele, Neele‹, und bald schrie ich ihren Namen, weil ich im Hintergrund ihre Stimme hörte. Nach all den Jahren wusste ich wenigstens, dass sie am Leben ist. Aber Neele kam nicht an den Apparat, nur Ivan, der erklärte, Neele ginge es gut. Sie käme bald zurück. Dann legte er wieder auf. Wir versuchten es noch ein paarmal, aber es war immer besetzt.«

Erik hatte sich inzwischen auf die Arbeitsplatte gesetzt und war gefesselt von der Geschichte. »Und dann?«

»Frederik hat sie geholt.«

»Aus Russland?«

»Wir haben über den Vorarbeiter die Adresse der Eltern bekommen.«

»Die hat er euch einfach so gegeben?«

»Zehntausend Euro wollte er haben.«

»Brüder halten wohl zusammen. Scheiße.«

»Ich weiß nicht, was genau passiert ist, aber Frederik und Basti sind zu ihm hin, und dann waren tausendfünfhundert okay. Frederik kann ein bisschen Russisch. Nach drei Wochen kam er wieder und brachte Neele mit, die nur noch vierzig Kilo wog, kaum redete, und das alte Spiel mit dem Einschließen ging wieder los. Ich stellte ihr jeden Tag drei große Mahlzeiten hin, von denen sie manchmal eine zur Hälfte aß, und zu Weihnachten saß sie plötzlich wieder am Tisch, als wäre nichts gewesen, aß die fünffache Portion, nahm schnell wieder zu und fing wieder im Altenheim an.«

Es entsteht eine Pause, in der sich Erik und Elke länger in die Augen sehen. Bis Erik sich zum Herd umdreht und die Nudeln abgießt. Er füllt einen Teller und gibt Tomatensoße dazu.

»Hast du Käse?«

»Im Kühlschrank.«

Er reibt den alten Parmesan auf die Nudeln und reicht Elke den Teller.

Sie setzen sich an den Tisch, und Elke beginnt zu essen.

»Danke«, sagt sie mit vollem Mund. »Hinter dir.«

Auf der Kommode hinter ihm liegt zwischen Dutzenden kleinen Porzellanfröschen eines von den Tagebüchern.

»Seite 211.«

Er schlägt die Seite auf und liest. Es ist ein Eintrag, an den er sich vage erinnert, Neele hat ihn ihm damals vorgelesen. Da waren sie vielleicht elf. Sie beschreibt voller Euphorie einen perfekten Sommertag an der Nordsee. Stundenlang wanderten sie nackig durchs Watt, bis sie sich plötzlich beeilen mussten, weil die Flut kam. Durch einen Priel musste Georg die beiden tragen und war selbst schon bis zur Brust im Wasser. Kurz vorm Strand bewarfen sie sich vor Überlebensglück mit Schlick und sahen aus wie Matschmonster. Es gab weit und breit keine Dusche, und das Wasser kam dann doch nicht so schnell wie gedacht, sodass sie sich im Sand wälzten. Das machte es nicht besser, aber so konnten sie wenigstens ein bisschen den Schlamm abrubbeln. Er erinnert sich an dieses Gefühl, an die Unbeschwertheit, das Lachen. Noch halb paniert setzten sie sich ins Auto, nachdem sie die Sitze mit gelben Säcken ausgekleidet hatten, und fuhren wieder in den Flecken. Neele und Erik duschten zusammen und kratzten einander die Wattreste von den Körpern, er sieht und spürt noch genau die Farbe und Konsistenz dessen, was in den Abguss gespült wurde. Und er erinnert sich auch daran, dass ihm auffiel, dass Neele sich verändert hatte. Sie fühlte sich anders an. Das steht allerdings nicht in ihrem Tagebuch, sondern in seinem. In ihrem steht nur, wie glücklich sie an diesem Tag gewesen war.

Erik legt das Büchlein wieder auf die Kommode.

»Sie war so glücklich«, sagt Elke, die nach der Hälfte des Tellers die Gabel beiseitegelegt hatte.

Sie hören den röhrenden Motor des Pick-up-Trucks, dann die Haustür. Basti.

»Was will *der* denn schon wieder hier?«, fährt er Erik an. Er drückt seine Mutter und küsst sie auf die Wange. »Alles gut, Mama?«

»Natürlich nicht«, antwortet Elke.

»Sorry, ich wollt nur mal schauen, wie es dir geht, hab gerade Feierabend.« Basti klingelt mit seinem Autoschlüssel am Zeigefinger.

»Alles gut, Erik ist ja da.«

Erik ist verwirrt, was hier für ein Machtspielchen läuft, und geht in die Küche, einen Tee kochen. Basti ist schon immer eifersüchtig auf Erik gewesen, aber heute ist das wirklich albern, vor allem, weil sich Erik und Elke seit fast zwanzig Jahren nicht gesehen haben.

»Gut, dann kann ich ja wieder gehen.«

»Kannst du«, sagt Elke trocken.

Wortlos verlässt Basti das Haus. Der Pick-up-Truck röhrt wieder auf.

Erik reicht Elke den Tee und nimmt das Gespräch wieder auf: »Und als Neele aus Russland zurück war, hat sie wieder in der Sonnenblüte angefangen, und alles war gut?«

»Sie nahm sich eine eigene Wohnung gegenüber vom nahkauf. Sie wollte ihre Privatsphäre. Deine Oma erzählte mir irgendwann, dass sie öfter mit verschiedenen Enkeln und Söhnen der Senioren wegfuhr. Kurz darauf kündigte sie.« Elke pustet in den Tee und trinkt vorsichtig.

»Sie brauchte schon immer sehr viel Aufmerksamkeit.« Erik findet seinen Einwurf bekloppt, aber Elke geht ohnehin nicht darauf ein.

»Obwohl wir beide im Flecken wohnten, sahen wir uns nur zwei-, dreimal im Jahr. Eines Tages stellte sie mir Tilo vor. Zwanzig Jahre älter als sie. Sie würden bald heiraten. Auf Bali.«

»Oha«, sagt Erik nur.

»Dann habe ich sie zwei Jahre lang nicht gesehen, bis zu dem Anruf.«

Sie atmet tief ein, und Erik sieht, wie ihr Blick zu der Schublade geht, in der früher die Zigaretten lagen.

»Zigarette?«, fragt Erik, und sie lächelt sogar ein bisschen.

Elke steht auf und geht in den Garten. Erik stellt das Geschirr zusammen, hört das Feuerzeug und geht hinterher.

Beide lehnen an der weißen Klinkerwand und beobachten die Schmetterlinge an den Hortensien.

»Der Garten sieht hervorragend aus«, lobt Erik.

»Danke. Freut mich. Mach ich ganz alleine.«

Sie schauen beide gleichzeitig zu Neeles Fenster hoch.

»Es fehlen Bücher«, sagt Elke unvermittelt. »Das letzte Buch endet mitten im Satz. Hast du eine Idee, wo wir noch suchen könnten?« Sie pustet den Rauch aus.

Erik hatte all ihre Verstecke gekannt, bis er weggezogen war. Die Wände ihres Zimmers glichen einem Schweizer Käse, aber es kamen eh selten Menschen hinein, eigentlich nur Erik. Spätestens ab der Pubertät schloss Neele ihr Zimmer selbst dann ab, wenn sie bloß zur Toilette ging. Ihre Liebhaber traf sie in der Stadt, nie brachte sie einen mit nach Hause, außer einen gewissen Ivan, wie er heute erfahren hatte. Ihm wird mulmig bei dem Gedanken, ihr Zimmer zu betreten.

»Können wir mal zusammen zu ihr hochgehen?«, fragt Elke, als wäre Neele oben.

»Klar«, sagt Erik, springt übertrieben motiviert ins Haus und klatscht in die Hände. »Packen wir's an.«

Elke macht die Zigarette aus und folgt ihm.

Bevor sie die schmale Treppe hochsteigen, nimmt sie noch mal sein Gesicht in beide Hände, sieht ihm in die Augen und fragt: »Schaffst du das?«

Er nickt stumm und erwidert ihren Blick. Das quietschende Geräusch der Treppe bringt ihn Schritt für Schritt in seine Vergangenheit zurück. Manche Dinge bleiben einfach. Wie dieses Geräusch.

Neeles Zimmer ist ein Schlachtfeld. Nur die Schwimmauszeichnungen stehen wie damals in Reih und Glied im Pokalregal. Elke bleibt erst mal im Türrahmen stehen. Es ist nicht bloß normales Chaos, Elke und Basti haben die Wände aufgebrochen, überall, wo kleine Spalten zu erkennen waren. Die Wandstücke liegen jetzt über den ganzen Boden verstreut, das Bild vom Schweizer Käse ist wirklich passend. Nur mit eckigen Löchern. Erik entdeckt sofort auf Wadenhöhe die Stelle am Kaminabzug, die sie übersehen haben. Die gemeinsam entwickelte Technik ist genial. Man sieht die Fächer nur, wenn man weiß, wie die Tapete später wieder angeklebt wurde. Es ist ein Fach, das sie alleine, also nach seinem Wegzug, gesägt haben muss, er erinnert sich jedenfalls nicht an diese Stelle. Elke fängt wieder an zu weinen und hält sich am Türrahmen fest. Auf dem Bett, auf dem sie so oft zusammen gelegen haben, liegt noch ein Meißel. Er kämpft sich durch das Chaos, geht in die Hocke, setzt das Werkzeug an und bricht mit einer schnellen Bewegung die Wand auf. Dort stapeln sich in dem kleinen Fach noch zweimal fünf Büchlein. Sein Blick fällt sofort auf die Einbände mit den Daten von seinem Weg- bis zu Georgs Auszug. Vorsichtig greift er hinter den Stapel, um ihn als Ganzes rauszuziehen, rutscht aber an den Kunstledereinbänden ab, sodass die einzelnen Büchlein auf den Boden purzeln. Dabei fallen einige Andenken raus, Kassenbons, Eintrittskarten, gepresste Blumen und ein Foto. Erik kennt dieses Foto.

»Gib mir das!«, sagt Elke aufgewühlt, aber Erik schaut weiter auf das Foto. Diesmal genauer als damals in Helsinki.

»GIB. ES. MIR!«, schreit Elke und stolpert durch das Chaos auf ihn zu.

Erik steckt das Bild in seine Jeanstasche. »Was bedeutet das?«, fragt er sie, ohne nachzudenken, und fängt sie auf, weil sie fast auf ihn fällt.

»Gib mir das Bild«, flüstert sie, keine zehn Zentimeter von seinem Gesicht entfernt.

Er riecht ihren Zigarettenatem und schaut ihr in die feuchtroten Augen.

»Lass uns runtergehen, ja?«, versucht er, die Situation, sie und sich zu beruhigen. Er lässt die Büchlein liegen, steht auf und zieht Elke mit hoch.

Sie flüstert noch einmal schluchzend: »Gib mir das Foto, Erik. Es bedeutet nichts.«

Als sie sich am Esstisch gegenübersitzen, legt Erik das Foto zwischen sie und fragt noch mal: »Was bedeutet dieses Foto, Elke?«

Sie versucht, es an sich zu reißen, doch er ist schneller. Sie schluchzt leise, ohne ihn anzuschauen.

»SAG MIR DIE WAHRHEIT!«, brüllt Erik und schlägt mit der Faust auf den Tisch. Die Blumenvase wackelt, einige Porzellanfrösche fallen um. Er erschrickt vor sich selbst und stellt die Frösche wieder auf.

»Georg«, sagt er leise.

»Ich war nie seine einzige Frau, das weißt du wahrscheinlich. Jeder weiß es.«

»Ich wusste es, bevor du es wusstest.«

Das hätte er für sich behalten sollen, deshalb versucht er, sich zu erklären. »An unserem achtzehnten Geburtstag, als wir alle bei Dagmar gefeiert haben, hat er es mir gesagt. Im Vollsuff. Ich habe es für mich behalten, weil es mich nichts anging, du wirktest auf mich immer glücklich, und deshalb dachte ich, es war ja gut, wie es war, und ich würde sonst alles zerstören.«

»Du kennst nicht die ganze Wahrheit.«

»Erzähl sie mir«, flüstert Erik, und in seiner Magenkuhle bildet sich ein Kloß. Diesen Kloß hat er lange vermeiden können, und er spürt einen starken Fluchtreflex. Die Angst vor der Bestätigung seiner Vermutungen, aber es geht in eine andere Richtung.

Elke fährt fort: »Er wusste seit Jahren, dass ich es wusste, aber ich habe nie mit jemandem darüber gesprochen.«

»Warum hast du dich so behandeln lassen?« Erik bereut die Frage sofort, weil sie wie ein Vorwurf klingt und das Opfer zur Täterin macht.

»Weil ich Angst vor den Konsequenzen hatte. Alleine dazustehen mit meinem mickrigen Gehalt, ohne Sicherheiten. Mein ganzes Leben war auf diesen Mann ausgerichtet, verstehst du?« Elke trinkt noch einen Schluck Tee. »An diesem Silvester vor knapp zwanzig Jahren schlug deine Mutter vor, ein paar alte Fotoalben anzusehen.«

Jetzt geht es doch in die Richtung, die Erik fürchtet. »Ich soll dir von Mama übrigens sagen, dass sie dir gerne helfen würde. Und Beileid«, versucht er noch mal abzulenken.

Elke beißt die Lippen aufeinander.

»Ich glaube, sie vermisst dich wirklich immer noch sehr.«

Das hatte ihm seine Mutter nicht gesagt. Natürlich stimmt es, aber er findet sich grenzüberschreitend.

Elke geht nicht darauf ein. »Plötzlich hat Georg alles erzählt. Als wäre nichts dabei«, sagt sie stattdessen und massiert sich die Schläfen.

In Erik wächst die Angst. Er starrt auf das Foto, ohne es richtig anzusehen.

Elke bemerkt seine Unsicherheit und rettet ihn. »Es hatte nichts mit dem Foto zu tun. Er erzählte von einer Parallelfamilie … einem Parallelsohn.«

Sie senkt ihren Kopf auf ihre auf dem Tisch abgelegten Arme und weint hemmungslos.

Erik greift nach ihren Händen und drückt sie liebevoll. Er wusste von der Parallelfamilie. Aber es war nicht seine Aufgabe gewesen, Elke oder Neele davon zu erzählen.

Mit seiner neuen, zweiundzwanzig Jahre jüngeren Frau war Georg zusammengekommen, als Neele und Erik fünfzehn waren. Ein Jahr später bekam er mit ihr ihren ersten Sohn. Erst weitere sechs Jahre später hat er Elke alles gestanden und flog raus. Nach der Scheidung zog er mit seiner neuen Familie nach Namibia, wo er einen Job an einer evangelischen Kirche gefunden hatte und drei weitere Kinder bekam. Erik hat Georg immer sehr geschätzt. Drei-, viermal im Jahr telefonieren sie lange und sehen sich sogar ab und an, wenn Georg in Europa zu tun hat. Er ist eine Art moderner Missionar geworden, was Erik grauenhaft findet, aber ihre Diskussionen darüber enden immer in Lachkrämpfen, weil Georg eine herrlich ironische Distanz zu seinem Beruf hat. Morgen wird er ihn wiedersehen und freut sich schon sehr darauf.

Erik grinst unmerklich und wendet sich wieder Elke zu.

»Ich bereue es, das Leben nicht einfach weitergelebt zu haben«, flüstert Elke. »Hätte ich es einfach ignoriert, hätte es weiter runtergeschluckt, was wäre dabei gewesen?«

»Wo bleibt dein Stolz, Elke?«, fragt er mit klarer Stimme und findet sich zu pathetisch.

»Seit Georg weg ist, bin ich alleine in diesem Haus. Neele hat sich ständig eingeschlossen, Frederik war ja nicht oft da, und jetzt ist er ganz weg.«

»Zum Glück«, versucht er, etwas Positives zu sagen.

»Und Neele auch.« Sie wischt die Teetasse vom Tisch. Es platscht und klirrt.

»Aber lieber alleine als zu zweit unglücklich, oder?«, fragt Erik nach dem kurzen Schreck.

Elke reagiert nicht, sondern vergräbt den Kopf wieder in ihren Armen.

Erik betrachtet das Foto. Im Vordergrund Elke mit Fönfrisur und Sektglas, strahlend in die Kamera prostend. Hell beleuchtet vom Blitz. Im Hintergrund etwas dunkler, nur auf den zweiten Blick, aber dann deutlich zu erkennen, Georg und seine Mutter vereint in einem leidenschaftlichen Kuss.

»Mama und Georg?«

Sie schüttelt den Kopf, ohne aufzusehen.

»Sag mir bitte die Wahrheit!«, wird Erik lauter.

»Frag deine Mutter«, flüstert Elke.

Eriks Handy vibriert. SMS von Bruno. »Um sieben geht's los. Kommst du vorher noch zu mir?«

Der Spieleabend. Perfekte Ablenkung.

»Kann ich gehen?«, fragt er Elke.

»Kommst du morgen wieder?«

»Ich melde mich. Und iss die Nudeln auf, ja?«, bittet er sie.

Die Reifen sind wieder platt, er schiebt das Fahrrad seines Vaters in den Amselweg. Währenddessen schreibt er Bruno mit einer Hand, dass er direkt zur Sonnenblüte kommt, und seiner Mutter, dass er gleich zum Abendbrot da ist. Die Fleckenjugend an der Haltestelle gibt keinen Laut von sich, als er ins Handy vertieft vorbeiläuft.

Als er bei Dagmar vorbeikommt, weht die Gardine immer noch. Er ruft gegen den Verkehrslärm ihren Namen, aber sie lässt sich nicht blicken. Na ja, vielleicht ist sie auch beim Spieleabend und besucht ihren Vater.

Eine WhatsApp von Oma. Ein Link zu einem Interview mit Minister Altmaier mit der Überschrift: *Ich gehe seit vierundfünf-*

zig Jahren allein durchs Leben. Sie macht sich echt Gedanken. Er schickt ihr ein Danke-GIF mit einem süßen Hund.

Jetzt erst mal Abendbrot.

46

Sie fuhren mit dem Rad zur Schule beziehungsweise ins nächste Dorf, wo der Bus hielt, auf den sie sonst zwanzig Minuten warten und noch mal umsteigen mussten. Allein das waren schon fast zehn Kilometer, aber es war einer der ersten schönen Frühlingstage, an denen man morgens in Winterjacke rausging und nachmittags im T-Shirt nach Hause kam, die Jacke in der Schule vergessen hatte und am nächsten Morgen fror.

»Sag mal, wie stellst du dir eigentlich Sex vor?«, fragte Neele Erik aus der Kalten.

Sie hatte inzwischen mit vier Männern geschlafen, und mit einer Frau. Dabei waren sie gerade mal fünfzehneinhalb. Am Tag zuvor hatte sie ihn gefragt, ob er sich nicht mal an ihr ausprobieren wolle, das dürfe nur er. Sie hätte kein Problem damit. Er aber. Ob sie sich denn gar nichts wert sei. Und jetzt diese Frage. Wie stellte er sich Sex vor. Wo fing man da an? Wo fing Sex eigentlich an?

»Das organische Fließen der Ereignisse vor dem eigentlichen Akt ist erstaunlich«, hatte Neele einmal hochtrabend erklärt. Das könne kein Regisseur der Welt inszenieren.

Aus Neeles Erzählungen, die die Realität ja nur unzureichend beschreiben konnten, wusste Erik außerdem, dass dieses »organische Fließen« nur in den seltensten Fällen eintrat. Meistens stand vor dem eigentlichen Akt ein krampfhaftes Herantasten, ein Abwägen, ob das Gegenüber genauso Bock hatte. Viele schliefen ja nur mit Leuten, weil es die Erwartung gab, um sie nicht zu enttäuschen, da war Erik sich sicher. Meistens musste eine oder einer so tun, als würde es ihr oder ihm gefallen. Und er war sich auch fast sicher, dass es den Wollenden egal war, wie es den Duldenden ging. Triebgesteuert wurden Menschen zu Tieren ohne Gewissen. Sexuelle Triebe waren somit die Wurzel des Bösen und Menschen nur Geiseln ihrer Lust. Das sagte er ihr nicht. Das fand er selbst übertrieben. Aber sie erwartete eine Antwort.

Sie fuhren gerade eine für Schleswig-Holstein sehr steile Abfahrt hinunter, der Fahrtwind brüllte in den Ohren. Jedes Mal an dieser Stelle stellte er sich vor, was passieren würde, wenn eine Schraube seines alten Mountainbikes brach, deshalb bremste er fast den kompletten Hang, während sie frei laufen ließ.

Als sie wieder auf gleicher Höhe waren, wiederholte sie noch einmal: »Wie stellst du dir Sex vor?«

Er hatte ja Zeit zum Überlegen gehabt und antwortete trocken: »Gar nicht.«

Genauso war es, aber sie glaubte ihm natürlich nicht.

»Wieso hast du solche Angst davor?«, fragte sie, denn in der sogenannten Normalität musste jeder Mensch einen Sexualtrieb haben. Es war absurd, wenn jemand sagte: »Nee, also ich finde Sex uninteressant.«

Wie oft war es Erik schon so gegangen, dass jemand Interesse zeigte, ihn mit den Augen bereits auszog und offensichtlich den Geschlechtsakt mit ihm ausüben wollte? Na ja. Noch nie. Jedenfalls hatte er es nicht mitbekommen. Vielleicht strahlte er auch bereits eine Ablehnung aus. Er war nicht hässlich. Oberer Durchschnitt. Fühlte sich wohl in seinem Körper. Keine Problemzonen. Er war ja auch noch im Wachstum, das konnte man ja auch noch gar nicht beurteilen. Aber würde man ihm eindeutige

Avancen machen, würde er ehrlicherweise erwidern: »Nee, also ich finde Sex uninteressant.«

Alles Überreden würde nicht fruchten, und aus Scham würde Angriff. – »Wie jetzt? Du findest mich nicht attraktiv?« – »Nein, ich finde *niemanden* attraktiv.« – »Warum guckst du mich dann so an?« – »Wie denn?« – »Na, so … geil.« – »Das ist mein freundliches Gesicht.« – »Du hast echt ein Problem, Freundchen! Bist du schwul, oder was?« – »Bis jetzt nicht«, fand er eine gute Antwort. Er vermutete, seine Liebe kenne kein Geschlecht, und er sah gerne schöne Menschen an, egal welchen Geschlechts. – »Was soll denn das heißen, *bis jetzt nicht?* Stehst du auf Tiere oder etwa auf Kinder? Du kranke Sau! Ein Perverser! Pfui!« – Zack, Knast.

Deshalb vermied er es, Mädchen und auch manche Jungs länger anzuschauen, bis er sich darin diszipliniert hatte, die Signale, die er sendete, genau zu kontrollieren.

Und deshalb sagte Erik jetzt zu Neele: »Ich habe keine Angst. Gar nicht. Einfach nur kein Interesse. Du betreibst ja auch keine Zanderzucht. Weil dich die Zanderzucht nicht interessiert.«

Auf die Schnelle war ihm kein besserer Vergleich eingefallen. Sie trat ohne Mühe in die Pedale, obwohl es jetzt wieder steil bergauf ging, und ließ ihn hinter sich.

Er glaubte zu hören, dass sie fragte: »Warum lügst du mich an?«

Er holte sie ein, aber nur, weil sie langsamer trat, sie war sehr viel sportlicher als er. Ein wenig aus der Puste versuchte er, die Wogen zu glätten.

»Wirklich, es interessiert mich nicht, es spielt keine Rolle für mich. Aber ich sehe, welche massive Rolle Sex für alle anderen spielt, also muss da ja was dran sein. Ich erkenne das offenbar nicht. Ich finde es irrelevant. Alle anderen können rumbumsen, wie sie wollen, wenn sie mich einfach damit in Ruhe lassen und mir nicht ständig erklären wollen, wie toll das doch ist.«

»Willst du es nicht mal probieren?«

»Nein, wirklich nicht. Mir tun die Leute leid, die ständig auf der Suche nach der nächsten Befriedigung sind, das muss doch unerträglich belastend sein.«

»Findest du mich hässlich?«

»Ich finde dich sehr, sehr hübsch.«

Das meinte er auch so, und wie schon oft war er kurz traurig darüber, dass sie seine Komplimente nicht annehmen konnte.

»Bist du schwul?«, fragte sie wie automatisiert.

»Nein«, fand er die bessere, weil klarere Antwort.

Der Dialog kam ihm bekannt vor.

»Können wir mal kurz anhalten?«, bat er.

»Wieso?«

»Ich kann nicht mehr. Ich freue mich schon auf mein Moped.«

Sie hielten an einem Waldweg.

»Nimmst du mich dann jeden Tag mit zur Schule?«

»Vielleicht, wenn du anfängst meine Antworten zu akzeptieren.«

»Ich will doch nur, dass du glücklich bist.«

»Bin ich doch.«

»Aber in deinem Alter braucht man doch Liebe.«

»Bekomm ich doch.«

»Wenn dir das reicht.«

»Jo. Lass mal weiter, kein Bock, den Bus zu verpassen und zu spät zu Bio zu kommen.«

»Ich fühle mich ein bisschen abgelehnt.«

»Als Freundin oder als Sexdienstleisterin?«

»Beides.« Jetzt musste sie doch ein wenig grinsen.

»Triffst du dich nicht nachher noch mit Karim?«

»Ach, mit dem mach ich wahrscheinlich Schluss nachher.«

»Schon wieder?«

»Ja, lass mal fahren.«

Den Rest der Fahrt sprachen sie nicht. Stattdessen fuhr sie einhändig demonstrativ ein paar Meter vor ihm und begann, sich die blonden Härchen aus den Armen zu zupfen.

Erst im Bus sagte sie wieder etwas: »Ich betreibe übrigens keine Zanderzucht, weil es stinkt.«

Erik ließ das so stehen.

47

Als er das Rad in die Garage stellt und sein Moped sieht, fällt ihm wieder ein, dass er noch Benzin holen wollte. Diesmal nimmt er das aufgepumpte Rad seiner Mutter und will sich gerade draufschwingen, als er einen Sportwagen vor dem Nachbarhaus vorfahren sieht. Jenny steigt aus. In High Heels, sehr enger Leggins, schlank, mit strengem Pferdeschwanz und stark geschminkt. Sie hat sich in zwanzig Jahren kaum verändert. Sie ist zwei Jahre jünger als er und besucht wohl auch ihre Eltern. Jenny und Erik waren mal verknallt. Jenny und Neele haben sich gehasst. Einige Jahre lang hatte es einen permanenten Kampf der Mädchen um Eriks Gunst gegeben. Das hatte er immer sehr genossen. Bis sie in die Pubertät kamen. Dann hatten beide Mädchen andere Typen, und Erik blieb alleine, aber das war okay.

»Erik?«, fragt sie ungläubig und viel zu schrill.

»Jenny?«, fragt Erik zurück, und es kann sein, dass er sie ein wenig nachgeäfft hat, sie geht aber nicht drauf ein.

»Was machst *du* denn hier?«

»Das könnte ich *dich* fragen.«

Wo soll das Gespräch denn hinführen, wenn das so weitergeht?

»Urlaub.«

»Im Flecken? Wenn du meinst … Du warst doch bestimmt auf Neeles Beerdigung. Krass, ne? Sie hat sich einfach …«

»Ja, schlimm, schlimm, schlimm. Das konnte ja keiner ahnen …«

»Na, doch, sie war ja davor schon jahrelang in der Klapse.«

Erik nickt stumm, obwohl ihm das neu ist. Das wird ihm Elke morgen wahrscheinlich erzählen, sie war ja heute gar nicht fertig geworden.

»Alles klar bei dir sonst? Bist du noch in Wien?«

»Ja, da bin ich hängen geblieben, schön da.«

»Ich besuche auch grad nur kurz meine Eltern. Wohne in Hamburg und modle. Läuft super. Manchmal zieh ich mich auch aus.« Sie kichert.

»Siehst super aus«, sagt er ihr, was sie wahrscheinlich hören will.

»Danke. Hätte dir gehören können …« Sie lacht aufgesetzt und zeigt an sich herunter.

Er lacht mit.

»Bist du schon verheiratet? Kinder?«, fragt sie.

»Nee, erst mal Karriere, weißt du? Vierzig ist das neue dreißig.«

»Ja, verstehe, alles klar, Erik!« Sie lacht wieder schrill und zwinkert ihm zu, als würde sie ihm nicht glauben und ihn bemitleiden, dass er noch alleine ist.

»Ich muss los, vielleicht sieht man sich noch?«, fragt Erik und entscheidet, dass er sich diese Floskel hätte sparen können.

»Ich bin gleich wieder weg, nur zum Abendbrot vorbeischauen.« Erleichterung. »Aber gib mal deine Nummer, ich schick dir ein paar Bilder von mir.«

Das möchte sich Erik eigentlich ersparen, aber er findet es auch schäbig, ihr eine falsche Nummer zu geben, er kann die Fotos ja einfach wieder löschen.

»Na dann, bis bald mal, und viel Erfolg noch mit dem Ausziehen und so.«

Sie kichert noch einmal. »Modeln!«

»Okay, ciao.«

»Tschüssi.«

Schon als er mit einem vollen Benzinkanister von der Tankstelle zurückkommt, hat er die ersten Fotos von Jenny in seinem Messenger. Wenigstens sind die primären und sekundären Geschlechtsteile verdeckt. Sie räkelt sich am Elbstrand. Erik erkennt die Kräne des Hamburger Hafens im Hintergrund.

Sein Moped läuft tatsächlich noch und knattert wie gewohnt, nachdem es beim Anlassen erst mal ordentlich geknallt hat, sodass seine Eltern und Emma aus dem Haus gelaufen kamen. Emma hat ihren Schwanz zwischen den Beinen, das ist ihr nicht geheuer, aber sie schnüffelt trotzdem neugierig an der Maschine.

»Die gute alte Hercules Optima 3«, schwärmt Erik.

»Mit der kannst du inzwischen auch zu *Bares für Rares* gehen«, meint seine Mutter.

»Ach was, ich wollte die schon zum Sperrmüll stellen. Da kriegste nichts mehr für«, widerspricht sein Vater, geht ins Haus und kommt kurz darauf mit den Augen auf das Tablet geheftet wieder.

Erik setzt sich auf das Moped und drückt das Gas, klingt gut. Emma läuft ins Haus. Bei dem Geräusch kommen ihm beste Erinnerungen, er drückt die Kupplung und ist weg. Zumindest einmal den Amselweg entlang und den Lerchenweg zurück.

Seine Eltern stehen immer noch vor der Haustür und wegen des Lärms auch ein paar Nachbarinnen und Nachbarn.

»Fährt noch, unglaublich!«, freut sich Erik.

»Ich muss mich korrigieren. Da kriegst du noch richtig was für. Hier, tausendvierhundert Euro. Wer bezahlt denn noch so viel für so ein altes Teil? Du hast ein Siebtel bezahlt damals. In Mark.« Sein Vater ist ins Tablet vertieft und beeindruckt.

»Dann bewahrt die mal schön auf. Ist eine Wertanlage«, sagt Erik stolz.

»Jetzt komm erst mal rein, Abendbrot ist fertig«, sagt seine Mutter.

Aber das stimmt nicht so ganz. Es stehen zwar Gläser, Wasser, Holzbrettchen, Messer, Butter, Aufstrich, Aufschnitt, Paprikastreifen und zwei verschiedene Brotsorten auf dem Tisch, aber der Rest der Küche gleicht einem Schlachtfeld. Überall Mehl, Mandeln, Verpackungen, Schüsseln, Töpfe. Seine Mutter hat offenbar gebacken. In der Ecke auf der Arbeitsplatte wartet ein kleiner Marmorkuchen. Seine Mutter backt sehr selten und eigentlich nur aus Frust. Das ist ihre Art des Stressabbaus. Und Fensterputzen.

»Zum Nachtisch gibt's glutenfreien, zuckerfreien Marmorkuchen, mein Schatz«, sagt sie an Erik gerichtet und wendet sich direkt ihrem Mann zu. »Und auch für dich, mein anderer Schatz!«

Sie setzen sich an den Tisch und beginnen zu essen.

»Alles okay mit dir, Mama?«, fragt Erik.

Sein Vater schaut ihn etwas verwundert an. Er muss aber auch schon gemerkt haben, dass irgendwas nicht stimmt, wenn ein Marmorkuchen in der Küche steht.

Eriks Mutter macht kein Geheimnis aus ihrer Stimmung: »Es ist lange her, aber als Elke heute angerufen hat, kam wieder einiges hoch. Ich vermisse sie einfach. Und jetzt hat sich Neele …«

»Das verstehen wir, Mama«, unterbricht Erik sie.

»Ich wäre so gerne für sie da, ich weiß, dass sie mich braucht.«

»Ich geh doch stellvertretend zu ihr. Das war wirklich gut heute. Sie ist stark.«

Seine Mutter streichelt ihm den Nacken und legt ihren Kopf auf seine Schulter. »Du bist ein toller Mensch, Erik. Bewahr dir das.«

»Den haben wir gut erzogen, Schatz«, meldet sich jetzt auch sein Vater und boxt ihm leicht mit der Faust auf die Schulter.

»Vielleicht wird das ja eines Tages doch wieder was mit Elke und dir. Ihr seid doch noch jung«, sagt Erik, lächelt und legt ein Herz aus Paprikastreifen auf ihr Brettchen.

Jetzt lächelt sie auch.

48

Sie gammelten mal wieder auf dem Spielplatz der Grundschule. Es war viel zu warm für September, aber der Flecken bot keine Möglichkeiten zur Abkühlung außer Bier. Die Meere waren jeweils sechzig Kilometer entfernt, das nächste Freibad auch nur mit Bus und zweimal Umsteigen erreichbar. Da wohnte man schon in Schleswig-Holstein, und die Meere waren trotzdem unerreichbar für immobile Jugendliche.

Es gab einen Deal mit dem Hausmeister, der besagte, dass sie ihm pro Stunde Abhängen einen Sixpack Markenbier mitbrachten und dann ab achtzehn Uhr den Spielplatz nutzen durften, solange sie alles wieder mitnahmen, was sie hergebracht hatten. Bis auf seinen Sixpack natürlich. Das funktionierte.

Später musste er auf Entzug, aber da war Erik schon weggezogen.

Brian spielte alleine Hacky Sack und war extrem gut. Die anderen drei saßen auf die beiden Schaukeln verteilt. Sven, auf der Standardschaukel und völlig neben der Spur, hatte seine ersten zwei Bier geext, Bruno und Erik fläzten in der Vogelnestschaukel, die sie Horst nannten. Es gab einiges zu besprechen: Die Gemeindeverwaltung hatte zwei Wettbewerbe ins Leben gerufen. Bei dem einen sollte man Imagekampagnen für den Flecken einreichen, um baubereite junge Familien für das geplante Neubaugebiet zu finden, bei dem anderen wollte man Ideen für ein Alleinstellungsmerkmal eruieren, um den Tourismus anzukurbeln.

»Was willste denn hier bewerben?«, fragte Erik.

»Wiesen, Wälder, Dagmar?«, erwiderte Bruno lachend und prostete Erik zu, der die Idee auch gut fand.

Sie nahmen jeder einen Schluck von ihrem Alster.

»Spielplatz, Parkplatz, Friedhof?«, schlug Erik vor und prostete zurück.

Beide lachten und tranken.

»Tankstelle, Pizza und mehr?«

Prost und Schluck.

»Aber was ist das *Mehr*? Mehr gibt's nicht. Wir wollen doch ehrlich bleiben. Wie wäre es mit: ›Sie sind ständig im Stress? Hier finden Sie pure Langweile. Keine Ablenkung, keine Sehenswürdigkeiten, keinen Berg, kein Gewässer. Das pure Nichts.‹«

Er bekam keine Erwiderung auf sein Prost.

»Wir haben Dagmar vergessen. ›Das pure Nichts. Aber Dagmar!‹«

Jetzt prosteten sie sich wieder zu, tranken, lachten.

»Einfach ein Bild vom Friedhof und darüber: ›Ein Flecken zum Verrecken‹?«, schlug Erik vor.

Kam gut an, auch die anderen lachten mit. Bis auf Sven. Wieder Prost und Schluck.

»Ich hab's! Jetzt ohne Scheiß«, rief Erik. »Ein Maislabyrinth, das ist superhip. Und der Slogan ist: ›Ein Flecken zum Verstecken.‹«

Sie lachten Tränen und vergaßen das Prosten, tranken stattdessen einfach sofort aus.

Am Ende stand und steht bis heute an den Fleckeneingängen: »Ein Flecken zum Entdecken«, Eriks erster gewonnener Pitch, aber das weiß niemand außer Bruno, anonyme Bewerbung. Und es wurde ein Barfußpark eröffnet, die Idee stammte von Eriks Mutter. Allerdings wurde der nahezu unbenutzte Park ein paar

Jahre später der Umgehungsstraße geopfert. Bemühungen seiner Mutter, ihn an anderer Stelle neu bauen zu lassen, wurden von der Gemeinde abgeschmettert.

»ICH WERDE VATER!«, brüllte Sven plötzlich, sprang auf und schmetterte seine Bierflasche gegen die Schulwand.

Brian hörte auf zu kicken.

»Finde ich jetzt nicht so'n geilen Slogan«, scherzte Bruno.

Sven setzte sich wieder. Alle erwarteten, jeden Moment den vor Wut schäumenden Hausmeister um die Ecke kommen zu sehen, aber der Moment verging.

»Scheiße, wie ist das denn …?«, fragte Erik.

»Wir haben gebumst, wie denn sonst?!«, brüllte Sven.

»So, jetzt ist Schluss hier!« Der Hausmeister. »Wer war das?«

»Der angehende Vati da drüben.« Bruno zeigte auf Sven.

»Da sammelst du jetzt jede einzelne Scherbe auf, aber dalli. Wenn sich hier morgen ein Kind schneidet …«, zischte der Hausmeister.

Beim Wort *Kind* fing Sven jämmerlich an zu weinen.

Brian tröstete ihn. »Kann man das nicht noch wegmachen?«, fragte er.

Bruno und Erik fingen an, die Scherben aufzusammeln.

»Sie will es haben«, sagte Sven und schluchzte.

»Liebt ihr euch denn?«, wollte Brian wissen.

»Quatsch.«

Bruno platzte dazwischen. »Jungs, wir paktieren! Ab heute halten wir zusammen, was auch kommt, und unterstützen Sven in seinem Vatersein, wo wir nur können!«

Er streckte seinen Arm mit der von den Splittern leicht blutenden Handfläche nach oben und hielt in der anderen Hand eine größere Scherbe.

»Blutspakt!«

Alle starrten ängstlich auf das Glas.

In dem Moment kam ein älterer Junge auf sie zugerannt, keiner aus dem Flecken – oder ein frisch Zugezogener –, völlig verschwitzt und außer Atem. »Kennt ihr eine Neele?«

Alle schauten sich verdutzt an.

Erik stand aus der Hocke auf und fragte: »Wer will das wissen?«

Das klang richtig schön gefährlich.

»Ferdinand, also: Ferdi.«

»Und was hast du mit einer Neele zu tun?«, wollte Erik wissen.

»Wir haben uns ein paarmal getroffen, und es lief voll gut, aber jetzt meldet sie sich seit Tagen nicht mehr. Ich renn schon seit einer Stunde rum, aber ich finde sie nicht.«

Erik ging auf Ferdi zu, legte seinen Arm um seine Schultern und begleitete ihn in Richtung Schultor.

»Ferdi, Ferdi, Ferdi, das tut mir sehr leid, aber da können wir dir nicht helfen.«

»Eli!«, rief Ferdi plötzlich und blickte mit leuchtenden Augen Richtung Straße.

Eli? Erik hatte noch nie gehört, dass jemand sie so nannte. Jedenfalls kam Eli gerade auf sie zu.

»Ey, Ferdi, was geht? Hab gehört, du suchst mich?«, begrüßte sie ihn und küsste ihn auf den Mund.

Zum ersten Mal sah Erik, wie sie einen ihrer Typen küsste, und er hatte ihn dabei sogar noch im Arm, was er sofort änderte.

»Das ist Ferdi, Jungs«, stellte sie ihn vor und wandte sich direkt an ihn. »Sorry, hatte zu tun. Geschiarbeit und so.«

Sie schrieben gar keine Geschiarbeit. Wahrscheinlich wollte sie ihn nur ein bisschen testen, vermutete Erik.

»Setzt euch doch«, bot Bruno an, aber Neele bedauerte, sie müsse wieder los, und an Ferdi gerichtet, dass es leider mit ihnen beiden so nicht weitergehen könne. Hatte sie ihn nicht gerade noch geküsst?

Erik sammelte die letzten Scherben ein und warf sie scheppernd in den Mülleimer.

»Dein Ernst?«, fragte Ferdi erschrocken, aber Neele drehte ihm den Rücken zu.

So hatte Erik sie noch nie gesehen, und er war geschockt. Diesen Rücken würde er niemals so von sich gehen sehen wollen. Ferdi setzte sich neben Sven und fing an zu schluchzen, was Sven, der die letzten Minuten ganz still dagesessen hatte, dazu animierte, auch wieder damit anzufangen. Bruno nahm Ferdis linken und Svens rechten Arm und legte sie um die Schultern des jeweils anderen. Niemand wagte es, Ferdi zu motivieren, doch um sie zu kämpfen. Niemand sagte: »Sei ein Mann! Geh hinterher, zeig ihr, wo's langgeht.« Dafür war Neeles Auftritt zu souverän gewesen. Sie war halt ein Profi.

»Okay, neue Situation. Wir haben ein weiteres Paktmitglied. Willkommen, Ferdi!«, skandierte Bruno feierlich.

Wieder blickten alle auf die Scherbe in seiner Hand. Bruno verstand, dass die Idee mit dem Blut nicht so fruchtete, und schmiss das Bruchstück weg, sammelte es aber gleich wieder auf und warf es in den Mülleimer. Sie legten alle ihre Hände aufeinander, um sie direkt wieder hochschnellen zu lassen. Ferdi wusste zwar nicht, worum es ging, ließ sich aber mitreißen.

Letztendlich bekamen sie das Kind nur einmal zu Gesicht, bevor Sven der Umgang untersagt wurde. So wurde aus dem ursprünglichen Wohltätigkeitsverband die Saufgruppe namens Blue Boys.

49

Nach dem hervorragenden Marmorkuchen nimmt Erik sein Moped, um die fünfhundert Meter zur Sonnenblüte zu fahren. Immer wieder sieht er, wie Gardinen zurückgezogen werden, wie beim Rasensprengen oder -mähen aufgeschaut wird. Seine Hercules ist wohl wirklich etwas lauter, als es die Leute gewohnt sind.

Bei Dagmar ist immer noch das Fenster offen, aber es ist ja auch sommerwarm.

Er parkt neben Bastis übertriebenem Pick-up-Truck. Was der damit wohl kompensieren muss?

Im Gemeinschaftsraum des Seniorenheims sind alle Tische besetzt. Neeles und Bastis Großeltern, Oma Doris und Opa Rüdiger, begrüßt Erik mit Umarmung und Handschlag. Er kennt sie ja auch schon seit seiner Geburt und schätzt sie vor allem für ihre Streitkultur. Eigentlich kommunizieren sie ausschließlich in Streits, aber es funktioniert ja offensichtlich.

»Verpiss dich«, flüstert Basti, der mit am Tisch sitzt, kaum hörbar.

Bruno ist verantwortlich für drei der zehn Tische. Es gibt ein Rotationssystem, damit jede und jeder mal an Brunos begehrten Tischen spielen darf.

An einem hat er schon ein Brettspiel aufgebaut.

Erik gibt Oma einen Kuss auf die Wange und setzt sich links neben sie. Links von ihm sitzt ein Senior und daneben eine Seniorin.

Sie halten Händchen. Erik sieht in einer Ecke Dagmars Vater im Rollstuhl. Er wirkt abwesend. Dagmar ist nicht da.

Erik genießt die Gesellschaft von älteren, oder besser: *reiferen* Leuten. Sie wissen, was sie können und wollen und was nicht, das macht den Umgang so viel einfacher als mit jemandem in der Findungsphase ihres oder seines Lebens, in der man noch Unsicherheiten durch irgendwelche Machtspielchen überdecken muss. Hat man seinen inneren Frieden gefunden, glaubt Erik, geht man offen auf die Menschen zu, ohne sie gleich zu bewerten und zu kategorisieren. Das ist Eriks Idealvorstellung eines sozialen Miteinanders, und die ist nur zu erreichen, wenn jede und jeder erst mal Verantwortung für sich selbst übernimmt und das eigene Seelenheil auf ein gesundes Level bringt. Dann kann man ein mündiger Teil des großen Ganzen sein. Bis dahin sollte man auch keine Partnerschaften eingehen, findet er, das hemmt nur die Entwicklung, weil man sich nicht komplett frei entfalten kann und ständig Kompromisse eingehen muss. Egoismus als Start in eine gesunde Partnerschaft und für eine funktionierende Gesellschaft. Er weiß natürlich, dass das in der Praxis genauso wenig funktioniert wie Sozialismus. Schuld sind wieder mal ungefilterte Emotionen. Verletzte Eitelkeiten, Minderwertigkeitskomplexe, Futterneid.

Bruno bespielt die drei Tische gleichzeitig. In den anderen Runden gibt es Kartenspiele, aber später wird durchgetauscht, das folgt alles Brunos Plan.

Eriks Nachbarpärchen stellt sich als Gerda und Albert vor, die, wie sie erzählen, die Großeltern von Mirko sind. Dafür sind sie aber sehr sympathisch. Erik erwähnt nicht, dass Mirko der gefürchtetste Schulmobber war. Vielleicht wissen sie es ja auch. Die beiden spielen im Team. Wäre sonst auch schwer, die ganze Zeit Händchen zu halten. Dann spielen noch seine Oma, Erik und Bruno, der von Tisch zu Tisch geht und perfekt getimt immer genau zu seinen Zügen wieder da ist. Ihr erstes Spiel ist eine Art Mensch ärgere Dich nicht, und alle verstehen es schnell, sodass sich neben dem Spiel ein Gespräch entwickeln kann.

»Ricky, das ist ja toll, dass du Elke hilfst, bist ein guter Junge.« Eriks Oma wuschelt ihm durchs Haar, obwohl da nicht viel Haar zum Wuscheln ist.

»Vermissen Sie Ihre Frau nicht?«, fragt Albert.

»Nein, ich habe keine. Zum Glück. Sonst würde sie mich ja vermissen«, versucht er, einen Scherz zu machen, aber erntet nur ein müdes Lächeln.

Er ist an der Reihe, würfelt und zieht.

»So ein schöner junger Mann ohne eine Frau? Was ist denn da los?«, fragt jetzt Gerda.

Es war klar, dass die Frage kommt.

»Hat noch nicht geklappt«, antwortet Erik und fragt, um das Gespräch am Laufen zu halten und nicht unhöflich zu erscheinen: »Wie lange seid *ihr* denn schon zusammen?«

»Kronjuwelen!«, singt Albert fast.

»Bitte?«, fragt Erik.

»Eigentlich schon fast Eiche«, korrigiert Gerda.

»Bald achtzig Jahre verheiratet«, sagt Albert.

Erik ist wieder dran, würfelt und zieht und ist wirklich beeindruckt. Achtzig Jahre. Er würde gerne fragen, wie viele Jahre davon glücklich, aber das wäre sicher nicht angemessen.

»Und achtzig Jahre glücklich!«, säuselt Gerda in Alberts Gesicht. Jetzt wird es aber ein bisschen viel. »Wir kennen uns, seit wir Kinder waren, und waren nur im Krieg voneinander getrennt, als Albert nach Russland musste. Ach ja, die Jahre muss ich noch abziehen, die waren nicht so glücklich.«

»Du bist dran, Gerda«, ermahnt Bruno herzlich.

Gerda würfelt und zieht.

»Das ist krass mit den zwei Turteltäubchen, oder?«, fragt Bruno an Erik gewandt.

Er nickt. Oma legt ihm die Hand auf die Schulter und knetet. Er hat sie sehr lieb. Aber er muss kurz auf die Toilette.

»Kannst du eben für mich weiterwürfeln, Oma?«

Sie nickt. Er stellt sich ans Waschbecken, schaut aber nicht in den Spiegel. Er hasst es, in Konjunktiven zu denken. Was wäre gewesen, wenn? Wen interessiert es? Wenn man Fehler gemacht hat, sollte man sie genau analysieren und beim nächsten Mal vermeiden. So schwer ist das nicht. Aber er hat keinen Fehler gemacht. Alles ist gekommen, wie es kommen sollte. Er hat auf seine Gefühle gehört, sie hinterfragt und sich bewusst entschieden. Deshalb ist er weggezogen. Es hätte niemals gesund weitergehen können. Er ist nicht schuld. Er ist nicht schuld. Wirklich nicht. Sie war ihr eigener Mensch. Er war nicht für sie verantwortlich.

Die Tür geht auf, Basti kommt auf ihn zu und greift seinen Kragen. Er hat kein Problem damit, Erik mit einem Arm hochzuheben. Basti ist ein Hüne, wie Georg und Onkel Freddie. Erik ist zwar groß, aber schmal.

»Meine Mutter braucht deine Hilfe nicht, ist das klar?«

Bastis Gesicht ist sehr nah an Eriks, und jetzt kann er ihn doch nicht mehr oben halten, sondern drückt ihn an die Wand.

»Du bist schuld an Neeles Tod, und ich schwöre, ich wünschte, *du* hättest dich …«

»Basti, jetzt komm mal klar, ja?«, unterbricht Erik ihn forsch. »Neele war für sich selbst verantwortlich, was hatte *ich* denn mit ihrer Psychoscheiße zu tun?«

Das war jetzt nicht sonderlich deeskalierend. Basti greift noch fester zu.

»Die Psychoscheiße hatte sie doch nur wegen *dir*.«

»Beweise?« Erik lässt sich nicht aus der Reserve locken.

»Du hast sie verlassen, ihr ging es seitdem total beschissen.«

»Basti, das ist fast zwanzig Jahre her. Und Georg hat euch auch verlassen, vergiss das nicht. Jetzt lass mal los, mein Großer.«

»Lass meinen Vater da raus.«

Er sieht die Wut in Bastis Augen. Langsam steigt sie auch in Erik auf. Er spürt das Adrenalin. Das ist alles so lange her. Nichts kann er für ihren Tod. Kein Stück.

»Lass los!«, sagt er etwas lauter und stößt Basti an eine Kabinentür.

Basti holt aus, aber Erik schafft es, sich zu ducken, öffnet die Tür zum Gemeinschaftsraum, richtet seinen Kragen und schlendert, ohne sich etwas anmerken zu lassen, zurück zu den Spieletischen.

»Du hast gewonnen!«, ruft ihm Oma lachend entgegen.

Basti geht auch zurück zu seinen Großeltern. Eriks Herz schlägt noch spürbar. Er ist bisher noch nie bedroht worden in seinem Leben. In den letzten drei Tagen jetzt schon mehrfach, irgendwie ist die Stimmung im Flecken unangenehm gereizt. Erik sollte so schnell wie möglich abhauen. Raus aus dem Flecken. Er kann Elke nicht helfen. Aber Georg kommt morgen. Ihn muss er unbedingt noch treffen. Das ist viel zu lange her, und er freut sich sehr auf ihn. Aus seinem Adrenalin werden Endorphine, wenn das überhaupt geht. Dafür bleibt er auch gerne noch einen Tag länger im Löwenkäfig.

Aber erst mal spielt er noch die Kartenspiele durch. Er beobachtet, mit wie viel Elan Bruno die Regeln erklärt, hin- und herspringt und pure Freude ausstrahlt. Erik gibt Oma noch einen Kuss auf die Wange. Sie wird ganz rot und küsst ihn zurück.

50

Sven schrieb im Unterricht einen Zettel an die Blue Boys in der Klasse. Also an Erik, Bruno, Sven und Brian. Nur Ferdi war zwei Klassen über ihnen. Der Zettel wanderte heimlich von Platz zu Platz, jeder checkte kurz, ob sein oder ihr Name draufstand, und reichte ihn entweder weiter oder faltete ihn auf.

»Habe Porno, wer hat VHS-Player?«

Erik reichte ihn weiter, ohne zu antworten. Er würde bestimmt nicht sein elterliches Wohnzimmer mit dem VHS-Player für eine Horde notgeiler Pubertärer zur Verfügung stellen.

Als der Zettel auf dem Rückweg zu Sven wieder bei ihm vorbeikam, faltete er ihn noch einmal auf, um zu sehen, ob jemand was geschrieben hatte.

»ERIK!«, stand da jetzt in Großbuchstaben. Brunos Sauklaue. Na danke, auf keinen Fall würde er bei der Aktion mitmachen und schrieb dazu: »Ja, geil, Leute! Wann?«

Leider fand sich kein passender Termin, weil sein Vater in der Grundschule war, während sie Schule hatten, und somit immer zu Hause, wenn Erik zu Hause war, auch wenn der ihn oft gar nicht bemerkte, weil er leise im Keller mit seiner Modelleisenbahn beschäftigt war.

»Okay. Bei mir mit dem VHS-Player von Erik!!!«, schrieb Brian, der am Fleckenrand mit seiner Familie auf dem einzigen Bauernhof wohnte und einen Fernseher im Zimmer hatte.

Am Nachmittag baute Erik heimlich den VHS-Player im Wohnzimmer ab, während Bruno zwei Meter entfernt an der Kellertreppe Schmiere stand. Die anderen warteten vor Bei Iris. Seine Mutter war mal wieder in der Stadt in irgendeinem Yogaseminar. Erik stopfte gerade das Gerät und die Kabel in eine nahkauf-Tüte, als er auf der Kellertreppe Schritte hörte und kurz darauf Bruno, der mit seinem Vater redete.

»Geht gerade nicht, bleiben Sie doch kurz unten, ja?«

»Ich muss auf die Toilette. Das ist immer noch mein Haus!«

Erik bewegte sich nicht, weil die Tüte bei jeder Berührung laut knisterte. Es trennte ihn nur die angelehnte Wohnzimmertür von seinem Vater, der zur Toilette durch genau dieses Wohnzimmer musste. Bruno musste ihn aufhalten.

»Ja, das ist *Ihr* Haus, und zwar ein wirklich schönes. Dieses Fachwerk … Achtzehntes Jahrhundert, oder? Ist eigentlich komisch, dass man achtzehntes Jahrhundert sagt, obwohl man siebzehnhundert bis siebzehnhundertneunundneunzig meint, oder?«

Bruno redete sich um Kopf und Kragen.

»Nein, Bruno, das ist überhaupt nicht komisch, weil rein zählerisch das achtzehnte Jahrhundert siebzehnhundert beginnt, weil man ja auch das nullte Jahrhundert mitzählt, verstehst du?«

Bruno rührte sich nicht vom Fleck und streute interessierte Ahas und Ohos ein, weshalb Eriks Vater motiviert war weiterzureden: »Das Haus war übrigens Teil eines alten Gutshofes, dessen restliche Gebäude alle nicht mehr existieren …«

»Das ist ja hochinteressant!«, heuchelte Bruno und hatte es übertrieben.

Eriks Vater trat einen weiteren Schritt auf ihn zu und schob ihn zur Seite. »Jetzt lass mich durch!«

Erik hörte, wie es plötzlich rumpelte, einen lauten Knall und einen Schrei, der von seinem Vater kam. Die Wohnzimmertür ging auf, Bruno kam hereingestolpert.

»Scheiße, Erik, dein Vater.«

Erik sprang auf, warf die Tüte zur Seite und schaute die Kellertreppe hinab, an deren Ende sein Vater regungslos in einer unnatürlichen Haltung lag.

»Ruf den Krankenwagen!«, rief Erik und rannte, so schnell er konnte, die Treppe hinunter.

»Papa?«

»Welche Nummer?«, fragte Bruno panisch.

»Keine Ahnung. Scheiße!«, rief Erik.

Es klingelte an der Tür. Die anderen hatten keine Lust mehr gehabt zu warten. Bruno öffnete.

»Leute, was ist denn? Wir sind schon ganz rattig!«, sagte Sven verschwörerisch und wedelte mit einer unbeschrifteten VHS-Kassette.

»Wie ist die Nummer vom Krankenwagen?«, fragte Bruno.

»Was ist denn passiert?«, wollte Brian wissen.

»Wähl einfach 112.« Sven war bei der Jugendfeuerwehr im Nachbarort.

Bruno wählte und erklärte, was passiert war. Währenddessen standen die anderen an der Kellertür und sahen geschockt nach unten, wo Erik seinem Vater die Hand hielt.

»Ich glaube, er lebt, aber er blutet am Kopf. Bist du eigentlich bescheuert?!«, fuhr er Bruno an.

»Das war ein Unfall. Ich wollte das nicht, echt!« Bruno fing fast an zu weinen.

»Ich weiß, ich weiß.« Erik beruhigte sich etwas und war jetzt auch den Tränen nahe.

Die anderen verabschiedeten sich, enttäuscht davon, heute wohl keinen Porno mehr zu sehen.

»Können wir den VHS-Player vielleicht ausborgen?«, fragte Sven, der noch mal zurückgekommen war.

»Nein!«, brüllte Erik.

Fünf Minuten später war der Krankenwagen da.

»Das ging aber schnell«, bemerkte Bruno.

»Wurden eh gerade ins Altenheim gerufen, aber da kamen wir zu spät«, sagte die Sani-Auszubildende lachend, mit der Bruno ein paar Jahre später mal einen Two-Night-Stand haben würde.

Eriks Vater hatte eine Platzwunde am Hinterkopf und eine Gehirnerschütterung.

Und er hat bis heute Rückenprobleme von dem Sturz. Das trägt er Bruno immer noch übel nach, was natürlich albern ist. Aber wenn sein Vater einmal eine Meinung von jemandem hat, ist diese nun mal schwer zu revidieren. Vielleicht spielte auch mit in die Meinungsfindung hinein, dass Bruno schon in der Grundschule in Mathe alles besser wissen wollte als Eriks Vater, sein Lehrer. Obwohl er sich ein paar Tage später aufrichtig entschuldigte und die Situation mit dem Videorekorder ehrlich erklärte, was seinen Vater sogar zum Schmunzeln brachte, blieb Bruno eine Persona non grata in ihrem Haus und ist es bis heute. Er ist ihm wahrscheinlich zu unberechenbar.

Die Jungs überredeten Erik tatsächlich ein paar Tage später, während sein Vater noch im Krankenhaus war und seine Mutter in der Stadt, den Porno im elterlichen Wohnzimmer zu schauen.

Schlimmer als die Bilder, die er da sah, war nur noch Neeles Reaktion, als sie davon erfuhr, weil die anderen natürlich prahlten. Tagelang sprach sie kaum mit ihm, war enttäuscht und angewidert. Das hätte sie nicht von ihm gedacht. Er sei wohl doch nur ein triebgesteuertes Monster wie alle anderen, und obwohl er versicherte, dass der Porno ihn überhaupt nicht erregt hatte, und sie versöhnlich in den Arm nehmen wollte, wie er es oft tat, stieß sie ihn angeekelt von sich. Das tat weh.

51

Am Dienstagmorgen weckt ihn Emma, indem sie auf sein Bett springt und ihm das Gesicht ableckt. Dabei peitscht ihr Schwanz lautstark gegen die Poster. Seine Mutter hatte die Tür aufgemacht und den Golden Retriever hereingelassen, obwohl Emma eigentlich nicht in die obere Etage darf. Wenn er da ist, gibt es immer Ausnahmen. Er knuddelt das goldgelbe Fell, sodass Emma sich direkt auf den Rücken wirft und die Beine in die Luft streckt. Sie liebt es, am Bauch gekrault zu werden.

Seine Mutter streckt ihren Kopf ins Zimmer. »Guten Morgen, mein Schatz. Morgenstund hat Gold im Mund!«, singt sie fast und sagt dann streng zu der Hündin: »Emma, runter da! Das ist ja zum Mäusemelken mit dir!«

Emma springt vom Bett und bleibt schwanzwedelnd und hechelnd voller Erwartung vor Erik stehen. Er dreht sich noch mal um und tut einen Moment so, als würde er wieder einschlafen, hört Emma leise winseln, weil sie jetzt spielen will, und Erik springt plötzlich wie von der Tarantel gestochen auf sie zu und ringt sie auf den Boden nieder. Dann läuft er ins Bad, Emma hinterher, aber sie muss draußen bleiben.

»Holst du mir zwei Körnerbrötchen?«, ruft seine Mutter in die Dusche.

»Jo!«, ruft er zurück und seift sich ein.

»Für dich hab ich noch Reiswaffeln. In der Not frisst der Teufel Fliegen, oder?«

»Jojojo!«, ruft er lachend.

»Ach so, und Eier brauchen wir!«, brüllt sie noch lauter.

Sie könnte einfach die fünf Minuten warten, bis er fertig ist, aber sie möchte scheinbar unbedingt gegen das fließende Wasser anbrüllen.

»GEHT KLAR!«

Erik freut sich auf den Tag. Heute Abend sieht er endlich Georg wieder. Das letzte Mal haben sie sich vor knapp einem Jahr in Wien getroffen. Georg hat ihn für ein Wochenende besucht, zusammen mit seiner ganzen neuen Familie. Drei Erwachsene und drei Kinder von vier bis vierzehn drei Tage lang auf vierzig Quadratmetern. Es war fantastisch. Erik war zu seiner Erleichterung trotzdem wieder klar geworden, dass in ihm kein Wunsch nach eigener Familie aufkam. Mal sehen, wie es wird, wenn seine engsten Freundinnen Merle und Paula ein Kind bekommen. Sie wünschen es sich schon lange, und es sieht momentan sehr gut aus.

Er macht sich fertig und nimmt das Moped, um zum nahkauf zu fahren. Trotz des ohnehin stinkenden Motors riecht er den Rauch vom Krematorium. Er dreht eine kleine Runde aus dem Flecken hinaus und wieder zurück. Zum ersten Mal denkt er, er könnte auch im Lidl einkaufen, als er daran vorbeifährt, da gibt es sogar einen Bäcker, aber erstens sieht er Patrick gerade den Laden verlassen, und zweitens gab es für ihn halt immer nur den nahkauf, und er möchte doch auch Sven unterstützen, das haben sie doch geschworen damals, auch wenn sonst nicht mehr viel von ihrem Pakt übrig ist. Die Alimente müssen ja gezahlt werden.

Eine Minute später parkt er vor dem kleinen Laden gegenüber der Haltestelle, die Fleckenjugend ist wohl in der Schule. Die

Sommerferien sind vorbei. Himal baut gerade irgendwas auf der Terrasse und grüßt ihn von der anderen Straßenseite. Erik grüßt zurück.

Sven kommt aus dem Laden, fünf Packungen Blumenerde in den Armen. Er sieht mitgenommen aus.

»Guten Morgen, alles klar?«, fragt Erik.

»Frauen, Erik, Frauen.« Er schüttelt den Kopf und legt die Erde auf Paletten. »Hier, Blumenerde, fünf neunundneunzig, brauchste?«

»Öh, nee, Brötchen brauche ich.«

»Hab ich nicht mehr, nur zum Aufbacken.«

»Eier?«

»Hab ich«, greift er sich in den Schritt und lacht.

Erik zwingt sich, ebenfalls kurz zu lachen. »Hühnereier meine ich.«

»Bisschen größer sind sie schon …« Sven lacht noch mal.

Erik geht diesmal nicht drauf ein. »Verkaufst du mir Eier, oder was?« Er redet mit Sven jetzt so, wie man es scheinbar im Flecken tun muss.

»Schon ausverkauft. Ich bekomme immer nur ein paar vom Bauern. Lohnt nicht sonst. Musste zu Lidl. Ich versuch, immer mehr auf Produkte zu setzen, die der Lidl nicht hat. Blumenerde, Nudelsiebe, Klebeband.«

»Clever.«

Erik nimmt doch eine Packung Blumenerde für Elke mit und klemmt sie auf dem Moped zwischen seine Beine, was nicht wirklich elegant funktioniert, weshalb er erst mal vorsichtig den Amselweg ansteuert, um die Erde loszuwerden.

Als er bei Dagmar vorbeifährt, weht immer noch die Gardine aus dem Fenster. Er hält auf der Schotterfläche hinter dem Gasthaus an. Rund um das Haus ist eine kleine unbebaute Freifläche als Parkplatz für die Gäste. Der Sack kippt auf den Boden, das ist ihm jetzt egal. Er klingelt an Dagmars Wohnungstür und hört das Dingdong durchs offene Fenster im ersten Stock. Er klingelt noch mal. Nichts. Er geht ein paar Schritte zurück, sieht nach oben, ruft Dagmars Namen. Jetzt kommt es ihm endgültig spanisch vor. Er lässt die Erde erst mal liegen und schwingt sich aufs Moped.

Seine Mutter sitzt schon beim Kaffee.

»Wo sind denn die Brötchen? Bei Lidl gibt es einen sehr guten Bäcker«, sagt seine Mutter und nimmt einen Schluck.

»Bei Dagmar stimmt was nicht«, sagt er.

Sie stellt ihren Kaffee auf den Tisch. »Wie meinst du das?«

»Seit gestern Mittag weht die Gardine aus dem Fenster.«

Seine Mutter lacht kurz. »Für *Die drei Fragezeichen* bist du doch inzwischen etwas alt, aber deine Kassetten sind noch oben.«

Erik stemmt sich mit beiden Händen auf den Küchentisch. »Im Ernst, ich hab geklingelt und gerufen, sie macht nicht auf.«

Seine Mutter steht auf und geht in den Flur. Sie wählt eine Nummer, wartet, Erik hört es leise tuten, aber niemand geht ran.

»Hm, lass uns doch kurz was essen, dann gehen wir mal hin.«

»Na gut. Aber ganz nebenbei: Für *Die drei Fragezeichen* werde ich nie zu alt sein.«

Nach dem schnellen, kargen Frühstück aus Reiswaffeln und Gouda laufen sie die paar Meter zu Dagmar. Sie klingeln und rufen, vergeblich.

»Vielleicht ist sie verreist?«, überlegt seine Mutter laut, wohlwissend, dass Dagmar seit Jahrzehnten nicht verreist ist.

Das weiß auch Erik.

»Was macht man denn in so einem Fall?«, fragt er.

»Na, was kann denn schon sein?«

»Wie ging es ihr denn am Sonntag?«

»Du willst doch nicht sagen …«

Erik schaut sie fragend an.

»Wie immer. Sie war ja schon länger etwas kränklich und humpelte wegen ihrer Hüfte, aber davon stirbt man doch nicht.«

Sie erschrickt selbst vor ihren Worten, und einen Moment lang stehen sie nur da und starren auf die wehende Gardine.

»Hat irgendwer noch einen Schlüssel?«, fragt Erik.

»Nicht, dass ich wüsste, sie war doch immer zu Hause.«

»Dann müssen wir die Polizei rufen.«

»Jetzt lass mal die Kirche im Flecken.«

»Oder sollen wir selbst die Tür aufbrechen?«

In dem Moment kommt Mirko mit einem Kollegen in einem Transporter vorbei und bremst. »Was'n hier los?«

»Dagmar macht nicht auf«, ruft Erik.

»Lass der armen Frau doch mal ihre Ruhe.«

»Habt ihr irgendein Werkzeug, wir müssen die Tür aufbrechen.«

»Bist du bescheuert? Kriegen wir tierisch Ärger vom Chef. Außerdem helf ich dir bestimmt nicht, du überhebliches Arschloch!«, ruft er und fährt weiter.

»Da hat dich aber einer auf'm Kieker. Was hat der denn?«

»Egal. Ich ruf jetzt die Polizei.«

»Das dauert doch ewig, bis die hier sind aus der Stadt.«

»Dann hol ich eben Werkzeug.«

Es dauert nur fünf Minuten, bis Erik die alte Tür aufgehebelt hat, und dabei ist er handwerklich unterdurchschnittlich begabt. Sie gehen die schmale Treppe nach oben, es riecht leicht nach abgestandenem Alkohol. Die Tür zur Kneipe ist offen. Überall stehen alte Pfandkisten. Der Hausflur ist offenbar gleichzeitig das Pfandlager.

Sie sehen Dagmar sofort. Sie liegt vor dem offenen Fenster. Mit dem Gesicht nach unten. Wahrscheinlich ging es ihr nicht gut, und sie brauchte frische Luft.

»Daggi!«, ruft seine Mutter und stürzt auf ihre alte Freundin zu, tastet ihr Handgelenk ab.

Erik steht im Türrahmen. »Scheiße. Und?«

»Sie ist tot.«

»Scheiße, echt?«

»Scheiße, echt«, antwortet seine Mutter ausdruckslos, lässt Dagmar los, entfernt sich langsam rückwärts und erschrickt mit einem kurzen, spitzen Schrei, als sie Erik unerwartet rücklings in die Arme läuft. Sie fängt an zu weinen.

Erik hält sie fest.

»Was machen wir denn jetzt?«, fragt sie schluchzend.

Erik wählt die 110.

»Wir haben hier eine Leiche bei Bei Iris im Flecken.«

»Rufen Sie den Notarzt an.«

»Dazu ist es zu spät.«

»Trotzdem.«

Aufgelegt. Erik googelt, während seine Mutter immer noch an seiner Brust weint, und wählt dann die 112.

Arm in Arm setzen sie sich vor die Kneipe an die Hauptstraße, damit der Notarzt sie auch direkt sieht. Eine halbe Stunde später sind sie da. Notarztwagen und Krankenwagen. Mit Blaulicht und Sirene. Sechsunddreißig Stunden zu spät. Dagmar muss noch Sonntagnacht nach dem Tanztee einen Herzinfarkt gehabt haben, erfahren sie vom Mediziner.

Sie setzen sich wieder vor das Gasthaus. Eriks Handy vibriert. Fotos von Jenny. Obenrum nackt. Er löscht die Nachrichten sofort. Das passt jetzt nicht. Das passt nie.

Ein paar Fleckler sind schon von den Sirenen aufmerksam geworden und wollen sehen, was los ist.

»Wir haben uns kaum gesehen die letzten Jahre«, flüstert seine Mutter.

Erik könnte jetzt fragen, wieso, aber das wird ihm seine Mutter ja erzählen, wenn sie möchte. Ein Polizeiauto rast mit Blaulicht und Martinshorn auf den Schotterplatz und hält staubend mit einer Vollbremsung neben dem Notarztwagen.

»Jetzt also doch?«, fragt seine Mutter.

Langsam kommen immer mehr Fleckler aus ihren Häusern, um zu sehen, ob es was zu sehen gibt. Gleich wird das hier ein Massenauflauf.

»Erst Neele und jetzt Dagmar, was ist denn hier im Flecken los?«, fragt Erik und weiß auch nicht, wohin die Frage führen soll. »Pass bloß auf dich auf, Mama«, versucht er einen Scherz

Aber seine Mutter bleibt ernst.

Sie grüßt hier und da ankommende Zaungäste, die wissen wollen, was passiert ist. Erik und seine Mutter sagen nur immer wieder: »Dagmar.«

»Ich hab mir so gewünscht, dass wir uns versöhnen«, sagt seine Mutter leise. Erik schweigt und streichelt ihren Rücken. »Noch einmal zu dritt zusammensitzen und Transparente pinseln …« Sie lacht zwischen den Tränen.

»Die Grünen Mädels.« Erik nickt.

»Seit es mit Elke auseinandergegangen ist, haben Dagmar und ich uns auch immer weniger gesehen. Es ist doch zum Mäusemelken. Sie wusste Dinge, die ich wusste, aber Elke nicht, und dann kam halt auf einmal alles raus, verstehst du?«

Erik versteht nichts, oder besser gesagt: nur eine halbe Version der Geschichte. Ihm fehlen noch Puzzleteile, von denen er immer noch nicht sicher ist, ob er sie finden will.

»Ich kann es mir denken«, sagt Erik.

Seine Mutter blickt ihn an. »Ich hab dich wahnsinnig lieb, Erik. Und Papa auch, das weißt du.«

Er denkt an das Foto, das er immer noch in seiner Hosentasche hat. Es wäre so leicht, es ihr zu zeigen. Eine einfache Frage.

In dem Moment kommen eine Beamtin und ein Beamter um die Ecke und gehen auf Erik und seine Mutter zu.

Sie stehen auf und grüßen.

»Guten Tag, Sie haben die Leiche gefunden?«, fragt die Polizistin.

Erik bejaht.

»Sind Sie verwandt mit der Leiche«, fragt sie, während ihr Kollege alles, was gesagt wird, mitschreibt.

»Nein.«

»Hat die Leiche Angehörige?«

»Nur noch ihren Vater im Altenheim, aber der ist stark dement«, antwortet Erik wahrheitsgemäß.

»Haben Sie die Tür aufgebrochen?«

Erik schluckt. »Wir wussten uns nicht anders zu helfen.«

»Also ja?«, fragt der Polizist und sieht von seinem Block auf.

»Ja«, sagt die Polizistin.

»Wie kamen Sie dazu?«

»Wozu?«

»Die Tür aufzubrechen.«

»Die Gardine wehte schon eineinhalb Tage aus dem Fenster.«

»Aha. Wissen Sie was von dem Sack Blumenerde?«

»Ja, das ist meiner, ein Geschenk.«

»Blumenerde als Geschenk?«

»Ja, die zu Beschenkende hat einen Garten.«

»Dann hat sie doch genug Erde?« Die Polizistin sieht Erik skeptisch in die Augen. »Ihren Personalausweis mal bitte.«

»Der ist zu Hause, ich wollte nur kurz Brötchen holen eigentlich.«

»Sie verweigern also Ihre Ausweispflicht?«, fragt der Polizist, steckt seinen Block weg und greift langsam an sein Pistolenhalfter.

»Ich wohne im Amselweg, keine zwei Minuten von hier.«

»Das kann ich bestätigen«, mischt sich jetzt auch seine Mutter ein. »Ich bin die Mutter.«

»In Ordnung, wir begleiten Sie«, sagt die Beamtin.

Erik möchte noch die Blumenerde mitnehmen.

»Finger weg. Das ist ein Beweismittel!«, fährt ihn der Polizist an und ist kurz davor, die Waffe zu ziehen. Er behält auf dem Weg in den Amselweg seine Hand an der Pistole.

In der Auffahrt steht noch das Moped.

»Ist das *Ihr* Moped?«, fragt die Polizistin.

»Ja.«

»Am Tatort wurden Reifenspuren mit genau diesem Profil gefunden.«

»Weil ich vorher mit dem Moped dort war.«

Erik fällt erst jetzt auf, dass er überhaupt keine Nummernschilder mehr hat, und wird nervös.

»Ist das ein Geständnis?«, fragt der Polizist, der wieder angefangen hat zu schreiben.

»Nein«, sagt die Beamtin.

Erik holt seinen Ausweis und reicht ihn dem Protokollanten, der eifrig abschreibt. Bis er stutzt und mit der Hand wieder Richtung Pistole wandert.

»Der wohnt hier gar nicht.«

»Das ist mein Elternhaus. Ich bin zu Besuch«, sagt Erik sofort.

»Das stimmt«, fügt seine Mutter hinzu.

»Sie haben eine Beamtin belogen, Sie haben gesagt, Sie würden hier wohnen«, wird der Polizist etwas lauter, schreibt aber direkt weiter.

»Tut mir leid. Ich bin auch etwas aufgewühlt.«

Erik hat Respekt vor der Willkür des Rechtsapparats, und die beiden den Rechtsapparat Vertretenden sind nicht gerade sympathisch. Von Bei Iris hört man immer mehr Stimmen, inzwischen ist der halbe Flecken da, und es scheint sich ein Tumult anzubahnen.

»Komm, Jürgen, schreib mal schneller, ich glaube, wir werden da gebraucht. Die vom Ordnungsamt sind auch schon da.«

Jürgen gibt Erik den Ausweis zurück, sie lupfen ihre Mützen zum Gruß.

»Sie hören noch von uns«, warnt Jürgen, während sie sich strammen Schrittes wieder zum Tatort aufmachen.

Die Beamtin nimmt ihr Funkgerät: »Wir brauchen Verstärkung im Flecken!«

Die fehlenden Nummernschilder sind nicht aufgefallen. Glück gehabt.

Erik und seine Mutter schauen ihnen hinterher Richtung Dagmar und sehen, wie ein Sarg in einen Leichenwagen geschoben wird. Das ging schnell.

Aus der anderen Richtung hören sie ein Auto den Amselweg entlangsummen. Es hält direkt vor ihnen. Das Beifahrerfenster fährt runter.

»Hey, ist schon Mittag fertig?«, fragt Bruno. »Was ist denn bei Dagmar los?«

52

Auf Konfirmandenfreizeit wanderten sie bei Sommerhitze für eine Nacht zwanzig Kilometer vom Flecken in eine christliche Jugendeinrichtung, ein allein stehendes, dreistöckiges, absurd schmales Haus mit großem Garten, der zaunlos in den Wald überging. Man schlief in kleinen Räumen, in die gerade eben drei Doppelstockbetten passten. Im zweiten Stock die Mädchen, im dritten die Jungs. In jedem Stock sogenannte Waschräume mit Gemeinschaftsduschen. Im ersten Stock schliefen Georg und die beiden Betreuerinnen, die nur etwa zwei Jahre älter waren als sie selbst. Im Erdgeschoss waren eine Küche und ein größerer Raum für Stuhlkreise und Spiele.

Erik hatte sich schon vor der Freizeit, aber besonders am Abend in dem schmalen Haus, in Dana verliebt. Sie war neu im Flecken.

Nun wusste er allerdings nicht, was er mit ihr anfangen sollte. Küssen war nach seinen letzten Erfahrungen unvorstellbar, Umarmungen wären ihr sicher zu wenig, Händchenhalten unangenehm wegen Schweiß, also sagte er ihr: »Ich liebe dich. Ich wollte nur, dass du das weißt.«

Sie fand es süß. Er erwartete nichts weiter von ihr, aber ein Liebesgeständnis zog im allgemeinen Verständnis nun mal immer Konsequenzen nach sich.

Die Konfirmanden hatten nach der von Georg geleiteten Abendunterhaltung das Gefühl, komplett auf sich selbst gestellt zu sein. Im positiven Sinne. Vielleicht war das Teil des göttlichen Plans, und Georg war sich sicher, dass seine Lehren, die er den Jugendlichen eintrichterte, derart Früchte trugen, dass alle um zweiundzwanzig Uhr brav, ohne Erektion und trocken in ihren Daunenbetten liegen würden. Damit sie nicht am nächsten Morgen beim Morgengebet alle furchtbare Fahnen haben würden, versuchten sie vorher, mit Fisherman's Friends gegenzusteuern, aber es ist unmöglich, dass Georg nichts mitbekommen hat. Erik muss ihn bei Gelegenheit einmal fragen. Vielleicht sollten die Halbstarken auch einfach den Raum haben, um ihre eigenen Erfahrungen zu machen. Der Plan wäre jedenfalls aufgegangen, denn die Nacht wurde wild.

Wie selbstverständlich knutschte irgendwann jede mit jedem und jeder mit jeder. Über ihm Bruno mit Jule, die er zwei Jahre zuvor noch als größte Zicke des Fleckens bezeichnet hatte, links von ihm wartete Dana. Es waren nur noch sie und er übrig. Wenn man vom schüchternen Christenjungen Salo absah, der im Flur saß und las. Helene hatte zwar auch ein paar Minuten vorher mit Erik geflirtet, war aber jetzt schon anderweitig beschäftigt. Dana war ruhig und schüchtern, aber schon sehr betrunken, denn natürlich gab es Alkohol, den sie von den Betreuerinnen für marktunübliche Preise bekommen hatten.

Erik hatte zum ersten Mal einen heftigen Schwips und las sich zum fünften Mal das Etikett seines neongelben Alkopop durch, als Dana näher robbte. Er bemerkte ihre Nähe erst, als er ihren scharfen Atem roch. Sie drückte ihren Mund auf seinen und öffnete ihn, um ihre Zunge zwischen seinen Lippen hindurchzupressen, nur um sie direkt wieder herauszuziehen, aufzuspringen, sich den Kopf am oberen Doppelstockbett zu stoßen, sich für ihn recht schmerzhaft zwischen seinen Beinen abzustützen, über vier knutschende Paare in die Toilette zu stolpern und sich dann neben das Waschbecken zu übergeben. Wegen des Alkohols.

Hätte sie ihn weggeschubst und gesagt: »Bah, du schmeckst ja wie ein Wischmopp nach dem Putzen eines Dorfdiscobodens nach einer Freischnapsparty«, er hätte es verstanden. Sie sagte so etwas Ähnliches tatsächlich, als sie zurückkam und sofort weiterknutschen wollte. Erik überwand sich, nur kurz, aber er traute sich sogar, auch seine Zunge zwischen ihre Lippen zu drücken und etwas kreisen zu lassen. Sie schmeckte jetzt erwartungsgemäß nach Erbrochenem. Dann ließ er sie sitzen und ging ebenfalls ins Bad.

Auf dem Rückweg sah er etwas neidisch zu Salo in den Flur hinaus. Der macht es eigentlich richtig, dachte er.

Später wollte Dana noch mal *zum Schlafen* in sein enges Doppelstockbett kommen, was er allerdings freundlich ablehnte. Sie verstand die Welt nicht mehr. Er sei ein widerliches Schwein, habe sie nur ausgenutzt und lasse sie nun fallen wie eine heiße Kartoffel und so weiter. Sie machte eine Szene, die jede und jeder mitbekommen sollte, und alle hörten nur »widerliches Schwein«. Die Geschichten, die daraufhin gesponnen wurden, waren hochkreativ und isolierten ihn sozial für einige Monate.

Neele war wegen Mädchenproblemen nicht zur Konfirmandenfreizeit mitgekommen. Erik hätte sie gerne dabeigehabt, nur geknutscht hätte er mit ihr nicht. Niemals. Eigentlich hätte er sie doch nicht gerne dabeigehabt, weil er nicht hätte sehen wollen, wie sie jemand anderen küsste.

Es dauerte noch etwas, bis Erik verstand, dass Liebe für ihn nun mal nichts mit Körperlichkeit zu tun hatte. Allerdings wollten Menschen von ihren Geliebten begehrt werden. Da konnte man noch so intensiv lieben: Wenn die Geliebte sich nicht körperlich begehrt fühlte, übertönte diese scheinbare Ablehnung die größte empfangene Liebe. Erik liebte also Dana, sie liebte nicht zurück, weil er sie körperlich ablehnte, und Erik fand es okay. Das Knutschen löste in ihm nichts aus, und er war schon damals kein guter Schauspieler. Mit der Zeit verstand er ebenso: Er liebte gerne. Er brauchte keine Gegenliebe. Er war wie Gott, dachte er sich. Der liebte auch seine Schäfchen, egal, was sie taten. Erik fühlte sich wohl in der christlichen Gemeinschaft, in der alle an dasselbe glaubten und man dementsprechend leicht akzeptiert wurde, wenn man nach den Regeln spielte. Eine der Regeln war: Sexualität ist nur zur Fortpflanzung da. *Seid fruchtbar und mehret euch.*

»Kein Wort von: ›Aber nicht, ohne geheiratet zu haben‹!«, überhörte Erik schon damals Brunos Einwand, aber sie waren noch nicht bereit für die Diskussion.

Nur zur Fortpflanzung. Das würde einiges erleichtern. Das Begehren machte die Sache doch überhaupt erst so kompliziert. Würde die Menschheit sonst aussterben, weil sich niemand mehr dazu bemüßigt fühlen würde sich fortzupflanzen? Wahrscheinlich schon. Völlig rationales, lustloses Rein-Raus. Das klang erst mal ungewohnt. Aber man musste eben auch mal *out of the box* denken.

In dieser Nacht kam Erik im Doppelstockbett des christlichen Jugendheimes seine erste Werbespotidee:

Eine fast leere U-Bahn, nur ein Mann und eine Frau, Voiceover: »Sie merken, es wird immer leerer auf der Welt?«

Schnitt auf eine schummrige, leere Discotanzfläche, der DJ steht alleine hinter den Reglern, Voiceover: »Du fühlst dich alleine?«

Schnitt auf eine Beerdigung, zu der niemand gekommen ist: »Es ist schon wieder wer gegangen und niemand nachgekommen?«

Schnitt auf einen verwaisten Kitaspielplatz, ein aus Western bekanntes Zweigknäuel weht vorbei, Voiceover: »Du vermisst fröhliches Kinderlachen?«

Schnitt auf sich drehende, nackte Körper von Mann und Frau, die in die Kamera lächeln, Voiceover: »Dann vollführe doch mal wieder Geschlechtsverkehr! Es ist ganz einfach! Sex – die normalste Sache der Welt!«

Es tat ihm damals schon leid für die Menschheit, weil er seiner gesellschaftlichen Pflicht einfach nicht nachkommen würde. Wobei es ja genug Menschen in seinem Umfeld gab, die Spaß daran hatten.

Patrick und Natalie sollen auf der Freizeit sogar miteinander geschlafen haben, im Wald, aber das hat nur Patrick erzählt.

Mit Helene knutschte er damals nicht, weil er wusste, dass sie in ihn verliebt war und er das nicht erwiderte. Und auch in Dana war er nach dem Fauxpas nicht mehr verliebt. Er war in niemanden verliebt. Höchstens in Neele. Aber das war anders.

53

»... und die haben einfach meine Blumenerde behalten, die ich Elke schenken wollte.«

Sie kochen gemeinsam, Erik und seine Mutter erzählen Bruno, was passiert ist.

»Wahrscheinlich haben die Bullen selbst einen Balkon und brauchen die Erde«, meint Bruno, merkt aber selbst, wie sie sich erfolglos versuchen abzulenken.

Bruno hört auf, die Kartoffeln zu schälen. Dagmars Tod geht auch an ihm nicht spurlos vorbei, er deutet ihn aber einfach positiv um: »Na, wenigstens ging es schnell. So ein Herzinfarkt geht doch schnell, oder?«

»Meistens schon«, sagt Eriks Mutter.

»Die Arme. Hatte nie einen Mann, immer nur gearbeitet«, sinniert Bruno und wird damit doch ungewohnt negativ.

»Nur weil man keinen Partner hat, heißt das doch nicht, dass man unglücklich ist«, regt Erik sich auf.

»Ist ja richtig, sorry. Sie hat viele Leute glücklich gemacht. Sicher hat ihr das viel gegeben.«

Bruno fängt wieder an, mit dem Sparschäler die Kartoffeln von der Schale zu befreien, während Eriks Mutter den Block Tiefkühlspinat im brutzelnden Topf etwas rabiater als nötig mit einem Holzschaber bearbeitet. Es gibt Kartoffeln mit Spinat. Ohne Ei. Niemand hat Lust, noch mal loszugehen. Außerdem hat es begonnen zu gewittern.

Beim Essen erzählen sie sich die schönsten Tresengeschichten mit Dagmar, und Eriks Mutter schwelgt in Erinnerungen aus ihrer Jugend, in der Dagmar, Elke und sie beste Freundinnen waren.

Sie stockt mitten in einer Erinnerung. »Wer kümmert sich eigentlich um die Beerdigung und so? Ihr Vater ja wohl nicht mehr.«

Sie legt das Besteck neben ihren Teller und stürzt aus dem Haus.

Bruno und Erik gucken sich an und zucken mit den Schultern. Eriks Handy vibriert. Elke.

»Erik, kannst du kommen? Ich hab was für dich.«

»Ich hab auch was für dich«, sagt Erik, bevor ihm einfällt, dass die Blumenerde ja von der Polizei geklaut wurde. »Ich bin in einer halben Stunde da.«

»Schön. Bis gleich.«

»Wo treffen wir uns heute Abend eigentlich mit Georg?«, fragt Bruno.

»Na, bei Indiano, oder?«

»Cool. Schön ne Pizza spachteln. Freu mich sehr, Georg wiederzusehen.«

»Und ich mich erst.«

Nach der kurzen Euphorie fällt ihnen wieder ein, wie sie sich eigentlich fühlen, und sie seufzen synchron: »Schon scheiße, das mit Dagmar.«

Fünf Minuten später kommt Eriks Mutter aufgeregt zurück und ist ziemlich durchnässt.

»Scheinbar macht das alles das Ordnungsamt. Die meinten, sie bekommt ein anonymes Grab und wird wohl schon morgen beerdigt, wir sollen morgen früh mal anrufen. Ich hab gesagt, wir bezahlen einen Grabstein und organisieren die Beerdigung. Anonymes Grab … so weit kommt's noch.«

Ihre Augen werden feucht, sie isst ihren lauwarmen Spinat auf, holt sich neue Klamotten und zieht sich mit einem Tee in den Wintergarten zurück.

Bruno und Erik räumen noch die Küche auf.

»War gestern eigentlich irgendwas mit Basti?«, fragt Bruno.

»Der Typ ist ein Psycho. Er meint, ich sei schuld an ihrem Tod.«

»Schwachsinn.«

»Wenn er einen Schuldigen braucht …«

»Ich rede mal mit ihm.«

»Lass mal, Bodyguard.« Erik lächelt. »Hat sich gestern schon geklärt eigentlich.«

»Wenn du Hilfe brauchst, sag Bescheid. Bin immer für dich da, weißte ja, ne?«

»Und damals, als mich jemand vom Flughafen abholen sollte?«, fragt Erik und findet es lustig, Bruno mit so alten Geschichten zu ärgern.

Beide lachen, fangen sich aber der Lage entsprechend schnell.

Eriks Handy vibriert. Schon wieder Fotos von Jenny. Er zeigt sie Bruno.

»Kennst du noch Jenny?«

»Boah, geil, klar. Leite mal weiter!«

»Kann ich doch nicht machen …«

»Klar, die Bilder hat sie bestimmt nur für dich gemacht.«

»Da gehe ich stark von aus.«

Er leitet Bruno die Fotos weiter.

»Schick ihr doch ein Dickpic zurück, das erwartet sie bestimmt.«

»Ist das dann so eine Art Chatsex?«

Sie müssen schon wieder lachen.

Eriks Vater kommt zur Haustür herein.

»Was gibt's denn hier zu lachen? Habt ihr noch nicht mitbekommen, was bei Dagmar los ist?«, fragt er streng.

»Doch«, sagen beide kleinlaut.

Bruno verabschiedet sich. Erik sucht noch schnell nach einem Geschenk für Elke, dann setzt er sich auf sein Moped, der Regen hat schon wieder aufgehört, und fährt zu ihr. Ob er ein Nummernschild hat oder nicht, interessiert heute eh keinen. Als er bei Dagmar vorbeifährt, sind nur noch die Polizisten da und einige wenige besonders treue Fleckler.

Er wird Elke nichts von Dagmars Tod sagen, das ist nicht seine Aufgabe, vielleicht weiß sie es ja auch schon. Im Flecken spricht sich alles schnell herum.

54

Neele und Erik trafen sich wie an fast jedem Schulmorgen an der Bushaltestelle. Damals gab es gegenüber dem nahkauf noch einen Kiosk, der ausschließlich von sechs bis neun Uhr geöffnet hatte und vor allem die Lokalzeitung, Schnittblumen und Kaffee verkaufte.

Es war ihr vierzehnter Geburtstag. Erik war sehr früh dran, weil er Neele noch einen Strauß Blumen besorgen wollte. Ironisch wären Plastikblumen gewesen, ernst gemeint Selbstgepflückte. Er entschied sich für etwas dazwischen: gekaufte, aber echte Narzissen, in der Hoffnung, sie würde die Art nicht erkennen. Oder sie würde sie erkennen, es aber nicht auf sich beziehen.

Er hatte noch Zeit, schlug die Zeitung auf und blätterte sofort zur Boulevardseite. Klatsch und Tratsch beruhigen ihn bis heute, sie erklären ihm immer wieder aufs Neue, wie die meisten Menschen funktionieren. Das betoniert ihm eine Normalität, die er nicht nachvollziehen kann, aber akzeptieren muss.

Auf Seite neun blieb er allerdings hängen. Der Lokalteil – und sogar mit Farbfoto. Seine Mutter leicht bekleidet in einer expressiven Yogapose, der Kobra. »Ist das seriös? – Yogastudio eröffnet im Flecken.« Der Artikel schrie nur so vor Unterstellungen. Es hieß sogar, dass man nicht ausschließen könne, dass das Ganze ein getarntes Bordell sei und man in der nächsten Zeit oft die Polizei im Flecken haben werde. Vor allem las man die Angst vor dem Unbekannten heraus. Yoga war der breiten Masse, jedenfalls in ländlicheren Regionen, noch nicht allzu oft angeboten worden. Umso erfolgreicher waren die Yogakurse seiner Mutter, die jetzt nicht länger angestellte Physiotherapeutin, sondern selbstständige Yogalehrerin war und ständig irgendwelche Fortbildungen besuchte. Jetzt war es so weit, dass sie begann, Kurse im Garten anzubieten. Es lief so gut, dass sie ein paar Jahre später, da war Erik schon ausgezogen, ein Yogastudio ans Haus anbauen ließ, dem ein Großteil des Gartens geopfert wurde.

Erik hatte sich bereit erklärt, für die Werbung zu sorgen, er erdachte einen Werbetext, designte Plakate und Flyer und schrieb der örtlichen Presse. Vorher hatte erst Bruno ihn und dann Erik seine Mutter überredet, durch etwas Haut das Ganze wirksamer zu gestalten. Seine Mutter entsprach durchaus dem geltenden Schönheitsideal, was Bruno in Eriks Augen etwas zu häufig betonte. Bruno nahm auch oft an den Kursen teil, und Erik merkte, wo seine Augen dabei hinwanderten. So bestellten sie eine Fotografin und ließen Fotos schießen. Sein Vater stand stolz daneben und freute sich darauf, dass ihm die Kollegen anerkennend auf die Schulter klopfen und ihn zu seiner Gattin beglückwünschen würden. Schon einen Tag später wurden tausend Plakate im Flecken und vierzig Kilometer um den Flecken herum aufgehängt. Das war alles sehr teuer, aber es zahlte sich aus. Seine Mutter wurde überrannt. Daran änderte auch dieser Artikel nichts, aber er bestätigte Erik mal wieder darin, wie diese Welt tickte.

Als Neele um die Ecke bog, ihr Dutt saß wieder perfekt, freute sie sich wirklich über die Blumen. Erik bemerkte keinerlei Skepsis oder Hintergedanken. Sie drückten sich, und sie gab ihm einen Schmatzer auf den Mund. Das wiederum interpretierte er nicht über.

55

Erik stellt sein Moped in die Einfahrt, wo noch ein Ölfleck an der Stelle ist, an der früher immer sein Moped stand, und geht durch die Gartentür ins Haus. Der halb gegessene Teller Nudeln steht noch in der Küche. Er räumt die Scherben der am Vortag zerbrochenen Teetasse auf und hört Elke im Wohnzimmer weinend reden.

»Du musst nicht kommen … Nein, Erik ist gleich da … Das tust du *nicht!* … So hab ich dich *nicht* erzogen … Basti? … Basti?«

Sie kommt in die Küche und verwischt sich die Tränen mit dem Handrücken.

»Soll ich später wiederkommen?«, fragt Erik.

»Nein, schön, dass du da bist.«

Sie drückt ihn und riecht nicht mehr nur nach Zigarette, sondern mittlerweile auch ziemlich ungewaschen.

»Soll ich dir die Nudeln noch mal warm machen?«, bietet Erik an.

»Nee, danke dir, ist kein Käse mehr da. Nudeln ohne Käse will ich nicht. Vielleicht kannst du mal was einkaufen gehen für mich?«

Langsam übertreibt Elke aber. Sie wartet keine Antwort ab.

»Schau mal.« Sie winkt ihn ins Wohnzimmer und hebt eins von den Tagebüchern auf, die immer noch wild verstreut auf dem Boden liegen. »Das ist das Letzte. Es sind nur zehn Seiten beschrieben, die letzte ist rausgerissen.«

Erik mustert das Büchlein.

»Stattdessen war dieser Umschlag drin.« Sie gibt ihn Erik.

Ein DIN-A6-Umschlag ohne Fenster. Sein Name steht darauf. Erik starrt auf seinen Namen.

»Na, mach auf«, fordert Elke in freundlicher Erwartung.

Erik starrt weiter auf den Umschlag.

»Mach auf!«, sagt Elke etwas ungeduldiger.

Erik sieht in den Garten hinaus, noch einmal auf seinen Namen und steckt den Umschlag in die Hosentasche. Dabei bemerkt er das Foto, zieht es raus und gibt es Elke. Er setzt sich auf die rote Neunzigerjahre-Couch.

»Du hast gestern nicht zu Ende erzählt.« Er schaut zu Elke, die sich jetzt zwischen die Büchlein auf den Boden hockt und kurz das Foto mustert, bevor sie beginnt, es in kleine Teile zu zerreißen.

»Willst du nicht den Umschlag aufmachen, Erik?«, fragt sie noch einmal ganz ruhig, aber er merkt, wie es in ihr brodelt.

Den Gefallen wird er ihr nicht tun, auch wenn er es ihr hoch anrechnet, dass sie ihn nicht einfach selbst geöffnet hat. Er hat zu viel Respekt vor seinem möglichen Inhalt.

»Du hast gestern von einem Anruf erzählt«, lenkt er ab.

»Was?«

»… nachdem sie auf Bali geheiratet hatte und du sie zwei Jahre nicht gesehen hast. Wer war es denn?«, versucht er, an das Gespräch vom Vortag anzuknüpfen.

»Machst du dann den Umschlag auf?«

Erik hievt sich aus den Polstern, aber er weiß nicht, ob es die richtige Entscheidung ist, jetzt einfach zu gehen, den Umschlag zu verbrennen und zurück nach Wien zu fahren.

»Am Telefon sagte man mir, dass meine Tochter versucht hat, sich umzubringen«, sagt Elke ausdruckslos.

Erik setzt sich wieder.

»Seitdem war sie in psychiatrischer Behandlung. Die letzten acht Jahre.« Elke fängt wieder an zu weinen.

Erik bedeckt sein Gesicht mit beiden Händen und stützt die Ellenbogen auf den Knien ab. Er will hier raus.

»Ich durfte sie nur einmal im Monat besuchen«, fährt Elke fort. »Aber sie war nicht mehr meine Tochter, sie war nicht mehr unsere Neele, wie wir sie kannten.« Sie muss sich sammeln. »Es war, als wäre ihre Seele bei ihrem Versuch gestorben und nur noch ihr Körper am Leben.«

»Wahrscheinlich hatte sie sich einfach gegen das Glück entschieden«, flüstert Erik mehr zu sich als zu Elke.

»Wie bitte?«

»Nichts, sorry. Ich hab ja gesagt, ich habe auch was für dich«, beendet er das Thema und holt den Blechfrosch aus seiner Hosentasche.

Er kann ihren Blick, als sie das Spielzeug sieht, nicht deuten. Er schwingt zwischen Freude und Schock. Vielleicht erinnert sie sich, dass sie den Frosch seiner Mutter geschenkt hat, als sie noch Kinder waren. Sie nimmt ihn mit beiden Händen, ihre Augen werden wieder feucht, aber sie schafft es, sich zu fangen.

»Danke, Erik, der ist wirklich süß.«

Elke zieht ihn auf, das hatte Erik noch gar nicht versucht, und lässt ihn auf dem Tisch herumhüpfen. Dabei stößt er eine der Porzellanfiguren um. Sie lächelt sogar, stellt sie wieder auf und nimmt Erik in den Arm. Erik versucht, nicht einzuatmen. Sie hören die Haustür.

»Scheiße, Erik. Am besten haust du ab.« Elke ist plötzlich hellwach. »Melde dich, ja?«

Erik versteht sofort, jagt aus der Gartentür und auf seine Hercules zu, aber sie springt nicht an.

Basti kommt aus dem Haus gestürmt. »Du hast meine Familie zerstört!«

Die Dramatik kennt er von Neele, liegt wohl in den Genen.

Jetzt werd mal nicht albern, denkt sich Erik, nimmt aber trotzdem die Beine in die Hand. Obwohl er rennt, bemerkt er, wie sein Telefon vibriert. Er stoppt erst vor dem nahkauf. Hier sind ein paar Leute auf der Straße, hier ist er vielleicht sicher. Basti ist nicht zu sehen.

Erik ruft zurück und hört eine vertraute Stimme: »Erik, mein Bester!«

»Georg! Wie gut, dich zu hören, wo bist du?«, fragt er außer Atem.

»Was ist denn mit *dir* los? Joggst du gerade?«

»Ja, nee, egal, alles gut.«

»Okay. Bin gleich im Flecken. Würdest du mitkommen?«

»Wohin?«

»Na, zu Neele.«

»Hm. Ungern, Georg, wirklich, ich mach alles für dich, aber …« Er versteht seine eigene Reaktion nicht, atmet kurz durch. »Ach, komm, klar. Weil du es bist.«

»Du bist der Beste!«

Georg erzählt noch, dass seine Familie in Namibia geblieben ist und von dem komischen Gefühl, in den Flecken zurückzukehren.

Er ist zwar ein paarmal in der Region gewesen und hat auch Neele besucht, aber damals war er ehrenlos gegangen, und Neele wollte nichts mehr von ihm wissen, genauso wenig wie Elke, Basti, Eriks Mutter, sein Vater und eigentlich alle, die ihn kannten. Alle wussten, dass er, der Pastor des Fleckens, jahrelang seine Frau betrogen hatte. Auch die Presse schlachtete das Ganze aus. Nur Erik hielt Kontakt und zeigte heimlich Verständnis. Schweigen war nicht lügen, fand er. Schon damals hatte er begriffen, dass die Welt nun mal nur so funktionierte, und er hatte akzeptiert, dass die Menschen schlichtweg Geiseln ihrer Bedürfnisse waren. Leben und leben lassen.

Sie telefonieren weiter, bis Georg ihn vorm nahkauf einsammelt. Erik springt auf den Beifahrersitz des Mietwagens, schiebt sein Handy in die Hosentasche, und sie fahren den kurzen Weg zum Friedhof. Georg macht den Motor aus, und sie umarmen sich im Sitzen, was kompliziert ist, deshalb lachen sie, steigen aus und drücken sich noch mal richtig auf dem Friedhofsparkplatz gegenüber der Tankstelle.

Erik hilft Georg, einen großen Blumenkranz aus dem Kofferraum zu holen und ihn zu Neeles Grab zu tragen, auf dem die drei Tage zuvor abgelegten Blumengestecke schon welk werden. Georg fängt an zu weinen und kniet sich an den Grabstein, den er mit beiden Händen umgreift. Aus dem Schornstein des Krematoriums steigt mal wieder dunkler Rauch.

Erik bleibt am Fußende des Grabes stehen. Es fällt ihm schwer, Georg so zu sehen. Für ihn war er immer ein Held. Auch wenn er viel Mist gebaut hat. Er war immer so lustig, impulsiv und wild. Genau das Gegenteil von seinem nüchternen, kühlen Vater. Georg ist, genau wie Elke eine zweite Mutter, ein zweiter Vater für ihn gewesen und wurde, spätestens als sie zusammen saufen durften, zu einem seiner wichtigsten Freunde. Sie hatten über alles geredet, aber nie über Neele. Erik hatte ihn nach dem Bruch gebeten, ihm nichts von ihr zu erzählen, und Georg schien ihre Trennung damals absolut zu unterstützen, was Erik noch enger mit ihm zusammenbrachte. Georg bestätigte ihm immer wieder, dass Neele und er nicht zusammenpassten. Erik war fast etwas enttäuscht, dass er ihn so vehement nicht als Schwiegersohn haben wollte. Wahrscheinlich hatte aber auch Georg erkannt, dass Neele nicht zu helfen war und dass sich Erik mit den ständigen Rettungsversuchen selbst kaputtmachte.

Erik holt den Umschlag aus seiner Hosentasche. Es wird sich nichts ändern. Er ist bereit. Sein Handy vibriert. Eine Nachricht.

Und noch eine. Bestimmt nur Nacktfotos von Jenny. Es vibriert ein drittes Mal. Er holt es doch raus, dabei fällt ihm der Umschlag auf den Boden.

Oma: »War lustig gestern. Hab dich lieb, mein Ricky«, und zehn Herz-, Kuss- und Umarmemoticons sowie Fotos vom gestrigen Spieleabend – Erik mit Gerda und Albert, mit Oma und Opa und Bruno – und zuletzt ein Video, in dem Gerda und Albert Erik im letzten Spiel schlagen und jubeln. Das Jubeln zerreißt die Friedhofsstille.

»Sorry«, sagt er zu Georg, den er aus seiner Trauer geholt hat.

»Alles gut.« Er schüttelt den Kopf und tritt zu Erik, der gerade den Umschlag aufheben will.

Georg kommt ihm zuvor. »Da steht dein Name drauf. Neeles Schrift, oder? Was ist das?«, fragt Georg mit schwacher Stimme und wirkt, als ahne er etwas.

Erik greift nach dem Umschlag. Aber Georg lässt nicht los. Beide ziehen an dem Papier, sehen sich an, einige Momente vergehen. Der Widerstand wird immer weniger. Erst von Eriks Seite, dann von Georgs. Erik gewinnt, ist sich aber unsicher, ob es ihn freut oder nicht.

»War in einem ihrer Tagebücher«, beginnt Erik.

»Du musst ihn nicht lesen.«

»Ich glaube, ich weiß schon, was drinsteht.«

»Ich auch.«

Sie sehen sich noch einmal tief in die Augen. Dann öffnet Erik den Umschlag mit spitzen Fingern. Ein weiterer, bereits aufgerissener Umschlag und eine herausgerissene Tagebuchseite stecken darin. Er faltet die Seite auseinander und beginnt, still zu lesen.

Nach einem Moment wendet sich Erik wieder Neeles Vater zu. »Sie hat deine Sachen durchsucht, nachdem Elke dich rausgeschmissen hat. Sie wusste nicht mehr, wer du bist, und wollte die

Wahrheit wissen. Aber die Wahrheit, die sie gefunden hat, war zu groß und nur für mich bestimmt. Sie würde es sonst niemandem erzählen. Sehr viel mehr steht hier nicht.«

Vorsichtig zieht Erik das zweite Kuvert heraus. Beide erkennen sofort Georgs Handschrift: »Erik.«

Georg greift kurz Eriks Handgelenk. »Versprich mir, dass sich nichts ändert.«

Erik sieht Georg noch einmal in die verweinten Augen und wünscht sich nichts mehr als das.

»Ich verspreche es«, sagt Erik und hat selten etwas so ehrlich gemeint.

Erik fingert das zweimal geknickte, schon etwas vergilbte DIN-A4-Blatt heraus, faltet es auseinander, liest, bringt den Zettel und die Tagebuchseite wieder in die alte Ordnung und steckt alles zurück in die Umschläge. Er schaut Georg stumm ins Gesicht.

»Ich wollte es dir sagen«, flüstert Georg.

»Ich bin froh, dass du es nicht getan hast.«

Ein Eichhörnchen rennt knapp an ihnen vorbei und verschwindet in einem Loch im Stamm einer mächtigen Buche. Für einen Moment schauen sie sich knapp lächelnd an.

»Erik?«, fragt Georg.

Erik sieht an Georg vorbei auf Neeles Grab.

»Erik?«, fragt Georg noch mal.

»Ja?«

»Ich habe es gespürt und auf den Test bestanden. Das war vielleicht ein Fehler. Deine Mutter wollte das Ergebnis damals nicht wissen. Niemand weiß es. All die Jahre habe ich überlegt, ob ich es dir erzählen soll. Aber warum? Es war doch alles gut, wie es war.«

»Es ändert sich nichts.«

»Es ändert sich nichts.«

Sie umarmen sich lange, bis Erik sich zu einem Grablicht hockt und den Umschlag über die Flamme hält. Er fängt sofort Feuer. Die Asche schwebt über Neeles Grab und verteilt sich auf den Blumengestecken.

»Lust auf Pizza?«, fragt Erik, nachdem er wieder aufgestanden ist, und fährt sich über die Haare.

Ein mit einfachen Holzbrettern zusammengenagelter Sarg wird gerade von zwei dunkel gekleideten Männern ins Krematorium getragen.

»Unbedingt«, sagt Georg.

Es ändert sich nichts.

56

Mit dreizehn wurde Erik für ein paar Monate zum Tennisass. Georg trainierte ihn fast täglich. Als Pastor hatte er scheinbar viel Freizeit. Erik war naturtalentiert und gewann nach zwei Wochen schon fast jedes Spiel gegen Georg, der selbst ein sehr guter Spieler war.

Erik hatte in dieser Zeit keine anderen Termine, weil nahezu jegliche soziale Beziehung mit Gleichaltrigen abgebrochen war. Wegen eines einzigen Abends.

Christin, pubertär und schon viel weiter, Erik mit erstem Flaum, obwohl schon fast vierzehn. Sie waren eine Woche zuvor durch Handschlag zu einem Paar geworden, aber bis auf Händchenhalten lief noch nichts, sie sahen sich gerade auch erst zum dritten Mal seit der Paarbildung, die Erik überhaupt nicht begriffen hatte. Es war einfach so passiert. Natalie feierte ihren vierzehnten Geburtstag, indem sie im Reihenhauskeller zwischen, an und auf Buche hell saßen und Flaschendrehen spielten. Es gab sogar Cola. Und die Eltern, die oben wachten, hatten ihrer Tochter eine Schachtel Mon Chéri hingelegt, von der die Kinder jetzt vorsichtig lutschend naschten. Die Konsequenz war pure Ausgelassenheit. Auf wen die Flasche zeigte, der musste entweder eine pikante Frage beantworten (Wahrheit) oder peinliche Dinge tun (Pflicht). Von Mon Chéri zu Mon Chéri wurden die Fragen und Aufgaben wilder. Waren es erst noch Fragen wie: »Welchen Song von DJ BoBo magst du gar nicht und warum?«, und Aufgaben wie, auf die Straße zu gehen und lauthals »FICKIFICKI!« zu rufen, musste jetzt glaubhaft erklärt werden, wieso man für immer mit seiner Partnerin oder seinem Partner zusammenbleiben wollte, und dann hatte er plötzlich die Pflicht zu seinem ersten Zungenkuss. Aber das glibbrig-schleimige Gesuche im Mund der anderen gefiel ihm überhaupt nicht, auch wenn oder gerade weil er gar nichts fand. Euphorisiert und Mon-Chéri-trunken erhoffte er sich noch die große Erkenntnis, was alle daran so spannend fanden, deshalb ging er einen Schritt weiter. Christin trank gerade. Also fragte er sie, ob er ihr nicht die Cola aus dem Mund saugen dürfe. Das kam gar nicht gut an. Wo vorher ausgelassene Stimmung geherrscht hatte, kehrte Stille ein, die Blicke klebten auf ihm. Ekel. Am nächsten Tag wusste die ganze Jahrgangsstufe, dass er ein perverser Colasauger war. Ehemalige Freunde liefen an ihm vorbei, feuchte Schlürfgeräusche in seine Richtung schickend. Die Geschichte entwickelte sich innerhalb weniger Tage immens. Er war bald nicht mehr derjenige, der Christin die Cola aus dem Mund saugen wollte, er wollte ihr Cola in den Mund spucken, dann plötzlich war die Cola Gurkenwasser, und am Ende erzählte man sich, er habe sich Wurstwasser auf seinen Penis gekippt und sie genötigt, ihm einen zu blasen.

Erik war nach dem Abend übrigens wieder Single. Auch Neele redete ein paar Wochen nur das Nötigste mit ihm und strafte ihn mit Blicken. Irgendwann kamen dann die Plakate mit seiner halb nackten Mutter in die Straßen, und seine scheinbare Perversität war so gut wie vergessen.

Er fand wieder ins soziale Leben und hatte keine Zeit mehr für Tennis. Aber er war Georg unendlich dankbar, ihn durch diese Zeit gebracht zu haben.

57

Die Pizzeria Indiano ist gut besucht. Also, für den Flecken. Drei Tische von zwölf sind besetzt. Einige Gäste werfen abschätzige Blicke auf Georg, als sie sich setzen. Himal ist freundlich wie immer, obwohl er es zutiefst verurteilt haben wird, dass der Fleckenpastor sich derart unmoralisch verhalten hat. Aber Gott verzeiht alles, und Himal liebt nun mal Gott.

Sie bestellen zwei Pfifferlingpizzen, eine ohne Gluten, und zwei Wasser mit Kohlensäure.

Georg erzählt von seinem Leben in Namibia und dass sein ältester Sohn, also »der älteste Sohn der Zweitfamilie«, sie lachen, in Kapstadt Archäologie studiert, seine mittlere Tochter seit Neuestem auch im Schwimmverein ist und er letztens die erste Homo-Ehe in Namibia geschlossen hat, die aber rechtlich nicht gültig ist und ihm viel Ärger eingebracht hat, aber das sei es ihm wert gewesen.

Erik erzählt von seiner neuen Agentur und dass er sich erst mal »eingrooven« muss mit den Kolleginnen und Kollegen. Und er erwähnt auch, dass er auf Neuigkeiten von Merle und Paula wartet.

Eriks Handy vibriert. Bruno fragt, wann sie sich treffen.

Den hat Erik ganz vergessen. Erik schreibt zurück, nimmt Brunos Bestellung auf, gibt sie weiter, Pfifferlingpizza und Fassbier natürlich. Fünf Minuten später sitzt Bruno neben ihnen.

Der Abend ist kurz, aber legendär, obwohl Bruno direkt am Anfang Dagmars Tod auf den Tisch bringt. Sie widmen ihr jeden guten Moment an diesem Abend, und davon gibt es viele. Georg möchte noch Basti besuchen, obwohl der ihm wahrscheinlich nicht mal die Tür aufmachen wird. Bruno bietet Personenschutz an, den Georg dankend ablehnt. Und dann muss er noch heute zurück in die Stadt. Dort hat er sich ein Hotel gebucht. Morgen Abend geht schon sein Rückflug.

Nach dem Essen bucht Erik den nächsten Flug nach Wien und textet Jassin, dass er Donnerstag wieder auf der Matte stehen wird.

Er hat erfahren, was er nie erfahren wollte, und ist fertig mit dem Flecken. Er schreibt seiner Mutter eine Nachricht, dass er bei Bruno übernachtet und sie liebhat, und fast wie früher spielen sie die halbe Nacht. Nur *fast* wie früher, weil sie nicht betrunken sind und nur die halbe Nacht spielen.

58

»Du kennst doch Steffen aus der Neunten?«, fragte Neele ihn mal in der Hofpause, als sie in der Siebten waren.

»Der mit den Lederjacken?«

Steffen hatte vier Retro-Lederjacken in unterschiedlichen Farben, die er im wöchentlichen Wechsel trug, selbst im Hochsommer.

»Ja, die sind stylisch, oder?«, wollte sie wissen und schwang sich auf eine hüfthohe Mauer. Ihr Dutt hüpfte mit.

»Nicht so mein Geschmack.« Erik schwang sich daneben.

»Aber seine Elvis-Tolle. Cool, oder?«

»Hm.«

»Was hältst du denn von dem?«

»Ich kenne ihn nicht, wieso fragst du?«

Er wusste, wieso sie das fragte, und natürlich wollte er es nicht hören.

Sie stieß ihn mit der Schulter an.

»Du willst also was von …«

»Wir haben gestern geknutscht! Als du noch AG hattest, wir sind zusammen nach Hause …«, sang sie ihm vor.

In ihm stieg Eifersucht auf und wurde zu Wut. »Hast du eigentlich vorher mal mit ihm geredet? Warum knutschst du denn direkt mit dem? Das ist echt billig.«

Erik sprang von der Mauer und ging, ohne noch einmal zurückzusehen, auf die Toilette, versuchte, in einer Kabine so leise zu weinen, dass es niemand hörte, und wusch sich sein Gesicht, als er sich wieder gefangen hatte. Erst zwei Wochen zuvor hatte sie ihn gefragt, ob sie es mal ausprobieren wollten. Mit Zunge. Aber er fand die Vorstellung unvorstellbar und hatte ihr unmissverständlich klargemacht, dass er so was niemals machen wollte.

Es war das erste Mal, dass sie einen anderen Jungen interessant fand, und es würden viele folgen. Mit jedem würde der Schmerz kleiner werden, und bald würde er akzeptiert haben, dass er nicht vollumfänglich das war, was sie brauchte. Er würde sich auf die Freundschaft konzentrieren. Darauf, für sie da zu sein. Ihr zu helfen, sie zu stützen, ihr ein Fels zu sein. Er würde sich unzählige Male anhören, dass dieser und jener Junge so unendlich zärtlich sei und sie sich begehrt fühle und dass dieses Gefühl unbeschreiblich schön sei, und sie würde über dieselben Jungen und später Männer sagen, dass sie das Allerletzte seien, triebgesteuerte Heuchler und Betrüger. Er würde sich all das anhören, würde sie streicheln und ihre Tränen trocknen, und das würde ihm reichen, das würde seine Befriedigung sein.

59

Zum Frühstück spaziert Erik wieder in den Amselweg. Bruno schläft noch. Es ist noch sehr früh. Der Rauch aus dem Krematorium verdeckt aber bereits die aufgehende Sonne.

In der Einfahrt seines Elternhauses liegt seine Hercules auf der Seite. Das Metallicgrün ist kaum noch zu erkennen. Jemand, Basti, hat wohl mit einem harten Gegenstand darauf eingeschlagen. Gut, dass es nur das Moped gewesen ist und nicht sein Kopf.

»Keine Angst, Basti, ich werde deine Mutter nicht mehr belästigen«, denkt er.

Emma läuft schwanzwedelnd auf Erik zu und wird geknuddelt.

Sein Vater kommt aus dem Haus, um in die Schule zu fahren: »Guten Morgen, Erik.«

Dann sieht er das Moped mit Totalschaden.

»Ja, nicht so ein guter Morgen. Meine schöne Hercules …«

»Oha. Das ist ärgerlich. Hast du dich verletzt? Und du bist nicht versichert, das wird teuer!«, sagt sein Vater nicht besonders hilfreich.

»Macht euch mal keine Sorgen.«

»Den Spruch kenn ich …«, sagt seine Mutter, die gerade das Küchenfenster geöffnet und noch keine Ahnung hat, wovon sie reden. Erst jetzt sieht sie das demolierte Gefährt.

»Oh je, wie ist das denn … Erik, geht's dir gut? Hattest du einen Unfall?« Erschrocken mustert ihren Sohn.

»Alles noch dran«, beruhigt sein Vater sie.

»Gott sei Dank, aber wieso sieht die Hercules denn dann so aus?«

»Das war Basti, aber aus Versehen. Weil da nichts versichert ist, gibt's da auch keine Entschädigung. Ärgerlich. Gibt Schlimmeres«, redet Erik sich und seinen Eltern ein. Er will sich nicht eingestehen, dass der Anblick ihn traurig macht.

»Wie? Basti? Aus Versehen … Na ja, ich misch mich da nicht ein. Dagmars Beerdigung ist übrigens schon heute, um eins, hab gerade mit dem Ordnungsamt telefoniert. Wir haben noch einiges zu tun. Und danach hab ich direkt einen Yogakurs mit Vorschulkindern, den kann und will ich nicht absagen. Wir haben Stress!«

»Das ging ja schnell. Ich komm noch mit zur Beerdigung, aber danach muss ich zum Flughafen. Papa, kannst du mich zum Bahnhof fahren?«

»Passt. Ich muss jetzt los, hab nur zwei Stunden, bis nachher!«

Seine Mutter wirft ihm aus dem offenen Küchenfenster, das sie gerade mit Glasreiniger einsprüht, einen Luftkuss zu.

»Was kann ich helfen, Mama?«, fragt Erik, aber seine Mutter winkt ab.

»Danke, Schatz, komm erst mal rein frühstücken!«

Am spartanischen Frühstückstisch schmiert sich Erik ein paar Reiswaffeln.

»Erik, telefonierst du mein Adressbuch durch und sagst allen Bescheid, dass um eins die Beerdigung ist?«

»Und wenn manche noch gar nichts von ihrem Tod wissen?«, fragt Erik und hat gar keine Lust der Überbringer von so einer Nachricht zu sein. Im Flecken hat sich Dagmars Tod natürlich innerhalb kürzester Zeit herumgesprochen, aber wer weiß.

»Da musst du durch«, sagt seine Mutter nur. »Ich mach jetzt hier das Fenster fertig, muss dann zum Friedhof, den Stein und einen Kranz aussuchen. Die wollten sie einfach so unter die Erde stecken, ohne richtige Beerdigung. Unsere Dagmar, stell dir das mal vor«, sagt sie und beginnt kraftvoll, das Fenster mit Zeitungspapier abzuschrubben. »Anonym. Weil ihr Vater sich nicht drum kümmern kann. Für das Ordnungsamt ist sie nur irgendeine Leiche. Deshalb geht das auch alles so schnell. Bloß weg mit der. Zum Mäusemelken ist das!«

Sie beginnt zu weinen, und Erik nimmt sie in den Arm.

»Wir machen Dagmar eine richtig schöne Beerdigung.«

»Das ist lieb von dir. Die Pastorin hab ich auch schon angerufen, aber die hat eine Taufe drei Orte weiter.«

»Dann halten wir die Reden, ist doch wohl klar. Das können wir eh besser als die. Besonders gläubig war Dagmar sowieso nicht.«

Erik hängt sich ans Telefon und bringt eine Telefonlawine ins Rollen. Gelernt von den *Drei Fragezeichen*. Er ruft selbst nur ein paar von den Kontakten im Telefonbuch an, von denen er denkt, dass sie wiederum viele Leute kennen und die dann anrufen. Manche wissen tatsächlich noch nichts von Dagmars Tod und fangen an zu weinen. Erik würgt sie freundlich ab und sagt: »Bis nachher, dann können wir richtig schön trauern!« Nur noch wenige Stunden, aber immerhin wissen jetzt schon mal die besten Verteiler im Flecken Bescheid und erzählen es weiter. Manchen, von denen er die Handynummer hat, hat er eine SMS geschrieben. Er hat sogar Himal, Benisha und Sarah dazu bekommen, ein kleines Catering zu machen. Jede und jeder soll dann einfach was spenden. Obwohl Himal Bei Iris als Sündenpfuhl ansieht, sagt er zu. Christliche Nächstenliebe hat doch was Schönes. Basti, Mirko, Dana, Patrick und Elke hat er bis jetzt noch nicht angerufen. Die ersten vier haben es sicher mitbekommen, Basti muss bestimmt eh arbeiten, das tut er sich jetzt nicht an. Aber Elke muss natürlich dabei sein. Sie wird ihn allerdings fragen, was in dem Umschlag war. Er wird nicht drumherum kommen, zögert.

Dann ruft er Richtung Bad: »Mama, was ist mit Elke?«

Seine Mutter gießt gerade das Fensterputzwasser aus und antwortet erst mal nicht.

»MAMA?«, brüllt er noch mal.

»Ja. Keine Ahnung.« Sie kommt in den Flur zu Erik. »Es ist wohl Zeit. Wir werden uns wohl auf der Beerdigung sehen. Es ist sowieso ein Wunder, dass wir uns fast zwanzig Jahre aus dem Weg gehen konnten in diesem Nest.«

»Und wer sagt ihr Bescheid?«

»Ruf sie doch an.«

»Willst du nicht …?«

»Ich kann es versuchen.«

Sie trocknet sich die Hände ab, setzt sich auf den kleinen Hocker am Telefontischchen und wählt. Sie zittert leicht. Niemand nimmt ab, bestimmt ist Elke im Garten.

Er wird einfach direkt zu ihr fahren, er will nämlich auch noch ausgedruckte DIN-A4-Zettel mit dem Termin an wichtigen Orten im Flecken aufhängen. Er denkt sogar an Tesafilm. Emma will auch noch gestreichelt werden, aber dafür ist jetzt ausnahmsweise keine Zeit. Eingeschnappt legt sie sich in ihre Flurecke und leckt sich die Würmer.

Seine Mutter pumpt in der Zwischenzeit die Reifen am Rad seines Vaters auf, schiebt mühevoll das Moped in die Garage und verdeckt es wieder mit der Plane.

Ein paar Minuten später ist Erik bei Elke, aber die Gartentür lässt sich nicht bewegen. Sie war noch nie zugeschlossen. Er klingelt an der Haustür, aber niemand macht auf. Mit Tesafilm klebt er einen Zettel an ihre Tür und welche an die Schule, das Seniorenheim, den nahkauf, die Haltestelle und an das große Fenster von Bei Iris natürlich. Einige Leute sprechen ihn an, aber er hat keine Zeit.

Er radelt wie Jan Ullrich in seinen besten Zeiten um die Kurve in den Amselweg und will seine Mutter abholen, um zum Friedhof zu fahren, wo sie den Stein aussuchen müssen, aber seine Mutter ist schon umgezogen, ganz in Schwarz natürlich, und plötzlich ganz entspannt.

»Erik, komm noch mal rein«, bittet sie. »Kurze Powermeditation, damit wir das alles schaffen.«

Erik stellt das Rad ab, er ist völlig verschwitzt, es ist warm, und die Sonne brennt vom Himmel. Sie setzen sich in der Mitte des Yogastudios im Schneidersitz gegenüber, schließen die Augen und halten sich an den Händen.

Fünf Minuten später packt Erik seine Tasche, quetscht sich wieder – und diesmal wirklich zum allerletzten Mal – in seinen Konfirmationsanzug und zieht sich beim Verlassen der Haustür schon wieder einen Splitter am alten Holzrahmen ein, aber Emma leckt den Blutstropfen ab. Sie muss erst mal zu Hause bleiben. Sein Vater wird sie später mitbringen.

Seine Mutter reicht ihm den obligatorischen Jutebeutel, dann radeln sie auch schon Richtung Friedhof.

Der Stein ist nicht sehr groß und kann auf die Schnelle nicht graviert werden, aber das ist jetzt nicht schlimm, Hauptsache, Dagmar hat später ein ordentliches Grab mit ihrem Namen. Der Kranz fällt üppig aus und wird wohl gerade noch fertig. Das Urnengrab wurde schon ausgehoben und Dagmar heute früh verbrannt. Vor einigen Jahren, als das Krematorium wiedereröffnet worden war, hatten Eriks Mutter und Dagmar noch dagegen demonstriert, jetzt wurde Dagmar selbst dort eingeäschert.

Der Friedhofsangestellte ist Brunos Onkel und erzählt mehr, als er darf. Dagmar habe Glück gehabt, dass sie noch im Flecken verbrannt werden konnte, ab nächster Woche soll endlich die Rauchgasreinigungsanlage eingebaut werden, dann ist erst mal ein paar Wochen Baustelle, und die Leichen müssten vorerst wieder in die Stadt. Er habe gehört, dass Erik den Gasthof erbt?

Erik fährt sich übers Haar und will das erst mal nicht glauben, was soll er denn mit dem maroden Gebäude anfangen? Noch dazu im Flecken. Aber er muss auch ein bisschen lachen. Falls das stimmt, wäre es eine grandiose Aktion von Dagmar. Wem hätte sie das Haus auch sonst vererben sollen?

60

Mit zehn durften Neele und Erik zum ersten Mal auf ein Konzert. Right Said Fred. Aber nur, wenn sie es sich leisten konnten. Und das hieß nicht nur drei Tickets für sie beide und eine erwachsene Begleitperson, sondern auch Benzingeld.

Sieben Monate lang hatten sie ihr Taschengeld gespart. Erik mähte alle zwei Wochen Rasen auf nahezu allen Grundstücken im Umkreis von eineinhalb Kilometern. Fünf Mark pro angefangene Stunde. Wenn er Vaters Rasenmäher inklusive Benzin mitbrachte, noch mal fünf Mark Leihgebühr, die er seinem Vater weitergeben wollte, der aber ablehnte, weil er natürlich die Anstrengungen seines Sohnes sehr begrüßte. Neele erledigte Besorgungen für ältere Leute und durfte das Rückgeld behalten. Am Ende hatten sie sogar mehr zusammen, als sie brauchten, und konnten noch ein alkoholfreies Bier für ihren Fahrer Onkel Freddie kaufen.

Der fuhr sie also zwei Stunden in die Veranstaltungshalle mitten im Rotlichtviertel der Großstadt. Auf dem Weg vom Parkplatz zum Konzert wurde Onkel Freddie alle eineinhalb Meter von leicht bekleideten Prostituierten angesprochen. Er bedauerte immer wieder: »Hab ja die Kinder dabei. Sonst würde ich gerne mal …« – »Vielleicht ein anderes Mal, Schätzchen, bin grad leer.« Eine besonders aufdringliche Dame kannte er sogar beim Namen. Nadine, das weiß Erik noch heute.

Er weiß auch noch, wie er fragte, wieso Onkel Freddie so oft angequatscht wurde, und wie der antwortete: »Ich bin einfach ein ziemlich heißer Hecht.«

Erik und Neele mussten lachen, auch wenn sie nicht genau verstanden, was er damit meinte. Onkel Freddie entsprach nicht unbedingt dem geltenden Schönheitsideal. Trotzdem schien er immer wieder Affären zu haben.

»In jedem Hafen eine«, prahlte er oft. Eine feste Beziehung hatte er nie gehabt. Das sei ihm zu anstrengend.

Während des Konzertes verschwand er für eine Dreiviertelstunde »auf die Toilette« und verpasste *Don't Talk, Just Kiss*, den aktuellen Riesenhit. Nach zwei Zugaben war er wieder da.

Als das Konzert zu Ende war, gingen sie einen weniger belebten Weg zum Auto zurück, und weil Erik und Neele sehr müde waren, hörten sie nur mit halbem Ohr, was Onkel Freddie ihnen über Prostitution erklärte.

Neele flüsterte Erik, bevor sie auf dem Rücksitz an seiner Schulter einschlief, noch zu, sie wolle keine Prostituierte werden, was Erik sehr beruhigte.

61

Zusammen mit Himal, Benisha und Sarah bereiten Erik und seine Mutter auf Tapeziertischen vor der Friedhofskapelle das Essen vor. Ungefähr dreißig Pizzakartons stehen aufgetürmt neben ihnen.

»Die Pizzen schneiden wir klein, da haben alle was von, oder? Hab sogar zwei glutenfreie für dich gemacht, Erik. Steht mit Edding drauf.«

Sarah wirkt übermotiviert, obwohl Erik sie nicht ein einziges Mal bei Dagmar gesehen hat, aber ist doch schön, und das wird auf jeden Fall für die Verköstigung der Trauernden reichen.

Erik bedankt sich und lächelt ihr zu, während er eine große Tischdecke ausbreitet.

Sein Handy vibriert. Er legt die Decke ab und geht ran.

»Erik, what's up?«

»Ich hab nicht viel Zeit. Morgen früh bin ich im Büro«, wimmelt Erik Jassin ab.

»Kriegst'n Orden. Wollte nur sagen, dass der Pitch mit dem Griechen erfolgreich war.«

»Na also. Hat die persönliche Note doch gezündet.«

»Jaja, haste gut gemacht. Props!«

»Danke. Und ich hab noch ne fette Baumarktkampagne an Land gezogen.«

Schon gestern Abend hatte er eine euphorische Antwort von einer großen Baumarktkette bekommen. Danke, Marek.

»Wo kommt *das* denn jetzt her?«

»Surprise! Sorry, ich muss echt. Bis morgen.«

»See you tomorrow.«

In einer Stunde wird die Urne ins Grab gelassen. Erik glättet die Tischdecke und begrüßt Bruno, der auch zum Helfen gekommen ist und direkt anfängt, zusammen mit Benisha und Sarah die Pizzen in Stücke zu rollern. Eriks Mutter sitzt unter einem Baum und schreibt eine Rede, sie weint.

Sven, Marek und Patrick bringen jeder eine Kiste Bier mit, das wird nicht reichen.

»Der Kofferraum ist voll!«, beruhigt Sven Erik, der wohl mit seinem Blick gesprochen hat. »Mirko bringt eine Badewanne mit, das Eis holen wir von der Tanke.«

Na, das kann ja was werden. Da kommt Mirko auch schon mit einem Transporter seines Arbeitgebers und hat tatsächlich eine alte Badewanne dabei, in die sie Unmengen Eiswürfel kippen und behutsam die Bierflaschen legen. Für BoKü sind auch einige Flaschen Bommerlunder und Kümmerling und Gläschen dabei. So hätte Dagmar es sich gewünscht.

Patrick stiefelt breitbeinig auf Erik zu, aber so geht er immer. Er nimmt ihn in den Arm.

»Ich muss dir noch danken. Die Alte war eh scheiße.«

»Wer?«

»Na, Anna, die Schwangere, erinnerste dich? Kriegt jetzt das Kind, aber ich bin wahrscheinlich gar nicht der Vater. Die kann sich verpissen.«

Er boxt Erik auf die Schulter, bevor er wieder den Jungs mit dem Bier helfen geht. Erik ist erleichtert.

Natalie, Helene und Dana bringen ein riesiges pinkes Herz mit, auf das sie, vermutlich mit Lippenstift, »DAGMAR« geschrieben haben. Wotan ist zum Glück nicht dabei. Fatima leider auch nicht.

Gudrun winkt Erik von Weitem, gibt Bruno einen Kuss und hilft beim Pizzarollern und -drapieren.

Eriks Oma erschreckt ihn von hinten, als er gerade schwarze Luftballons an eine Schnur knüpft, die Sven aus dem nahkauf mitgebracht hat. Inzwischen ist es richtig voll geworden.

»Moin, Oma!«

»Moin, Ricky, Mensch, das wird ja eine schöne Beerdigung.«

Sie hat noch Dagmars Vater, Oma Doris und Opa Rüdiger mitgebracht, und ein paar andere aus der Sonnenblüte. Gerda und Albert grüßen ebenfalls nur von Weitem.

Plötzlich ist auch Elke da, sie sieht frisch geduscht und hübsch geschminkt aus. Sie begrüßt ihn mit einer herzlichen Umarmung und flüstert: »Es wird alles gut, Erik.«

Damit hat er jetzt nicht gerechnet.

»Das freut mich, Elke. Du bist ein sehr starker Mensch! Ich war vorhin bei dir …«

»Ich war einkaufen«, sagt sie nur und wirkt überdreht. Vielleicht ist sie jetzt endgültig durch die Trauer verrückt geworden.

Elke geht direkt auf seine Mutter zu, die vertieft in die kreativen Gedanken zu ihrer Rede auf das weiße Blatt starrt. Erik beobachtet die Szene genau. Elke zieht einen kleinen Gegenstand aus ihrer Jackentasche. Es ist der grüne Blechfrosch. Erst als Elke schon fast bei ihr ist, blickt seine Mutter hoch und lächelt sofort. Er sieht auf die zwanzig Meter Entfernung ihre Tränen. Sie springt auf und fällt Elke um den Hals. Das ging jetzt schnell. Elke zögert noch kurz, legt dann aber ebenfalls ihre Arme um Eriks Mutter. Er hört beide laut weinen. Offenbar hat dieser kleine Blechfrosch etwas in Elke gelöst.

»Und, Erik, kommste jetzt in'n Knast? Hast du sie umgebracht?«, spricht ihn plötzlich Mirko von der Seite an und schiebt sich in sein Blickfeld.

»Was? Wen?«

»Na, Dagmar! Hab gehört, die Polizei hat deine Personalien aufgenommen, und du bist verdächtig.«

»Quatsch.«

»Klar, bist ja sogar bei ihr eingebrochen. Kannst mir nichts vormachen. Ich bin Zeuge! Und Neele haste auch auf dem Gewissen. Hast es faustdick hinter den Ohren.« Er kommt bis auf zehn Zentimeter an sein Gesicht heran und schaut ihm in die Augen. »*Die Wahrheit lügt manchmal ganz nah*. Hab ich auf dem Sprüchekalender von meinen Großeltern gelesen. Gut, ne?«

»Ich steh nicht so auf Wortspiele.«

»Überhebliches Arschloch!«

62

Draußen flirrte die Luft, an den Zweigen und Ästen, aber auch an Straßenschildern und Rädern, einfach an allem saßen Eiskristalle, so fein, dass sie abfielen, wenn man sich ihnen auch nur ein wenig zu schnell näherte. Die Luft roch nach nichts. Obwohl einiges in der Luft lag. Es war ein trauriges Silvester. Erik und Neele begriffen nicht, warum ihre Eltern seit einigen Tagen so oft weinten, und weinten einfach ab und an auch mit.

Es war Mitternacht, und zum ersten Mal waren Neele und Erik alt genug, um bis zum neuen Jahr aufzubleiben und das Feuerwerk zu bestaunen. Der infernalische Lärm machte Neele Spaß, sie ließ sich sogar von ihrem Vater ein paar bunte Knaller anzünden und warf sie auf die Straße vor ihrem Haus, während Erik sich zurückhielt und an seine Mutter kuschelte. Neele hielt ihm immer wieder Knaller zum Anzünden hin, aber er nahm nur die Knallerbsen, die er so kraftlos auf den Asphalt warf, dass sie bloß effektlos umherkullerten.

Eriks Mutter hatte nach zu viel Eierlikör etwas »Bauchschmerzen« und ging noch vor den Kindern zu Bett, die um eins, während es draußen immer noch ab und an knallte, in Neeles Bett ein Gutenachtlied von Elke hörten. Versuchten zu hören. Im Erdgeschoss spielten die Väter laut die Dire Straits auf Vinyl, sodass Elke das Lied brüllen musste und die Kinder überhaupt nicht müde wurden. Elke küsste beide auf die Stirn und ging ebenfalls zu Bett.

Noch ewig lagen Neele und Erik wach und erzählten sich, wie sie später zusammenleben würden. In Schweden, da waren sie im Sommer zuvor gewesen. In einem roten Holzhaus am Meer. Mit fünf Hunden und acht Katzen und drei Meerschweinchen und sieben Hasen, und die Liste der Tiere brachte sie gefühlt durch die halbe Nacht. Sie würden fischen gehen und jagen, aber das fand Neele furchtbar.

Am Morgen begrüßte sie das neue Jahr mit Schneematsch, und Erik frühstückte mit Elke, Neele und Georg, der sich die ganze Zeit den Kopf hielt und nichts aß. Viel später kamen auch seine Eltern, und sie schauten *Liebling, ich habe die Kinder geschrumpft*, alle ineinander verknotet auf der riesigen Neunzigerjahre-Couch, die damals nagelneu und topmodern war.

Erst am Nachmittag erzählte ihnen Georg unter Tränen, was auf den Kanaren geschehen war, wo seine Eltern mit den Eltern von Eriks Mama gerade zusammen einen Tauchurlaub verbrachten. Sie hätten sich dort eine Höhle unter Wasser ausgesucht und kämen nicht mehr zurück.

63

Die Beerdigung ist wie erwartet ein großes Fest für die gute Seele des Fleckens, es sind bestimmt zweihundert Leute gekommen. Weil der Grabstein noch nicht beschriftet ist, lehnen Helene, Natalie und Dana ihr Riesenherz daran. Die schwarzen Ballons wehen im milden Sommerwind. Hier und da ploppen Bierflaschen und werden Pizzastücke gekaut. Dagmars Vater sitzt unbeteiligt im Rollstuhl. Gerda und Albert halten Händchen, Doris und Rüdiger zanken leise. Sogar Eriks ehemalige, uralte Schuldirektorin Frau Jansen ist da und isst ein Stück Pfifferlingpizza.

Als Brunos Onkel die Urne ins Loch lässt, applaudieren alle respektvoll. So eine große Beerdigung hat der Flecken noch nicht gesehen.

Viele Leute halten kurze Trauerreden, singen Lieder oder Ähnliches. Himal holt die Bibel raus und macht einen auf Pastor, Sven, Marek und Patrick exen jeweils eine Flasche Bier auf Dagmar, Erik und Bruno singen den Refrain von *Coco Jamboo*, weil sie wissen, dass ihr der Song gefallen hat, und der Text passt auch irgendwie überraschend gut: *Put me up, put me down, put my feet back on the ground, put me up, take my heart and make me happy.* Alle steigen mit ein. *Ayaye – Eo!*

Als Elke und Eriks Mutter zusammen eine Rede über ihre gemeinsame Freundin halten, muss sogar Erik weinen, obwohl sie die lustigsten Anekdoten rausholen und sich nicht entscheiden können, ob ihre Tränen vom Lachen oder vom Trauern kommen.

»Du bist ja doch ein ganz guter Schauspieler«, bemerkt Bruno, aber er weiß, dass Erik tatsächlich weint. Und zwar lange.

Erik weiß nicht, warum. Er weiß nur, dass es guttut und dass er sich dafür entschieden hat. Er nimmt Bruno in den Arm, und Oma kuschelt sich auch dazu. Sein Vater legt von hinten seine Hände auf Eriks Schultern. Emma legt sich auf seine Füße. Sein Handy vibriert. Jetzt nicht. Es vibriert noch mal.

Er löst sich aus der Umarmung und schaut aufs Telefon. Nahaufnahmen von Jennys Scheide. Er leitet sie an Bruno weiter, blockt ihre Nummer und steckt das Handy wieder ein. Bei Bruno vibriert es.

»Für später«, flüstert Erik ihm zu.

Jennys Eltern stehen ein paar Meter weiter. Ob er ihnen mal die Fotos zeigen soll? Die armen Eltern. Vielleicht gefällt ihnen ja auch, was ihre Tochter macht, wer weiß?

»Und, was machst du jetzt mit deinem Erbe?«, fragt Bruno, als Erik ausgeweint hat und sie langsam zum Ende kommen.

»Verkaufen. Was soll ich denn damit?«

»Es ist immerhin Bei Iris, vielleicht überlegst du's dir noch mal.« Bruno zwinkert ihm zu.

Erik verabschiedet sich von fast allen, und als er mit seinem Vater Richtung Auto geht, sieht er, wie Elke und seine Mutter auf der anderen Seite vom Friedhof, wo die Erdgrabstellen sind, an Neeles Grab knien. Sie werden über alles reden, Elke wird Neeles Geschichte erzählen, von Onkel Freddie und den Tagebüchern, seine Mutter wird ihr Halt geben.

Als sein Vater ihn zum Bahnhof bringt, sprechen sie kein Wort. Alles ist gesagt. Im Radio laufen alte Schlager. Ihm fällt auf, dass er noch seinen Konfirmationsanzug trägt. Den wird er in Wien sofort in die Altkleidersammlung bringen. Beim Abschied drücken sie sich ungewohnt lange, aber es fühlt sich richtig an.

Weihnachten wird Erik seinen Eltern erzählen, dass sie Großeltern werden. Das wird sie sehr freuen.

64

»Draufpinkeln! Du musst draufpinkeln!«, schrie seine Mutter.

»Nee!«, schrie Erik.

»Echt?«, fragte Neele.

»Schnell!«, schrie Georg.

Neele breitete ihre kurzen Beine aus, ein Fuß links, einer rechts von seinem Becken, das mit dem Po auf dem Sand lag. Er war nicht stark genug, um sich aus dem Griff von Onkel Freddie und seinem Vater zu lösen. Er war ja noch klein, vielleicht fünf. Dann lachte Neele, und der warme Urin lief Erik auf die Pusteln. Der Tipp kam von Onkel Freddie. Es brannte, aber vor allem war er erstaunt, wie unkontrolliert ihr das Pipi aus der Scheide spritzte, und er war sauer, dass sie lachte, während sie ihn anpinkelte.

»Und, wird's besser?«, fragte Elke, aber da hatte er sich doch losgerissen und war unter die Stranddusche gelaufen. Da brannte es allerdings umso schlimmer.

Sie brachten ihn zum Sanitäter, der Rasierschaum draufschmierte und ihn mit einer Bankkarte wieder abschabte, scheinbar eine gängige Technik. Es half, aber Erik hatte erst mal genug vom Meer. Und von Neele. Gerade hatte ihnen Onkel Freddie noch einen Vortrag über Feuerquallen gehalten, da hatte sie auch schon eine am Schirm gepackt und ihm direkt zwischen die Beine gedrückt. Er sprach fast zwei Stunden nicht mir ihr, dann spielten sie Memory, und er gewann.

65

Die Regionalbahn schleicht an der Baustelle vorbei, deren Arbeiter am frühen Morgen vor einer Woche unter der Brücke die Leiche einer Frau mit akkuratem, blondem Dutt gefunden haben. Ob Erik das hätte verhindern können oder nicht: Wichtig ist, was ist, und nicht, was war.

Sie ist tot.

Halte dich still, halte dich stumm,
Nur nicht forschen, warum? warum?

Nur nicht bittre Fragen tauschen,
Antwort ist doch nur wie Meeresrauschen.

Wie's dich auch aufzuhorchen treibt,
Das Dunkel, das Rätsel, die Frage bleibt.
Theodor Fontane

Die Entstehung dieses Werks wurde durch ein Stipendium der Kulturstiftung des Freistaates Sachsen ermöglicht.

Figuren (Auswahl):

Alex – eine von Svens Töchtern
Andi – einer von Svens Söhnen
Anna – Patricks schwangere Ex-Freundin
Basti – Neeles Bruder
Benisha – Salos und Sarahs Mutter
Bente – Jassins Freundin
Brian – einer der Blue Boys
Bruno – Eriks bester Freund
Dagmar – Gasthausbesitzerin und gute Seele
Dana – hat einmal mit Erik geknutscht
Elke – u. a. Neeles Mutter
Emma – Golden Retriever von Eriks Eltern
Erik
Eriks Mutter
Eriks Oma
Eriks Vater
Fatima – Freundin von Helene
Ferdi – Mitglied der Blue Boys und einer der Beziehungspartner von Neele
Georg – u. a. Neeles Vater und Pastor
Gerda und Albert – Mirkos Großeltern
Gudrun – verwitwete Frau von Brunos Onkel und Brunos Sexpartnerin
Helene – war oder ist in Erik verknallt
Himal – Salos und Sarahs Vater
Iris – Dagmars verstorbene Schwester
Jassin – Eriks Geschäftspartner
Jenny – Jugendfreundin von Erik
Marek – Legende
Merle und Paula – Eriks beste Freundinnen in Wien

Mirko – der Schulmobber
Natalie – Schulbekannte von Erik und Neele
Neele
Oma Doris und Opa Rüdiger – Neeles Großeltern mütterlicherseits
Onkel Freddie/Frederik – Neeles Onkel mütterlicherseits
Patrick – einer der Jungs ausm Flecken, (Ex-)Freund von Anna
Salo – Freund von Erik und Bruno
Sarah – Schwester von Salo
Sven – Filialeiter des nahkaufs, Mitglied der Blue Boys und Vater von sechs Kindern
Wotan – Natalies Freund

Neeles Beziehungspartner:
Berk
Dean
Helge
Ivan
Jason
Kai
Karim
Karsten
Ralf
Steffen
Tilo

Zitate:

S. 5: Aus: »Hyazinthen«, in: Storm, Theodor: *Gedichte*, Kiel 1852.

S. 5: Aus: »Am Weiher. Ein milder Wintertag«, in: Droste-Hülshoff, Annette von: *Gedichte*, Stuttgart u. a. 1844.

S. 17: Aus: »Die Zeit ist hin«, in: Storm, Theodor: *Gedichte*, Kiel 1852.

S. 25: »Mein Herze, glaubt's, ist nicht erkaltet«, in: Fontane, Theodor: *Gedichte*, Stuttgart und Berlin 1905.

S. 30: Aus: »Was mir fehlte«, in: Fontane, Theodor: *Gedichte*, Stuttgart und Berlin 1905.

S. 37: Droste-Hülshoff, Annette von: *Historisch-kritische Ausgabe. Werke, Briefwechsel*, Bd. IX, Tübingen 1997.

S. 56: Aus: »An Levin Schücking«, in; Droste-Hülshoff, Annette von: *Gedichte*, Stuttgart und Tübingen 1844.

S. 82 f.: Aus »Die Vogelhütte«, in Droste-Hülshoff, Annette von: *Gedichte*, Stuttgart und Tübingen 1844.

S. 104 f.: Aus: »Nach dem Angelus Silesius«, in: Droste-Hülshoff, Annette von: *Gedichte*, Stuttgart und Tübingen 1844.

S. 113: Aus: »Es kribbelt und wibbelt weiter«, in: Fontane, Theodor: *Gedichte*, Berlin 1898.

S. 113: Aus: »Neueste Väterweisheit«, in: Fontane, Theodor: *Gedichte*, Berlin 1898.

S. 117: Sinngemäß wiedergegeben aus: Butler, Judith: *Das Unbehagen der Geschlechter*, Berlin 1991.

S. 117: de Beauvoir, Simone: *Das andere Geschlecht. Sitte und Sexus der Frau*, Hamburg 1951.

S. 119: Aus: »Würd' es mir fehlen, würd' ich's vermissen?«, in: Fontane, Theodor: *Das ist das höchste Glück: Gedichte und Balladen*, Wiesbaden 2014.

S. 148: Aus: »Guter Rat«, in: Fontane, Theodor: *Gedichte*, Altenmünster 2015.

S. 158: Aus: »Wer je gelebt in Liebesarmen«, in: Storm, Theodor: *Gedichte*, Kiel 1852.

S. 159: Aus: »Ich bin mir meiner Seele«, in: Storm, Theodor: *Die Gedichte*, München 2019.

S. 172 f.: Beide Zitate aus: »Vierzeilen«, in: Storm, Theodor: *Gedichte*, Kiel 1852.

S. 295: Aus: »Die Frage bleibt«, in: Fontane, Theodor: *Gedichte*, Berlin 1898.

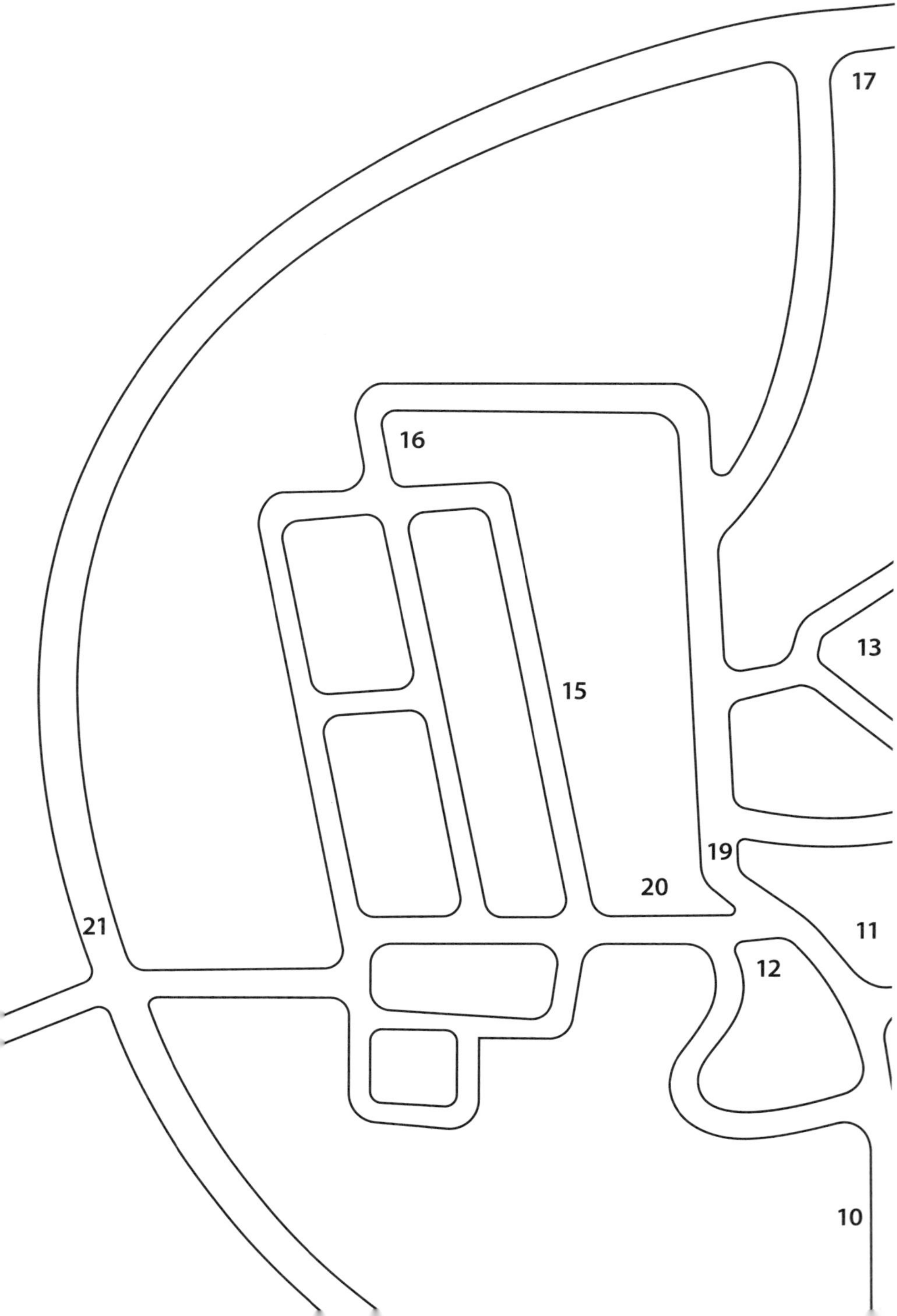
17
16
13
15
19
20
21
11
12
10

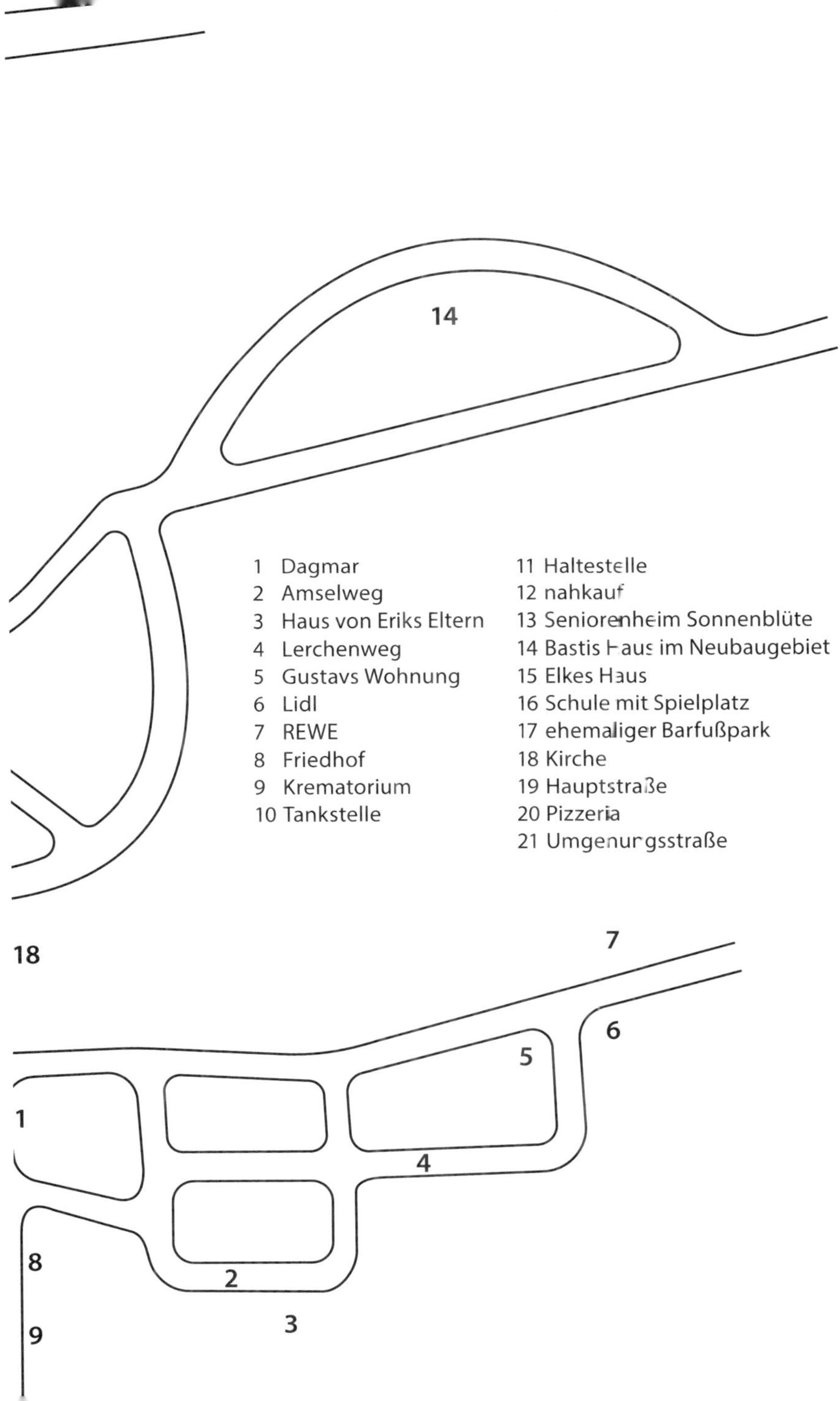
14
1 Dagmar
2 Amselweg
3 Haus von Eriks Eltern
4 Lerchenweg
5 Gustavs Wohnung
6 Lidl
7 REWE
8 Friedhof
9 Krematorium
10 Tankstelle
11 Haltestelle
12 nahkauf
13 Seniorenheim Sonnenblüte
14 Bastis Haus im Neubaugebiet
15 Elkes Haus
16 Schule mit Spielplatz
17 ehemaliger Barfußpark
18 Kirche
19 Hauptstraße
20 Pizzeria
21 Umgehungsstraße
18
7
6
5
1
4
8
2
3
9

Eriks Playlist:

Christian Meyer bei Instagram:
@christianmeyeah